呆老师的"二"生活

三脚猫 著

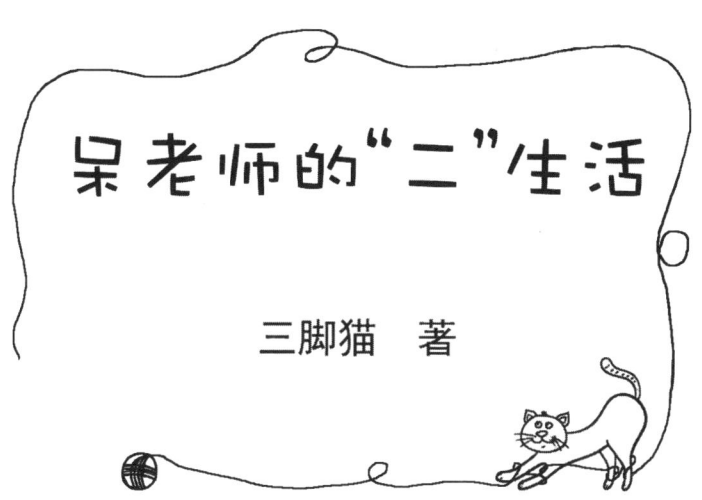

河南大学出版社
HENAN UNIVERSITY PRESS

·郑州·

图书在版编目(CIP)数据

呆老师的"二"生活／三脚猫著. — 郑州：河南大学出版社，2015.10
ISBN 978－7－5649－2204－7

Ⅰ.①呆… Ⅱ.①三… Ⅲ.①随笔－作品集－中国－当代 Ⅳ.①I267.1

中国版本图书馆 CIP 数据核字(2015)第 252748 号

出 版 人	张云鹏
出版统筹	侯若愚
责任编辑	韩 琳
责任校对	霍晓玉
封面设计	侯映如

出　　版	河南大学出版社
地　　址	郑州市郑东新区商务外环中华大厦 2401 室
电　　话	0371－60993151(人文社科出版分社)
	0371－86059753
网　　址	www.hupress.com
排　　版	郑州市诚丰印刷有限公司
印　　刷	郑州瑞光印务有限公司
版　　次	2016 年 1 月第 1 版
印　　次	2016 年 1 月第 1 次印刷
开　　本	890mm×1240mm　1/32
印　　张	9.5
字　　数	205 千字
定　　价	33.00 元

本书如有印装质量问题，请与河南大学出版社营销部联系调换。

目　录

自序 …………………………………………… 1

第一部分
故事篇——爱情的馈赠人人有份：阿猫阿狗风月事儿

阿猫阿狗风月事儿·引子 …………………… 3
待我翻身气死你 ……………………………… 4
擦亮眼睛挑个大的 …………………………… 6
年龄无下限的女友 …………………………… 8
一富遮百丑 …………………………………… 10
青梅竹马 ……………………………………… 12
实验室暗恋 …………………………………… 14
风水轮流转 …………………………………… 18
难免有几段心伤 ……………………………… 21

第二部分
单身篇——单身的100种消遣方法：光棍女屌丝的生活

租房记 ………………………………………… 27

1

做家教 ……………………………… 32
不适合旅游却适合生活的地方 …… 38
理发师 ……………………………… 42
单身时是最好的用来上进的时光 … 46
我和《仙剑》游戏 ………………… 47
学弹琴 ……………………………… 51
琐事 ………………………………… 53
美的权威与追随 …………………… 59
小说与电影 ………………………… 65
家乡的美食 ………………………… 68
我爱漫画 …………………………… 71
第一次坐飞机 ……………………… 75
激动 ………………………………… 77
杂感二则 …………………………… 78
我买 ………………………………… 79
随性一句话 ………………………… 81

第三部分

工作篇——做这行说得须比唱得好：每天孜孜不倦地误人子弟

起床了 ……………………………… 85
当了老九之后（一）………………… 86

当了老九之后(二) ………………… 87
当了老九之后(三) ………………… 89
岁月你慢些走 …………………… 91
两个梦 …………………………… 94
讲堂好课不容易 ………………… 96
世间本无事,庸人自扰之 ………… 102
教书匠的穷忙 …………………… 107
忙里偷闲 ………………………… 111
众生百态 ………………………… 114
随时一句话 ……………………… 121

第四部分
思考篇——大话闲话夜话:吃饱喝足扯扯淡

远离手机你会做什么 ……………… 125
其实你心中早已有答案 …………… 128
同情还是不同情 …………………… 130
拖延症 …………………………… 133
羡慕 ……………………………… 137
妻与妾 …………………………… 139
我们看到的是他们想让我们看到的 … 141
送给话痨的机器 …………………… 143
收纳无尽头 ……………………… 145

不要高估自己在别人眼里的形象……………… 147

没那么夸张…………………………………… 150

小明和小强…………………………………… 155

那些美好却是零能量甚至负能量的东西……… 160

好东西最重要的还是观点……………………… 163

生活中的经济学………………………………… 165

容易的开始，麻利的结束……………………… 170

秀得秀不得……………………………………… 172

满了想更满……………………………………… 174

妈妈专业………………………………………… 176

小毛病大素质…………………………………… 179

运动和听广播…………………………………… 182

我妈的幽默……………………………………… 183

用功要趁早……………………………………… 184

吃货的美食……………………………………… 185

第五部分
读研篇——逍遥又迷惘：这一切是不是虚假繁荣

愤青的牢骚……………………………………… 191

小小的我………………………………………… 199

读书看博………………………………………… 204

狐朋狗友与我…………………………………… 211

杂感几则 ············· 215
有段岁月，这样度过 ············· 218
现代人的难知足 ············· 221
寒假回家 ············· 223
智商诚可贵，情商价更高 ············· 224
知否知否，应是先天肥后天瘦 ············· 226
毕业在即，日子飞快 ············· 228
随便一句话 ············· 230

第六部分

家庭篇——拖家带口：身忙屋乱看娃做饭

虐己和悦己 ············· 235
科学岛·绝句 ············· 237
你问我想要什么 ············· 238
模子里的婚礼 ············· 239
内向与外向 ············· 241
打乒乓 ············· 242
装修进行中 ············· 244
住 ············· 249
消遣消遣 ············· 250
彼此眼里的彼此 ············· 253
为什么女人不幽默 ············· 255

不使出浑身解数怎能当妈…………………… 257
现实很骨感……………………………………… 264
婆婆三则………………………………………… 271
亲朋邻里的碰撞………………………………… 276
一个童话故事…………………………………… 282
随喜一句话……………………………………… 293

自　　序

人生离高富帅和白富美很远，祖辈世代都是平民或贫农，到了我这一辈也没有逆袭的迹象。我按部就班地上小学、中学、大学，毕业工作，结婚生娃，似乎除了这样也没有别的路可供选择。非富非贵非大牛，平淡无奇的长相，微胖界的体型，走在街上即淹没在滚滚人潮里。大部分时候都是当基数和分母的，或者做做绿叶、当当备胎，再安慰下同是天涯绿叶人的基友们，或许也被暗恋过但也无从考证。

我是典型的城镇中长大的80后，怀旧派，每当想起小时候的物件场景时，脑中回忆便泛滥起来，常常梦回童年。童年时属于我们的有每天傍晚6点半的动画片，《儿童时代》和《童话大王》，走街串巷的爆米花和糖葫芦，校门口小摊上的贴人，小卖部里的无花果、酸梅粉和甘草杏，课间时的皮筋、沙包、玻璃球和眼保健操，穿着白衬衣和蓝裤子的儿童节和运动会方队，街上少有汽车都是自行车流，家家户户住的都是平房，上公共厕所，小伙伴们天天在外面一起玩……现在我看到电视剧里出现八九十年代风格的场景和物品都会感到很亲切，常陷入对同龄人写的东西的深深共鸣中。

后来，是无忧无虑的初中、压抑的高中、并非五彩缤纷的大学，没有大起大落，没有悬念精彩，没有浪漫男神，只有躬耕的自习室，稳扎稳打的获得，经常拼搏一场却被淘汰的失落，远走异乡的孤独，他人给予的温暖和感动。年龄越大越觉得日子过得飞快，突然惊觉，青春还没怎么开始就进入回忆了，记忆中只留下了闹哄哄的教室，形形色色的同学，又毕业了，又开学了，又熟识了，又散伙了，人如浮萍般聚散，和曾经的挚友渐行渐远，不断告别旧的圈子，进入新的圈子。

有时会遗憾过去竟然浪费了许多时间去郁闷，任由自己陷入低落情绪里却不站起来有所行动，但只要是个正常的人，就必须体验没完没了的麻烦、烦恼、无助，熬到一定阶段，那些麻烦和烦恼的分量会变得越来越轻，被岁月吹得灰飞烟灭，它们仅能在特定的阶段发威。在那个阶段如果你不堪一击，被打倒了，便会降低自身战斗力，错过做该做的事，机会再不会回来。正如一个持续放纵自己欲望的人，享受当下的快乐，透支未来的幸福，尽情享用喜欢的东西，爽而短暂地活着。是要过这样的生活，还是在适当时候敛欲收心，活出个样子，尽可能做到最好？惜命不是养生，是尝试，是碰壁，是进取，是折腾，是充分利用这当初打败了几亿游泳健将才获得的生命。

至此，一位闷骚不奇葩、真诚不自恋的文艺青年正式出炉成型。在那么多城市乡村中，在电脑前、手机前、自习室里、办公室的格子间里，有千千万万个我这样的人，屌丝，平凡普通，渺小得像一只蚂蚁，自食其力，也饱读诗书，懂得仁义礼法忠诚孝悌，但没有改变世界的翻云覆雨手；也积极进取，愿意靠近正能量，却也时常懒散放纵；有自己的小快乐小感慨，有以中产阶级自居的自我陶醉，有2B青年的自以为是，有小人物的自我解嘲。而且，心中也还有梦想，它还没消逝，留着它，等待未来小宇宙爆发来实现吧。

几本书，一台电脑，快活过百年。

第一部分 故事篇——

爱情的馈赠人人有份：阿猫阿狗风月事儿

有的小伙儿喜欢显摆自己拥有过多少个女朋友，难道数字多就代表面子大吗？她和你在一起的时候心里想的不一定是你，也许是为了显示自己从来不缺男友，也许是为了度过难熬的低谷期，也许是年龄大了迫于压力身边急需一个男性人类的陪伴……

有的姑娘喜欢炫耀自己享受过多少个甜蜜的瞬间，得到过多少蜂蝶的追逐。而这就能证明自己的魅力与价值吗？一个男人一生要追很多个女人，但是绝大多数都失败了，平均下来，每个女人可以获得十几次甚至几十次追求，美女就更不用说了，有的女人觉得自己备受欢迎，而事实上也许她被追求的次数还没达到人类女性的平均数呢。

阿猫阿狗风月事儿·引子

  青春总是流逝地飞快，我们总是在还没缓过来神来的时候就进入了自己曾经认为老得不得了的年纪了。许多小伙伴还自以为来日方长，还有大把的时光可以挥霍，每天生活都是吃饭睡觉打豆豆时，却在某日突然发现周围的鸟人们都脱单结婚了，剩自己孤独地在周末的晚上窝在沙发里玩着手机，上网看到的所有内容似乎都在嘲笑"单身狗"时，心里不免着急，怨恨起这一群兔子来，偷偷地跑得飞快，完成了人生必修大事，害包括自己在内的少数人在大龄青年的队伍里日益扎眼。如果一个年轻人尚且是单身，那么25~30岁之间就是个尴尬的年龄，有些事无论你面对它还是回避它，它就在那里，通往光明大道的出口随着时间的流逝收缩得越来越小，尤其对女生。在这个嫁得好比天还大的国度，许多妹子望眼欲穿天上掉下个金龟婿。男人那边也一样，恨不得能找到一位满分伴侣，来证明自己也是条件对等的优秀人才。

  世界上的高富帅和女神很少，大部分都是像你我这样的普通人。金字塔的塔尖得是多大的底座烘托出来的。人人在最初都希望能邂逅到一位高富帅或女神开始一段甜蜜的爱情并修成正果，其实结了婚的人都知道过得好不好和长相这件事真是一点关系也没有。

待我翻身气死你

先来一个大叔的故事。

J大叔是我妈的同学,"50后",每次同学聚会的时候J大叔都相当活跃,说得多喝得多,到了兴头上就和班里的女同学叙旧:秀秀啊,当年我还想找你呢,你不找我……我现在是中层领导,我现在住的120平米的房子……秀秀是当年的班花,可惜找的老公不争气,身体不好,票子赚得少,至今家里房子还是很小。

(镜头切换到二三十年前J大叔年轻的时候)J某家里穷,兄弟好几个,而且J某自身条件也欠佳,个子不高,长得有点丑,而且丑出了自己的风格,姑娘们自然不看好他,J某娶媳妇成了问题,所以J某当年随便找了一个适龄的人也就结婚了。事情永远都在发展变化,这句哲理在J某身上非常适用,二十多年后的今天,J大叔成了厂里的中层领导,家里也住上了大房子,一下子扬眉吐气起来了。看看当年拒绝自己的人那么潦倒,自己这么风光,J大叔心里好不快活啊。让你当初不找我。

有几人被女神拒绝后,心里不抱着逆袭的梦想?想着自己非得奋发图强,有朝一日混出个样子,让众人包括当年的她看看,不和我在一起是你多大的损失。

但谁能料到未来的事呢?打这么一个假设,就像二十年前,有这么一套房子,很小很破,里面都是蟑螂老鼠,家用电器只有手电筒,旁边还有一些房子,都比这套大,而且相对干净体面。你有一次机会挑一套永久属于你的房子。在有可挑的余地的情况下,人们都会选择当时看起来条件最好的房子。没想到三十年河东,三十年河西,岁月流逝,城市发生了翻天覆地的变化,许多老房子拆迁了,补偿了,当年的小破房摇身一变成了大面积房,甚至还是繁华地带的,户型合理、装修时尚,小破房的房主一下子就变得牛气了。但是,回到许多年前,就算告诉你以后此房可能改天换地,你会住进去吗?那还得考虑考虑呢,第一,有可能性的东西不一定真能实现;第二,不是还得忍受一阵子最差的条件和蟑螂老鼠吗?多会儿到头天知道。因此即使当年人家秀秀知道你今后可能会时来运转,选不选你也很难说哪。不过J大叔倒是爽爽地解气了,真可谓是笑到最后的笑得最甜哪。哈哈哈哈!

J大叔心语:知道你过得不好,我也就心安了。

擦亮眼睛挑个大的

W 这大半年都在忙着相亲。

W 今年 29 岁,大学毕业后在一个中等发达城市,工作家境都不错,身材长相也说得过去,有过一段刻骨铭心的恋情在三年前结束,W 花了一年多的时间才渐渐走出阴影,最难过时差点随便嫁掉。近一年来,来自家里的催婚压力越来越大,有热心同事朋友介绍的,W 便去见面,尽管她以前是看不上相亲这种相识方式的。

以 W 自身的条件、多年的生活习惯和尚可的经济实力养成了她小资的生活情调及粉嫩的少女情怀,自然对另一半也有较高的要求,但同阶层的对方也是那样的。见了几位后,对她有好感并有所表示的,W 经过比较考虑,决定看不上他;能令 W 心动并想有所发展的,对方经过考虑比较,也决定看不上她。人人都在向前看,最初心都在天上,被打击几次才会落回地面上。

W 不知道在温暖的感觉和完全的折服认可两者间该如何选择,她很想多点儿时间来考虑清楚这个很重要的问题,但是她一时半会儿参不透这道难题而且时间越来越少。在婚恋市场上,29 岁的女人似乎比 37 岁的男人还要老。她感到一过了 25,每一个月都是那么的宝贵,时间流逝得飞快。而且相亲"货源"需要运气,有时扎堆来,有时却很久也没有一个。她在三姑六婆街坊邻居的打问中日益焦躁,好像能否嫁人已是唯一衡量她价值的指标了,W只能继续收拾心情打理自己打持久战。W继续不是在相亲,就是在相亲的路上。

W心语:对于一段即将开始的感情,男人是用自己手里的资本追求利益的最大化,女人则是愿赌服输。

年龄无下限的女友

M 和 N 两个人有一个共同点,都曾有过一个小自己 6 岁的女友,在一起的时候小女友 20 左右,男的二十六七。分手原因还挺像,都是女友太粘人,两三天一个电话不行,一定要一天一个,要打电话要逛街要发短信要聊 Q 要秒回……可供自己支配的时间太少了,耽误自己考研、考证、在工作上的进步,而且女友太任性——我比你小这么多你凭什么不让着我?实在受不了了,哥不干了。

绝大多数男的还是喜欢挑比自己年轻的女性的,带出去时好让同龄人看一看,我有本事找个小的,你们谁行?年轻多少最满意呢,据说有"除 2 加 7"公式,男年龄除以 2 加上 7 为理想女友年龄。比如 28 岁男找 21 岁女($28 \div 2 + 7 = 21$),34 岁男找 24 岁女,50 岁男找 32 岁女,看来只有 14 岁的姑娘才有资格被同龄异性眷顾了。

但是人家那么年轻,凭什么就愿意找你呢?年轻是很宝贵的资本,给了你,你用什么来交换这个宝贵的资源?名人功成名就之后,换个年轻的老婆,小老婆心甘情愿,因为名人是凤毛麟角。现在多少年轻漂亮的小姑娘都找了一把年纪的成功老男人啊。越有能耐的男人找年轻老婆的底气也越足,看一位拿了诺贝尔奖的著名科学家,娶年轻老婆时和女方的年龄相比起来都快除以 4 加 7 了,多厉害。还有位泰斗级的大画家在 92 岁续弦时还嫌一位 34 岁的女子太老,不愿意找,惦记着找那位他看中的 22 岁的姑娘呢,满意得很,可惜大画家这一把老骨头第二年就驾鹤西去了,没能如愿。名人给普通老百姓作了榜样,使许多平庸之辈也在找寻年轻老婆的路上劲头儿十足。

普通老百姓找个小的,享用了人家的年轻,又不愿意包容人家的幼稚,好事咋都让您占了呢,您是小女友那个年龄的时候,就比现在的她成熟吗?如今一把年纪和人家都有代沟了,却没有包容和发达到一定程度,怎能轻易摆平小女友呢?和 M、N 同龄的或者小个一两岁的姑娘只能等待被更老的男人垂青了。在选择上,人人都在向前看,大家都盯着比自己更好的,有时两个人处于同一层次并排站着,半斤八两,但谁都看不到对方,即使有一天相遇了,他想:就她啊?!她想:就他啊?!最合适的就这样继续错过。

M 和 N 心语:虽然我很平凡,但也不能阻挡我寻找真爱的决心,嗯,年龄不能太大,要不然影响生育,长相嘛合眼缘就行,当然在一定程度内越漂亮越好,脸白腿长,还有,一定得是处女,这点绝不能让步……

一富遮百丑

L硕士毕业后漂在一个巨无霸城市里。L有着二等美女的长相，一等的身材，情商更比智商高，学生时期身边就从来不缺男友，而且和众多异性保持着很好的关系。硕士毕业后L的上任男友回到了自己的家乡做了父母给找好的工作，二人分隔两地，过了大半年后，联系越来越少。聪明的L明白缘分已尽，她也从骨子里想留在这个城市，旧人已去，新人何在？她开始留心身边的金龟婿人选。

自己的交际圈，加朋友介绍，加网上交友，L的金龟婿人选锁定了如下三人：1号是"海龟"，国外名校毕业，工资也还算高，前途不可估量，但独自打拼，在这个城市买房定居压力还是不小；2号长得帅，个子又高，硕士学历，和他走在街上能收获无数艳羡的目光，春风再美也比不上你的笑，让人倍儿有面子，且有50平米房一套，虽然是蜗居，但好歹算是有房了；3号本科学历，手握3套房，不过身高有点矮，164cm，还没有L高，L身高166 cm。选哪个呢？这真是一个让人纠结的问题。凭她多年的情场经验，她明白选择和谁在一起主动权在自己手里，她有这个道行。可惜此三人有亮点的同时也各有硬伤，要是三个人的优点集中在一人身上就好了。当然她也清楚真有这样一个人在她面前也就只拿鼻孔看她了。大家心里都有个天平，候选人谁轻谁重慢慢称来，都精明着呢。

L最后选了谁呢?猜猜看。现在L已婚,住在这个巨无霸城市里的某高档小区的一套大房子里,家里还有2套房子在出租中,衣食无忧,生活中美中不足的就是老公有点低。那又怎样,在这个剩女如此多的城市里,靠自己的实力和魅力从这个城市的6环打入了2环,自己在27岁时就完成了这件事,实在是一个伟业。

L心语:包子好吃不在褶上,中国首富难道是帅哥吗?

青梅竹马

在爱情这件事上，这世上就有简单的美好存在，比如我的同学娇娇。娇娇和她的男友明明是一个村儿的，两个人是高中同学，高考时又双双考入了同一所211高校，大二时两人确立了关系，大三见了父母，双方父母都认可了彼此。后来两人又在本校读研，毕业后都留在了省城，进了不错的事业单位，当然顺理成章地结了婚，一切顺利得不像话。比起那些毕业就分手的情侣们，上天很眷顾这对鸳鸯，甜蜜了数年还修成正果，青春的时候有爱情，就业的时候有面包，什么也没落下。现在的编剧们要是写故事拍电视也不会以他俩这类为原型的，因为没有戏剧冲突，没有跌宕起伏，没有悬念，观众都不爱看。虽然二人偶尔也吵吵小架，有一次娇娇还要和明明闹分手，据说是明明差点进入传销组织，还傻了吧唧地不回头，娇娇认为这是惹火烧身，以分手相逼。面临如此危机，再说也的确是自己不对，明明发誓痛改前非，断掉了与那伙人的一切往来，好生哄了哄女友，答应再不会在这事上犯糊涂，二人和好如初。这就是他们感情生活的一次调剂，吵也不算，比起他们的幸福生活来说，这件事只能算是和氏璧上一个近乎看不见的斑。

新婚之夜明明对娇妻温存地说："你是我这辈子唯一的女人。"这傻哥们脑子又转了一下，觉得这么说有点忘本不太妥，又补了一句："还有我妈。"典型的农村走出来的出息的男孩儿，往往会以把父母放在妻子前面这种方式来表达他们心中深深刻下的"一定要孝顺"的赤子之心,否则就是大逆不道。其实娇娇的婆婆还算是个通情达理的人,婆媳问题不至于闹得水深火热,但让娇娇心中忐忑的是这么一件事,明明家里是农村的,老人们本就偏爱男丁,他又是家中独子,上面有4个姐姐,可见当年明明的诞生可真是他们家千呼万唤始出来,所以明明父母对孙子的渴求简直要像喷泉一样喷涌而出。

在21世纪,在一个现代化的省城,一个高学历的家庭,夫妻二人做着体面的工作,这样的小两口,即使生一个女儿的话,也会生活得很美满。但是作为儿媳,娇娇还是想给锦上再添朵花——一个大胖小子。经历了充满期待又不安的十个月孕期,娇娇生下儿子,她心里一块石头终于落了地。这下孩子的爷爷奶奶大姑二姑三姑四姑都说不出什么了。娇娇放眼望去,江山一统,千秋稳固。

娇娇心语:我爱我的老公,我更爱我的儿子。

实验室暗恋

小A是某所重点大学的研究生。她的导师带了十几个学生，大家共用一个实验室。实验室就是一间放了许多电脑的屋子，人手一台电脑，大家在各自的一亩三分地上查阅文献、调研、写论文、淘宝、吹牛。十几个年轻人天天见面，既是同学，又是同事。

小A是一个长相很普通、性格很内向的孩子，同性朋友没有几个，异性朋友一个没有。整个人最耀眼的地方是她的成绩，从小一直名列前茅，是一名百分百优等生，即使是在强手如云的市重点高中里，高考时她也被老师寄予厚望。报志愿时小A填报了清华大学，可是运气差了一点，她以两分之差从清华落榜，落到了一所普通重点大学。大学四年里小A依旧是个独行侠，精力都放在学习上，她一如既往地优秀，考上了一所颇有影响力的重点大学的研究生，就是现在这所高校。回顾小A的十几年学生生涯，除了成绩，一片空白。十几年来，她被自己打造成一个情感细腻丰富、满腹才学却又远离众人的人。当她第一眼看到T师兄时，她感到这是从她认识的所有男生中明显脱颖而出的一个，T师兄的光芒照亮了她的心房。

上帝对某些人特别偏爱，他们有好外形，又有好头脑，T师兄就是这种人。在学术上，T师兄发表了多篇有分量的论文，导师对他青睐有加；在篮球场上，T师兄矫健潇洒的投篮身影像流川枫一样吸引女生的眼球；在生活中，T师兄从来不会顶着一头油腻的头发,趿拉着拖鞋猥琐地出现。更重要的是,T师兄还是一个幽默的帅哥,家学渊源,儒雅有范。要让李莫愁遇到他的话,估计会一刀把他杀死,如此男子留在世上,也是空让万千女子伤心。小A依然是那个寡言少语、长相打扮穿着都不再吸引人看第二眼的女生,坐在实验室的角落里,在实验和论文中消耗着自己从没燃烧过的青春。

每天,小A默默地关注着她右前方再隔一个座位的那个位置,那里放着T师兄的电脑。他多会儿来,多会儿和别人说了句话,多会儿接了个电话,多会儿出去了,哪一天没有来……她一清二楚。她和他说话时尽量保持自然,她刻意少看他一些,少在人前谈论他一些,以免被别人窥见她心中的秘密。过节时她给T师兄发个"祝节日快乐、阖家幸福"之类的短信,如果收到回复,她会很满足,好像独享了一份属于他们俩的互动。在这个学生同居也很普遍的年代,同龄人也有已结婚生子的年龄,小A在感情方面还是一片空白,怀着一颗少女的心。她这份情愫显得那么格格不入,像个怪胎,她对T师兄的想法像一朵羞怯的小花,在谁也找不到的角落里,恣意地开。

当某天小A从同门口中听到了"T师兄的女朋友"这个词时,她感到心像是被狠狠地电击了一下。听说T师兄的女友考研时考这所大学未遂,回老家工作了,那是一个发达的省会城市,也许T早晚也要过去吧?同实验室里有个叫小Q的女生,是个长相小家碧玉、性格活泼开朗、很容易和男生打成一片的女生,当然,有男友,不过是异地恋,和T师兄一样。小A真不喜欢看到小Q经常和她的T师兄热烈地聊天,开玩笑,有几次他们俩还居然单独去食堂吃饭。她嫉妒小Q可以和T师兄走得这么近。实验室会定期开会,大家展示自己近期研究成果并提出下一步构想,导师会带着一张扑克脸来提问施压,除了小 A 和 T 师兄这样的学霸没人喜欢这个虐心的过程。当小 Q 回答不上来或者近期成果很不合导师心意时,T 师兄还会在一旁圆场,以专业的回答为红颜解围,颇有英雄救美之势。一个有夫之妇和一个有妇之夫,弄得这么亲密,太气人了。才女往往对才子倾心,但才子更青睐美女,剩才女孤芳自赏。

小 A 不是智商为零的人,她很久以前就在考虑怎样才能离 T 师兄更近。她觉得比较可行的过程是先 QQ、再手机、再面聊,接下来交情好了可以单独吃个饭逛个街什么的,再接下来的发展蓝图超出了她大脑能构想的宇宙范围,无法继续规划,但无论如何,她要让他注意到她的与众不同。一个周末,趁着导师不在,有人提议去 K 歌,得到热烈响应,大伙倾巢而出。小 A 唱了一首《约定》,优美动情,众人鼓掌,T 师兄也夸她是一位多才多艺的能人,看不出她还有这么婉约的一面,夸得她心都化了。他也是很赏识我的,她想。为君一句赞,断肠也无怨。

晚上回到宿舍,小 A 打开电脑,发现男神也在线,她也亮起了自己的头像。等了半天没有一个人理她。她主动出击,发去消息"师兄在忙什么"?半天回复一句"上网看视频",她又问几个问题,都是简短的回复,丝毫没有与她互动的意思。敏感的她知趣地下线了。第二天,T 师兄见到她也没有与以往不同,而且还在和小 Q 调侃,最后还说了一句"晚上我再给你传点"。原来昨晚师兄在给美女献殷勤啊,难怪对她爱答不理的。小 A 在心里骂了自己一句傻×,她浑身像是浸在了南极的冰水里。千斤诗书不及媚眼四两。每一次类似这样的事就像一枚图钉,针尖对着她,针帽对着T师兄,即使是同样的事同样的力度,对方丝毫没有感觉但她这方却是钻心的疼痛。

是撞到头破血流去争取,还是依然保持本我将T帅兄格式化掉?小A选择不出更忠于自己的内心的一面。哪天男神对她笑一下和她有交流,会让她的心充满电,接下来一段时间在现实面前电又被耗光,再充满、耗掉,如此这般贱,周而复始。小A常常在上一秒已在想象中和T师兄过完了一生,下一秒迎上T师兄的目光时又会羞涩地回避,她的世界时而膨胀成无限宇宙,时而塌缩成一个奇点。

T师兄要继续在这里读博了,据说以他的实力等到博士毕业有希望留校。小A听说后,立刻做了一个决定,也要申请在本校读博,还可以延长和他在一起的时间。在她看来T师兄和他的女朋友离分手又近了一步,小A仿佛又看到了曙光。

对T师兄的暗恋带给她唯一的收获就是,当听一些伤感的情歌时她能深刻理解歌中的感受了。她无法想象自己失去T师兄的那一天的情景,也不愿去想,最终大家都会找到相伴一生的人,很可能不是彼此,那时的小A能坦然接受并过好属于自己的生活吗?至少,那时的小A,已长成为大A了。不经历火烧的苦痛,哪来涅槃重生?

小A心语:心里想你千万遍,只化作见面时多看你的那一眼。

风水轮流转

静和霞是大学同学,同一个宿舍,也是一对好闺蜜。两人家境相当,性格方面静稍微外向活泼些,霞稍微踏实内敛些。刚入校时两人一起吃饭一起上自习一起逛街一起谈心事,好得好像一个人。大二时,静找了一个男朋友昆,昆的家里不缺钱花,他又是家中的独子,大手大脚,昆从不考虑花了多少钱,花在了什么地方。沾昆的光,静的生活阔绰起来,用最新潮的手机和最高配的电子设备,吃大餐,穿入时的衣服,如少奶奶一般。高调的静毫不掩饰她甜蜜的生活,不论是在言语上还是在行动上。宿舍的桌子上常摆着一大袋她和昆一起逛超市买来的零食,并且常告诉大家她上周又去哪儿玩了,明天又要去约会了。静和霞关系依然挺好,不过不像以前那么形影不离了,静更多的时间是在陪男朋友。其实霞也是有男友的,萌芽在高中,确凿在大学,不过两个人是异地,相隔千里,每隔两三天煲个电话粥来诉相思之苦。所以霞更多的时候是一个人去上自习,一个人去做兼职。她有时偷偷地想,要是我像静那样擅长和男生相处,会打扮自己,也能在校园里找一个不错的男朋友吧。还是静这样的人吃香,校园和社会都认可这样的人,我真得多学学她性格中好的一面。

静的大学生活流光溢彩,成绩不错,有闺蜜有知己,还有羡煞旁人的男朋友,静的日子过得快乐又滋润。很快,毕业季到来,静考上了研究生,霞在一线城市找到了一份工作,静的男友陪她待在同一个城市里,随便找份工作干着。同宿舍的姐妹们有的考上了更好学校的研究生,有的找了很好的工作,静的优越感不是那么强了。

霞工作了一年后,觉得学历比想象中重要,犹豫一阵,又辞职去考研,不久,她成了一所不错大学里的研究生。又过了几年,她又考上了事业单位编制,在某1.5线城市扎根,男友还是当年煲电话粥的那个,也追随她到了那里,二人倒也干脆利落,领证结婚。静毕业后面临一个选择,要不呆在好城市里,但很难有满意的工作;要不回到家乡——一个普通城市,工作体面,遥望大城市的繁华。昆早在她研一的时候就回到了家乡,在家里的安排下进了一个高福利单位。她心中向往前者,刚毕业时心中也颇有豪气,于是独居在大城市中,投简历面试,过了几个月,现实的冷漠让她不得不重新考虑出路。她投奔去了昆的城市,昆的父母有点门路,为准儿媳安排了一份安稳清闲的工作。但生活总有意想不到的事情发生,昆的单位搬迁了,搬到了省城,现在二人没有条件天天见面了,成了周末夫妻,忙起来两三周才得以团聚一次。

现在,静成了异地恋,不,应该叫分居。二人的状态与大学时相比,来了个对调。霞的城市比静的好,工作也比静的好,两人联系日益稀疏,甚至都没参加对方的婚礼。学生时代的友谊,存在心里时是那么美好,但在现实中在时空中,又显得那么弱小和无力。

在霞看来,自己走到今天这一步归功于自己一直踏实勤奋不张扬,过什么样的生活缘于过去点滴的积累,今天过什么样的日子,都是过去的自己赐予的。她觉得昔日的密友静也是有点福气的,不能说一点没有,但是还没有大到让静既在婚姻中称心如意,又在工作上让人仰视的份上,仅够在青葱岁月里如流星闪耀一下,没什么了不起的。

霞在微博上发了一句话:"有多大实力,享多大福。"说者无意听者有心,静看到不由得又酸又气,看来是我没实力,配不上过好生活是不是,你厉害你有能耐,该有的都有了,站在高处看我的笑话。女人的友谊如此脆弱,你我友尽。霞并不知道这条微博带给她昔日闺蜜的内心状态,她说这话的意思也不是要和静比,她周围有表现得更好更出色的人,她觉得自己还得不断进步。她体会到越往上走,视野越开阔,机会越密集。越往下,人天天被鸡毛蒜皮的事磕绊,白浪费心气,越安逸就越不愿动弹,白虚度光阴。

霞心语:生活会对所有人有最好、最恰当的分配。

静心语:不要得意得太早了。

难免有几段心伤

文有过三个前男友,现在的老公是她第四任男朋友。文是她们家姐弟仨儿中最出息的一个。文的父母都是农民,妹妹上了个大专,弟弟高中都没上,只有她考上了重点大学。农村人早婚,在文上大学的时候她的初高中同学里有很多人已经结婚了,文心里也为自己张罗起来,她觉得上大学这几年除了完成学业,找个好男友就是第二重要的事了。

大三暑假,她把交往了一学期的男友宽带回了家。宽个头不高,家也是农村的,比文大五岁,是文的学长,当时已毕业,在一家公司上班。文的父母对宽不太满意,虽说自己的女儿条件也没多优越,但也是村里的佼佼者,街坊邻居都夸他们家大女儿聪明有能耐,眼前这小子要什么没什么,个子低、年龄大、学历工作无亮点,面相也显凶,不讨他们家喜欢。于是文的父母坚决不同意,文也没有硬坚持。她想自己还年轻,再等等看,也许以后能找到一个自己喜欢父母也满意的,皆大欢喜。她和宽友好地分手了。

毕业参加工作后,文在自家所在的省的一个小城里工作。工作很累,文常常需要加班,很有压力,同事关系冷漠,文的日子压抑又孤独。这时,强出现在她的生活中。强是她因工作关系认识的,常有来往,二人渐渐熟悉起来。强成熟、温柔、体贴,帮她排解工作上的压力,为她充当修理工、搬运工、24小时救援工,是她生命中的暖男。强脾气好,受得住文有一搭没一搭的作,并笑眯眯地说谁叫我比你大呢。强暗示文自己已经准备好了随时结婚。

尽管如此,她还真不敢想象和强走到结婚的那一步,因为,强的年龄是硬伤,比文大13岁,带回家她的父母无论如何也不会同意的,文和家里人都还没有洒脱到接受如此悬殊的年龄差距。并且强除了脾气好再没什么吸引人的地方了,家里也有弟弟妹妹。真在一起了,日子肯定紧巴巴。文是个老实人,她想与其耽误强的时间,白白给人家留个念想,还不如早放人家一条生路。留在自己手里,也是一个鸡肋,于是她逐渐远离了强。这个时候,她听说宽已经结婚了,心里又不甘起来,虽说白给自己也不要的东西,心中是不把这东西当回事的,但突然被别人领回了家,内心的惋惜和遗憾就都来了,甚至还有一丝后悔,想着如果当年和宽结婚了,现在孩子估计都有了。

后悔不顶任何用,板上钉钉了,妹妹只能继续大胆地往前走。经历了俩了,文依然孑然一身。此时的她依然年轻,工作尚可,内心微熟,略懂穿衣打扮,关注时尚,脱去了学生时代的稚气土气,看起来和城里姑娘无异,就差旁边站一个好小伙了。单位里一位热心的大婶为她介绍了一位,她就这样认识了远。远比她大两岁,嗯,这回年龄合适了;工作是公务员,噢,这条听着也很好;是城里人,家就是这个小城的,父母还有工作,以后不愁养老,咦,看来是一位配她绰绰有余的金龟婿呀。文觉得远只要没长出两个鼻子来,长成什么样她基本也能接受了。且慢,还有一条,远离过婚。原来如此。但是,听条件文已经接受远大半了,为了前面那三条,她决定自动忽略第四条。

文下了大功夫来和远相处。她按远的审美口味打扮自己,蕾丝衣蓬蓬裙高跟鞋,甚至还买了假发戴,以美女的形象出现在远的朋友们面前,给足他面子。她学烹饪,为远做可口的饭菜,她报名学习乐器学习瑜伽让自己更接近远心中的理想人选。上天不负苦心人,远终于要带她见父母了,她精心挑选了见面礼,到了远家尽可能表现得乖巧贤淑。远的父母对她也很客气,她觉得自己快成为这个家中的一员了。但后来,远再没带她去过家里。从那次见过父母之后,远对她逐渐冷淡起来,联系她的次数越来越少了。后来索性说自己要出个长差,大半年都不会回来了,此男从此人间蒸发。

在这个从夏天逐渐过渡到冬天的过程中,文反省自己哪里做得不好,哪里让对方不满意了,她的心吊在半空中,上不着天,下不着地,不知要等到何时,终于,她自己把心放到地上来,告诉自己结束了。居然被一个离过婚的人甩了,真让人沮丧到极点,文认定既然远离过婚,那还有什么资格挑来拣去,以自己的条件,怎么就嫁不进远的家门呢?文悲观厌世了几个月,觉得自己这辈子再也嫁不出去了。她恨远耽误了自己择偶阶段的宝贵时间,浪费了自己珍贵的感情。

再接再厉。在一次同事的婚礼上,经朋友撮合,她结识了豪。豪不好也不坏,文对他没多喜欢但也不讨厌,和前几个相比,没有远那么理想但也比宽强一些。在豪面前,文不再挖空心思打扮,但也不敢太无理取闹。一方面她之前折腾累了,一方面她也懂了拿捏分寸。她只求每天下班回家时吃饭有人陪在身边,苦闷时有人安慰,孤独时有人聊天,一起做伴来度过漫长的岁月。

她和最好的女性朋友倾诉,你有过饱饱地吃一顿的经历吗?吃得太多,撑着了,吃伤了,下顿吃不下去了,要清汤寡水好几天胃才能慢慢恢复。你有过连续工作了很久很久,看见工作就想吐,大脑短路精神痴呆,只想好好睡一觉的体会吗?恋爱也是这样,人经历了一场爱情后,很难立刻投入到一场新感情中去,心也是需要休息的,吃得太饱伤脾胃,爱得过火伤心,所以我再不敢让心里的火烧得太旺,以免失败时需要休息的时间更长。再说我也经不起折腾了,没有足够的时间来为休息买单了,就他吧。半年后,文和豪二人结婚了。

文终于搞定了自己的终身大事,此时她29岁,在村里算数一数二的晚婚姑娘了。婚后闲暇时她喜欢看些电视剧,用来代入并感慨自己曾经的几段感情,当然这种女人的内心活动,老公是不会知道的。

文心语:女人喜欢看爱情片,是因为心里还有没想通的感情故事。

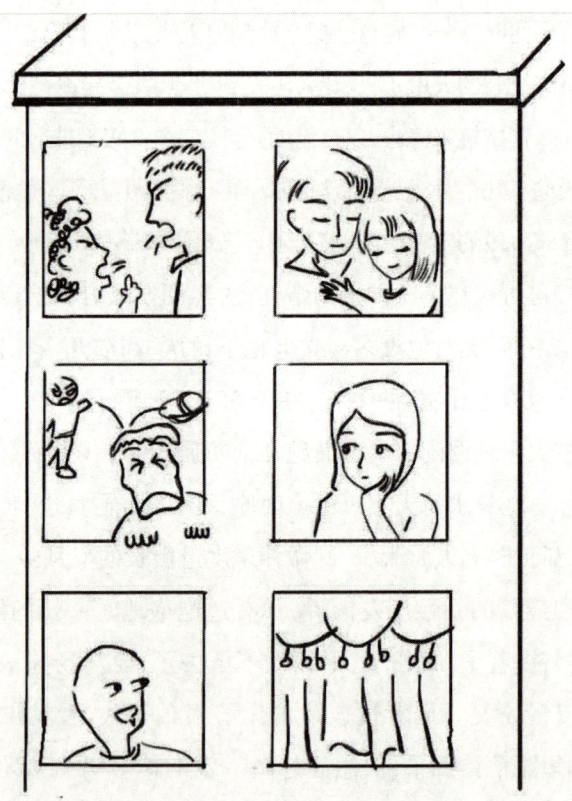

第二部分 单身篇——

单身的100种消遣方法：光棍女屌丝的生活

老丁失恋了，她悲伤地告诉我："我们这次彻底崩了，'十一'七天我都是一个人过的，七天啊……"我在电话里安慰她："那不要紧，我都一个人过了七年了。"光脚的还想安慰不缺鞋穿的。

我想，学校里真该开设这样一门课，教一个人无所事事时如何找乐，比如跑步、健身、读书、看电影、写诗、刷微信微博、泡吧、考证、逛街、旅游、做一次美食分几次吃光、学乐器、逛家乐福、暗恋、酝酿表白、冥想……再开一门课，教一对无聊的伴侣在一起时如何打发时间，比如一起做饭、吃饭、吵架、上床、和好、玩浪漫、秀恩爱、养宠物、登山、游泳、打球、K歌、骑行和自驾游等。课堂上众人一起讨论挖掘，集思广益，必能总结出许多奇特的活法，让年轻人不论是单身还是情侣都能尽情享受到活着的欢乐——这么实用的技能学校怎么不开课呢？

租 房 记

我从毕业离开校园,到拥有并住进了属于自己的小窝的这段日子里,租住过五套不同的房子。

刚毕业出来时,面临的第一个问题就是租房,我的第一套房子是在网上找的,两室一厅,和一个医院药房工作的小姑娘合租。那个房子很老了,大概建于上世纪80年代,水泥地,水泥露天阳台,屋里插座竟然还是老式圆形的,能让人产生童年的回忆。当时我没有任何租房经验,人傻钱少,看了这屋子宽敞明亮租金便宜就租了,一人一间。搬进去住了一阵子才意识到这房子有很多缺点,房子是楼的最西边,夏天很热;挨着马路,白天晚上都很吵;旁边不远在建酒店,晚上很晚还有工程车隆隆驶过;不能上网,工作娱乐都不方便,这是我后来决定搬走的最主要原因。合租的姑娘二十三四岁,心眼不错又能吃苦,除了在医院工作还在健身馆做兼职,忙得成天不在家。她晚上回来直奔厨房噼里啪啦开始大干,炒出一屋子辣椒烟,做好的饭菜分装进3个饭盒里,这是她第二天的口粮。我们都是刚出校园,都没什么朋友,所以家里少有外人出现,她从不带任何人回家来(我太喜欢这一点了)。相比之下我有点不仗义,我妈过来陪我住了一阵子,还有两次我留亲朋在这里小住两三天,逐渐她开始对我怒目而视。我理解,她的资源少多了,厕所厨房都不如以前那么空闲了,小小太阳能热水器也不够我们三个人洗澡了。我觉得我们母女把她弄得顾影自怜,即使常邀她同吃我妈做的美食也不能浇灭她的怒火。并且住的条件实在太简陋，不久我就又找到了第二家。第一家我住了四个多月。

后来我们基本没再联系，一次在路上偶遇，那时我搬走一年多了，得知她还住在那里，一同合租的是一对夫妻了。我不禁不厚道地想，和夫妻合租还不如和我合租呢。不知现在她怎么样了，希望她已经找到 Mr. Right（真命天子）了。

第二家是我最深恶痛绝的一家。当时决定租是因为有电热水器，这样冬天可以洗澡，而且可以上网，我很多工作已经离不开网络了，仓促地决定租下，为了这点好处我再没享受过安静的生活。这房子是一对母女刚买的二手房，她们家在六安，到合肥一小时车程，所以她妈经常过来看闺女，一星期有四天以上都过来住。那小姑娘二十一二岁，比较漂亮又广交朋友，常有同学男友之类的来家里，这也许是被她妈妈盯紧的原因。我数了一下，我住的几个月里，她共领过二十多个不同的人到家里。她妈也是一位活跃人物，喜欢招惹亲戚来家里吃饭，而且刚刚梅开二度成功，常让自己的新老公来吃晚饭，她的前夫和归前夫的儿子也来过。这样的住户只要在客厅里安放一台摄像机，用不了多久就会有一部电视剧出来了。多么和谐的家庭，只有我略显多余。此妈是一位初中老师，为了赚点外快还招学生来家里上课。她的嗓音独特，很粗又沙哑，正常说话也像在和人吵架，我在屋里关紧门根本没用。那时我备着新课很想安静，她在客厅里声音嘹亮自我陶醉地讲解着，那阵子我一般都等夜深人静时，再专心干点自己的事。备好课睡觉时一般都是午夜12点了。下了班我也不愿意回家，一回家也许又有一屋子人在客厅吃饭聊天，我坐在自己屋里也能清楚地听见他们的每一句话。

真受够了,我再一次寻找房源,在这家租了5个月后,我又换了新居。搬走时我有一种解脱的感觉,我可算是从里面出来了,我又能过正常人的生活了,再不用回家后面对一客厅的人,从背后也感受到打量的目光了。

第三家我住得时间最久,将近一年半。在这里我过得非常舒服和快乐。我们两个人各自活在自己的世界里,井水不犯河水。新室友是一位大医院的护士,收入可观,瘦高个,似乎有位异地恋男友。一对相处得好的合租室友,首先是互相不会招惹对方厌烦。我们像金星和地球一样,各自在各自的轨道上运行,互不干涉,有时碰面聊两句,回家时带点家乡特产来分享,互相帮忙收下快递。没有深交,但也不会绝交。我妈来小住时,她也不排斥,和我妈处得很好,赞叹我妈的厨艺。我们年龄相仿,一个是单身另一个也算半个单身,她的异地恋男友不常来看她,很多事遮遮掩掩,没有诚意娶她,最终散伙。她又接触了几个,也不太顺利。有一阵子她十分压抑和悲伤,在房间里号啕大哭。我觉得我得做点什么了,于是请她吃饭,我二人第一次一起上了街下了馆子。后来她也逐渐想开了,何苦悲情苦情,鲜花暂时没有找到牛粪而已,再说姑奶奶我条件也不差。她和我约定一起加油,比赛看谁先嫁出去。她是一位独立、情商高的姑娘,既能在工作上独当一面,又可以把自己收拾得清新可人,知道什么话该说,什么不问,有这样的室友,我那一阵子下班后很想回家,我们在各自的房间里上网,偶尔聊聊天,永远和平相处,没有任何利益纷争和钩心斗角。

日本有个漫画家叫高木直子,多年一个人生活,后来我看她的作品《一个人住第五年》《一个人住第九年》,看到里面的一些心情和生活场景,回想起我跟护士合租的日子。单身生活偶尔会寂寞,但很多时候都自得其乐,想节食时不会看到家人吃好东西而受到诱惑,想去哪里玩不会因为家人反对而搁浅行程,想上进时不会受懒散的家人影响,想吃就吃,想玩就玩,说走就走。我挺喜欢那一段生活的。

我的三个合租人,除了第二个太吵以外,其余两个都很好,都可以算是完美芳邻了。她们能干,能吃苦,耐得住寂寞,懂得奋发向上,都是从农村走出来的,在城市里没有任何人可以依靠,凭一己之力留在城市里并不断奋进,坚忍不拔。

租第四套房子时,我和老陈已经筹备结婚,一来是为了节约生活成本,二来下定决心准备互相适应对方的打嗝放屁和无理挑剔,我们四处挑选,敲定了一套两室一厅的房子。这房子我们各自坐单位的班车都很方便,基本生活设施一应俱全,楼下有菜市场和连锁超市,门口有一个超级大货又全的水果店和一家我们都爱的卤味店,早晨有早点摊,晚上有夜市摊,去市中心有直达公交,住在这种成熟配套的小区真是舒服死。我们又购置了一些简单的家具,买了豆浆机,经常自制豆浆喝。三餐也经常做得很丰盛,晚上闲暇时不是看电视剧就是下电影看,几个月下来,老陈的体重飙升了十几斤。要不是这个房子没暖气,也许我们会一直住到自己的房子装修好。在这个出租屋住了一年后,我们萌发了搬到更舒适的房子里的念头,首先考虑的条件就是这次一定要租个有暖气的。我们寻觅了很久,每天看好几个租房网站,同时在附近有暖气的小区里寻找出租小广告,终于,相中了一家满意的房源。

我们的新居太好了,两室一厅,不光有暖气,卧室厨房厕所设施不必说,还有免费网络,家具看起来也比之前的上档次多了,有足够的收纳空间,还有个小院晾晒衣物。住在这样的房子里,心很敞亮,觉得自己活得越来越像样了,像白云大妈一样有钱,到食堂吃饭打菜时根本也不在乎菜的价钱了。这房子还有个优点,旁边就是中国科技大学的校园,我们有食堂的饭卡,懒得做饭时常去食堂吃饭,两个人点四五个菜,丰富多彩。

经过这几次搬家,我住的房子越来越像个样子了,搬家是件好事,后面的房子不好还会搬家吗?肯定是越换越好,看我租过的这几个房子,从圆木插座到舒适暖气房,这应该也是一切在城市中从零起步的年轻人生活的缩影,那就是,房子越搬越好,日子越过越美,越来越活地像个"人"一样。

做 家 教

学生时期,我做过几份家教,主要是为了赚点零花钱。那时我大学刚毕业,考完了研,想在等成绩等面试这段无聊的日子里找点事做。我在大连的街头闲逛,留意着各类招聘信息,去面试了几家专业对口的公司,面试了影楼想当个无门槛的摄影助理,还在一个装修公司做了两天业务员,最终证明,我都不是人家的菜。无论走到哪里,过不了多久我的傻气就掩盖不住地释放出来。作为一个百无一用的书生,还是个女书生(不能当牲口使唤,不能呼来喝去),找的又是短期工(人随时会溜掉),谁会脑壳坏掉招我去工作,我找工作的过程有点艰难。兜兜转转一番下来,我依然是个无业游民。

思索了一下我觉得只有做家教最适合,我觉得以自己的水平辅导个中小学生还是绰绰有余的,于是通过中介开始寻觅。很快活来了,一位中年妇女约我见面,她高一的儿子需要辅导英语。我们在家乐福门口见面,对方是一位和善的阿姨,她好客地给我点了杯外卖豆浆,为了表示礼貌,我喝光了豆浆,我想如果只喝一口就扔掉太浪费太没教养了。门口还有卖小吃的,她又很热情地点了两份焖子,一人一份。焖子是东北的一种小吃,类似粉坨,在铁板上烙熟,外脆里嫩,活着蒜泥一起吃,吃完后满嘴喷蒜。当时我不好意思一见面就吃人家的东西,她一定要邀我同吃,于是我客随主便,吃了几口,之后我们坐了一个小时的公交车去她家,车厢挤得像沙丁鱼罐头。到家坐定,开始辅导阿姨儿子学英语,他是一个黑黑的小胖子,阿姨坐在一旁监督。那股大蒜的力道甚是强劲,有提神醒脑之奇效,我觉得我就像一台高功率的喷蒜发动机一样,我和小男生被包裹在这股大蒜强对流风暴中。我余光瞥见小黑胖正不满地翻着白眼,好像在说这老师给人辅导还吃什么大蒜,太没修养了。

冤枉啊,我真不是故意的啊,是你妈非要请我吃焖子,我当时真没想到一会儿的家教会产生这样的后果你能相信吗?那天的辅导特别漫长,我如芒刺在背,和小男生交流效果也很不好,我的每一句话带给他的不是学习的启迪而是某种煎熬。快结束时,进肚的豆浆发生了作用,我感到尿意盎然。但初次到人家家,我不好意思借用人家的厕所,再说一般人也不会喜欢让陌生人用自家厕所吧,我只有努力地憋。结束时我仓皇逃出,小男生显然更希望我这头移动的大蒜早点离开。从他家出来后周围都是家属楼,方圆几里难觅公厕,于是,狼狈的我只好带着要爆炸的膀胱又坐了一小时公交回到了熟悉的家乐福地段,终于卸货。第二天,他妈打电话告诉我,说她儿子觉得我的方法不适合他,意料之中的结果。我当时想和她说其实这都是您焖子的功劳啊。到了现在,那个小黑胖的眼神我还记得,请他闻了半天的蒜,实在对不起,见谅见谅!那次失败的家教给我的教训是,如果要和人见面,之前千万不要吃蒜;如果没有方便的如厕条件,不要喝太多的水。

第二份家教比第一份家教要成功得多,也是我做得最有成就感的一份。这一次是两个初二的小女生,她们要补的科目是物理。她们两个胖一点儿的叫思宁,瘦一点儿的叫小月。思宁喜欢耍宝搞怪,小月喜欢插话联想。我们三个等于是边上课、边胡侃,气氛轻松融洽。尽管我是一个偏内向话很少的人,但是和她们在一起就话特多。善于和人聊天的人能把人想说话的欲望调动起来,总问在最恰当的地方,让人正想在这点滔滔不绝地说下去。她们问我的习题,对我来说也是小菜一碟,我初中物理学得还是不错的,再使出浑身解数让它更有趣更容易被接受,我把我全部学物理的精髓和简便的解题办法全部告诉她们了,她们学会了还会来一句,噢,原来这么简单,教这样的学生简直让人有成就感极了。休息时小主人会到厨房拿来西瓜,大家一起吃。我们三个在一起,很快乐。我都怀疑她们两个是上天派来让我开心的精灵。我问她们,你们很聪明啊,物理怎么就考不好呢?她们物理成绩一个五十多,一个四十多,她们说物理老师不好,全班都不喜欢他,全班没几个及格的,五十多的分数已经不错了。原来是孩子们闹情绪,赔进去了自己的成绩。

我只教了她们一个多月,7月份我必须离校离开大连了,再开学要去另一个城市读研了。后来在那年寒假的时候,思宁的妈妈打电话给我,说女儿期末物理考了85分,她很惊喜。嗯,我早就知道,她们本来就是聪明的孩子。又过了一两年,鲜有联系了,一次寒假中,思宁的妈妈又打电话来,她提了一个让人意外的请求,她想请我再去大连,趁假期给思宁补补理科,来回坐飞机,机票她买单。她说女儿的成绩最近又不太理想,想起了我这个家教,想好好给她补一补,争取文理分科的时候选择理科。我觉得这个要求与其说是请求不如说是荣幸,是对我莫大的肯定。过去了好几年地理距离又这么远,不惜出机票钱请我过去,求得一个想象中的效果。家长要是认准给孩子学习投资,绝对愿意一掷千金。

我忘了我当时是怎么拒绝她的,总之是没去,太折腾还不一定有当年惊艳的补习效果,再说我要陪父母过春节。现在的我也许能有更得体的语言来给这位望女成凤的母亲更好的建议,当时我还觉着怪对不住人家的,说不定我去了真能助她一臂之力呢。思宁那圆圆的脸,满不在乎不时冒句冷幽默的样子又浮现在眼前。思宁啊思宁,又暂时找不着学习的感觉了吧?

我印象最深的是我最后做的那份家教,家里有姐弟俩,分别上初三和初一,两人在一所有名的学费偏高的私立学校上学,每天早晨6点多作伴一起坐公交车去学校。按规定我须每天晚上都去陪他们做作业。周六日下午和晚上都得去一直待着,他们的妈吃定我是在校学生,有的是时间。我的任务是随时解答姐弟俩的疑问,并且奉其母之命不许他们看电视,更像个监工。家里两个孩子都上私立学校,学费不菲,难不成家长是个成功的上流社会人物?非也,其实两个孩子的妈只是小学毕业,自己在家门口开了家理发店,随时回来检查孩子们是不是又偷看电视了,常分身乏术,干脆雇个我这样的老师。孩子们的父亲职业不详,但看样子也是给别人打杂跑腿一类的职业。母亲只比女儿大18岁,典型的早婚早育,孩子小的时候扔给老人带,夫妻俩到大城市做做零工,摆摆地摊,卖过菜,开过饭馆,等到孩子大了,接来城里上学,自己开家店赚钱养家。这些都是弟弟闲时和我说的,弟弟的大脑实在没有开学习的窍,每次我反复给他讲解初一的数学和英语,非常基本的问题他也一脸茫然,我都感到头要讲爆炸了他还是不懂,我二人都很无奈。但是弟弟较有人情味,擅长讨好母亲也从不顶撞别人。有一次他妈回家后气愤地说店里来了位不讲理的顾客尽挑刺,如何如何难伺候,说到激昂时骂道,剃个鸟头,作成这样,作个鸡×毛!妈妈出口成脏,这时她儿子紧张地看着妈妈又歉意地看看我，恨不得替他妈收回刚才那句话。弟弟的心理还是像个儿童，认为妈妈是完美的，孩子要听妈妈的话，一定要想方设法让妈妈满意。虽然自己不喜欢学习而且总也学不好，但是为了妈妈，也要尽力学下去。姐姐当时有17岁了，才上初三，缘于父母早年顾不上接孩子来城里上学，上学很晚。她正处叛逆期，常流露出对母亲管教的不满，也正是充满浪漫幻想和憧憬的年龄，却连自己的房间也没有，姐弟俩住一个房间，上下铺，五六平方米的屋里除了桌椅、一个柜子再无他物，房间常有老鼠出没，旁边是同样狭小的父母卧室，再往外是一个小厅用来吃饭及堆放杂物，走出去是露天煤气灶和水龙头。

　　就是这样的家庭，母亲对一双儿女寄予厚望，因为自己没读多少书，这个遗憾一定要在下一代身上弥补回来，让孩子们通过学习改变命运。她希望女儿至少能念到大学毕业，成绩不尽如人意的儿子起码也挨到高中毕业。两个孩子每天做着总也做不完的作业，他们说老师们带的班成绩好的话工资也高，都铆足劲儿想教出好学生，通过留大量作业来实现，班里同学平均都12点睡觉。初中就这样，高中还得了？现在的世道已经这样摧残花朵了吗？我记得十几年前我上初中时最晚十点也就睡了，那已经是过去年代的美好了吗？这样一味地死学死磕，真能教出一个聪明优秀的孩子吗？但是孩子的妈妈觉得老师多留作业是对的，起码他们没时间玩耍和看无用的电视节目了。她常对我说，你给我看紧了，我苦点累点都行，一定得让他们好好学习。我几次想委婉地告诉她，你女儿或许还有上大学的希望，但儿子真的不适合走学习这条路了。但我话刚讲出一点苗头她立刻变脸，连珠炮地反问和控诉没有知识的苦，让人意识到万般皆下品，唯有读书高，那意思是老虎生存怎么能不学会吃肉？我儿子是头老虎，你非不让他学捕猎和吃肉，那以后怎么办？不中不中。和她交流后，我深刻地明白了，孩子在幼儿时不需要什么父母的教诲，不需要启蒙，不需要养成什么良好的习惯，更不必花精力花钱带他们四处游玩开阔眼界，谁带都一样，怎么顽皮都不要紧，有吃有喝死不了就行，但是到了上学的年龄，一定要头悬梁锥刺股，要成绩好，以后上个好大学，才能找个好工作，人生从此上坦途。她坚定地认为，自己今天为孩子吃的苦将来都会有回报的，孩子们以后会理解妈妈的苦心的。如此固执又理直气壮的父母，我衷心希望这两个孩子这辈子都能和妈妈和谐相处。

很多父母对孩子的能力都充满幻想，希望孩子可以成长为家长所期望的样子，自己是只麻雀却希望子女有凤凰的基因，还把子女和自己中意的孩子横竖进行比较，当然比较的是自己看中的特质，比如成绩好、有才艺、有心眼、会做生意的、能为家长长脸的。孩子还没有绽放，谁能知道他以后会长成一株雪松还是一朵荷花，是一只猎豹还是一头骆驼。在他还没长成天鹅的时候，不要嘲笑他不如别的鸭子们漂亮。孩子们有时真该霸气地说一声，我已经尽力了，这就是我了，你觉得我不如谁谁谁，但养了他你的烦恼会更多。

不适合旅游却适合生活的地方

我的家乡在北方一个产煤城市的市郊,那里有一家军工企业厂。厂子的职工和家属加起来数以万计,形成一大片家属区,还有附属的子弟小学、中学、电影院、电视台等,这里就是我从小到大生长的地方,它有一个好听的名字——西花园。

这里有我和我从小一起长大的小伙伴们太多的回忆,还有我们父母那辈和他们的老伙伴们太多的往事。厂子是上世纪50年代建造的,当时许多来自祖国各地的年轻人到这里扎根成家立业,把青春和人生都奉献给了这里,过了二三十年,他们的子女又成了同学,所以在这里,大家彼此之间都认识或者拐不了几个弯就联结在一起了。随便马路上两个人打个招呼,也许其中一个人就是另一个的三舅的同学的大姑子的外甥,或者是姨妈的表妹的小叔子的岳母的弟弟。我妈在这里住了几十年,走在这里的街道上,走一百米能遇到七八个熟人,一路走一路不停地打招呼,不时地停下来聊两句。年轻人的父母们见了面热乎地交流着,你女儿什么时候结婚?你儿子有对象了吗?还没呢,你身边有合适的吗?帮咱介绍介绍。行啊,在什么地方?在北京。咱们好多同学的孩子都在北京,我帮你打问打问。王某闺女结婚了吗?blah blah blah……两位老伙伴能从太阳西下聊到月亮升起,充分做到了资源共享,聊后通体舒畅神清气爽,满意地回家。在这里谁家要是有个什么事,不出几天,全西花园的人就都知道了。

这边属于塞外，气候比较干燥，春天也有不尽如人意的沙尘暴，但这些并不影响她的魅力。冬天，家家户户通了暖气，是厂子自己烧的，暖烘烘的，哪怕是再冷的冬天，外面零下二十度了，在室内穿一身毛衣裤就可以了，一点儿也不冻手脚。在家里吃饭学习做家务看电视，做什么都舒服。这里的学子到了南方求学，共同感受是，夏天热死了，冬天没有暖气冷死了，还是家乡好。夏天，到七八月份全国大部分地方都进入了高温酷暑天气，这里凉爽宜人是避暑胜地。许多在南方给子女看护小孩的老人们都回来消暑，夏天在这里住惯的人大多吃不消别处的酷暑，由奢入俭难。8月是最美的季节，当地新鲜蔬果上市，脆脆的黄瓜、香甜多汁的水果玉米、黄色的沙沙的西红柿、香甜味飘到很远的香瓜、离核的酒保桃……新鲜又香味馥郁，日照时间长、昼夜温差大才能培育出如此成色的瓜果来。水果玉米是我的最爱，每年暑假回家，我都大吃几次。在南方吃的玉米不好吃，又干又硬很难嚼烂并且什么味也没有，嚼得腮帮子连着头都疼。南方的粮食基本都不如北方的好吃，玉米栗子红薯之类的，一点也没有粮食的香甜味，像在吃塑料，也好意思叫玉米、叫栗子、叫红薯？北方的粮食和瓜果大多比南方的生长周期长，口感滋味也更好些。家乡的水果玉米，顾名思义，饱满汁多似水果，还有玉米本身的香，另有种独特的香味，咬下去就停不了口。每天早晨想到中午有水果玉米吃，这一天就都有了盼头。每年暑假吃完这里的瓜果回到南方工作，吃着大棚里长出的蔬果，味同嚼蜡。夏季，白天再热也不过三十二三度，到了夜晚，也就二十五六度，要多舒服有多舒服。小风一吹，街上到处都是乘凉散步的人。家属区靠近中心的位置有一个大大的操场，是西花园人代代相传的健身娱乐场地。这里，有跳广场舞的,有三三两两散步聊天的,有在沙坑里玩沙子的小朋友,也有散步的孕妈妈。老年人在这里健身,孩子们在这里快乐地玩耍。学校的运动会、工厂的活动都在这片大操场上举行。厂里经常会举办一些活动,比如排球、篮球、拔河、健美操比赛,到了晚上操场上灯火通明,助威声吵闹声此起彼伏。

这里的饭菜有很强的地方特色,大街上随处可见火爆的饭馆,手艺好的几家到了饭点人满为患。北方的粮食本身香味十足,这里的人尤其擅长做面食,卤调得咸淡适中,荤的醇香,素的爽脆,地方小吃炸油糕外酥里嫩,羊杂油滑辣爽,一个凉拌土豆丝就味美得够入梦。这些美食不光让人胃口大开,价钱还很公道。我家楼下的街上有几家家常菜馆、自助餐馆,人均花十几元就能吃得又饱又好,心里和胃里一样满意,饭菜美味得让人想哭。回老家总要去一家自助小吃餐馆解解馋,每次去我都陷入选择性综合征中,牛肉面很香,粉杂也想吃,素包子、土豆饼、馅饼、甜油饼,主食选哪样好呢?选了一样就意味着放弃了另一样,这真难。要不,吃盖浇饭?那是选鱼香肉丝还是宫保鸡丁呢?还是过油肉呢?额外再加一块红烧肉还是四喜丸子呢?最后往往是连续来了好几天,把相中的全吃一遍。《舌尖上的中国》介绍这里的面食仅仅是拍了一些外形出彩的雕花馒头,根本不足以描述其精髓。美食味道的重要性远远大于外形,几个镜头哪里能传递出这里饭菜中油、肉、菜、粮那完美的融合?那人间烟火中接地气的化学反应?那浸入骨髓的香?

一个地方的小区越老,配套越成熟,生活也越便利。我们家楼下就有一个自由市场,里面蔬果杂粮日用百货一应俱全。一两站路开外,每天早上自发兴起一个早市,已持续了多年。早市上,不光有小贩们在这里卖菜,还有附近的农民卖自家种的刚从田间地头采摘下来的新鲜货。早市绵延数百米,把两车道的马路占得满满当当,走在人群中摩肩接踵,从7点热闹到9点。这里是西花园人民每天早上的见面会,熟人们热情地打着招呼,拉着家常。

　　这里就是西花园,一个普通的城郊地区,没有任何迷人的景点,但是无比适合居住,有着最人间的烟火气。后来我去过许多城市,每个城市城镇中都有这样的地方,不起眼却又那么有家居气息,是所有人心中的家的概念。在这里生活优哉游哉,身不疲惫,心灵快活,她像一个样貌普通却又温柔贤惠精通厨艺的妈妈,孩子走多远看了多少美景还是想念妈妈做的饭菜和家的温暖宜人。

　　看电视说,有海外的老人在异国居住了几十年,拥有了地位和财富,又撇下一切回到了祖国,原因是想念家乡菜的味道,想念了几十年,终于被它吸引回来,落叶归根。游子走多远,想起家乡,还是那么迷恋她的味道,那里有胃的记忆,有玫瑰色的初恋,是一切怀旧情愫的起源。怀旧如暮色一般,红日当头时难觅踪影,时间越晚,越深深被它笼罩。

理 发 师

一、千姿百态的理发师们

"每次理发都是一次赌博,我就从没赢过。"这句话,我一万个同意。我是个很不愿意去理发店的人,理发师是一个盛产奇葩的行业。我遇上的理发师大多数都是下手重、屁话多、技术差、口无遮拦,有时剪完头发憋一肚子的气,也有个别德艺双馨的,能碰上实在是福气。为了能少去几次理发店,我经常自己在家修刘海儿,头发实在长了需要整体修剪了或者被我剪残了才去理发店修剪一下。以至于我现在颇有几分自己修刘海儿的手艺了,全是被逼的。

最给我脆弱的小心灵造成打击的是这么一位爷,现在想起来还心中难受。中国科技大学东门附近有家理发店,当时我住在那一片,有一天看到这家店新开业,里面的姑娘小伙穿着制服,看上去管理有方很专业,我决定去试一试。给我服务的理发师是一位二十出头的小伙子,在刚开始的几分钟,他给我热情推荐了他们的洗剪吹服务和他们的美发试剂,极力游说让我烫头,我明确表示我不买我不烫我掉头发不烫不烫不烫。接下来他给我修刘海儿问我有什么要求没有,我告诉他我平时梳一个马尾,左边略秃,能否多分些碎发下来遮挡一下。他说只要烫头头发立马变多,根本不用担心秃的问题,我不烫实在是固执至极。我真不喜欢他这种曲线救国又捎带抨击人的思维。我请他不要给我剪成齐刘海儿，那样会显得脸像一张大饼，之前我体验过，他说剪成齐刘海儿才会显得脸小，我根本什么也不懂。我的实践完全败在了他的理论下。整个谈话过程我们完全不合拍，像非洲的狮子遇上了南极的企鹅，无论怎么搭都相差甚远。和他聊天就像是摸一头长了倒刺的驴的毛，就算懒得和他争执顺着毛摸，居然还冷不丁被倒刺伤到。他语气尖刻、每句话都要占上风、飞扬跋扈，这样的人真不适合做服务行业，我都怀疑他那天正处在生理期。最后他给我下结论："你受的教育有问题！"这句如雷贯耳的评价至今刻在我脑子里，再也忘不掉。当时我也够窝囊，听了这句话大受打击，哭丧着脸瘫坐在那里。连他们店里的人都看不下去了，一个稍微年长一点的过来圆了几句场。理完发临走时，他给我一张卡，每位顾客是要为理发师打分的，我在心里白了他一眼，给他打了个D，但是我在那张卡上写下了个A，我想刚才他的表现说明他是一只疯狗，给疯狗差评，被它咬一口就不值得了。他看到那个A相当开心，还送了我一张他的名片，告诉我他每周三休息，其余时间都在，欢迎再来。难道我还会再来吗？出门后我用那张名片擦了鼻涕，把它扔进了垃圾桶。在那以后很长的一段时间里我对理发店都有心理阴影，再不敢单独去剪了，一定找个伴同去。

关于修刘海儿，每次理发时我都会要求理发师们不要给我剪成齐齐的刘海儿，我认为那种发型显得非常刻意为之，不适合脸大的人，也不适合28^+的人。稍有点手艺的发型师会将顾客额前的头发拉起挑高，然后用带锯齿的剪刀修剪，剪过后放下来，这样修完的刘海儿略微细碎，非常自然美观。但是，大多数时候我都失望得不得了，当对方把我的刘海儿整齐地梳在我的额前，头发服服帖帖的，然后他用剪子将末尾剪成一条线时，这又要诞生出呆板生硬的齐刘海儿发型了,他们根本没有弄懂我表达的意思和我想要的效果。这样的操作我自己在家里都能完成,何必来找你?这时我真恨不能分身,自己站起来剪,为什么今天又浪费时间来遇见一位没有手艺的理发师。理完的结果只是换了一种丑法。

我有一段时间遇到了一位有真本事的理发师。我偶然路过他开的小店,店门口贴着他的简历,他哪年师从何人学艺,哪年到哪里进修,哪年得了什么奖——列出,真是一位与众不同的发匠,我不由得来了兴致,进店一试,理出的发型果然让人非常满意,修饰了脸型的不足,刘海儿的长短和形状恰到好处,效果好得可以立刻去上《非诚勿扰》了。后来我每次理发必去他的店,遗憾的是,在我发现他不久后,他离开了这座城市去了上海,去寻找更广阔的天地了吧,那以后我再没遇到过一位手艺赶得上他的理发师了。

有一次是位女理发师为我服务,洗头时大概我掉了很多头发。她惊呼:"你怎么掉了这么多头发?"我说:"每次都这样,我已经习惯了。"她好心地建议我:"你应该到医院去看看。"这话说的,我的天,掉两根头发至于去医院吗,人每天正常脱落的头发都有几十到一百根,理发师们总是擅长成功地让人心里一沉。后来我一直没有说话。到最后,她似乎觉得自己说错话了,没话找话道:"你的头发好黑啊,从来没有染过吗?""没有。""好黑啊,现在能有这么自然黑亮的头发,真是不多见了!"这句应该算是对我的弥补吧。总的来说,女人还是比男人更善解人意,就体现在这里。

有人一语道破真相,你左不满意,右不满意,挑了这个挑那个,说到底,就是不肯承认是脸的问题。唔……呜呜呜……长得丑已经很痛苦了,难道还非要告诉丑人让她更痛苦吗?但是如果人人都有天然美,还要发型师、服装师、化妆师干什么?朱德庸的漫画里说,每个理发师都觉得他的顾客应该被 head cut(剪头)而不是 hair cut(剪发)。理发师天天面对一些挑三拣四吹毛求疵长了一张什么发型都掩盖不住的无敌丑脸的顾客们,也很想哭吧。但是,谁想哭谁是混口饭吃的末等理发师。真下功夫修得一双金剪刀手,让每个顾客理过一次就把你封为 TA 的御用理发师从此再不去别家,技术无可匹敌、地位无可替代的能人,就算你理一次一千块钱,且看有没有人来!理发师这个行业,伯乐常有,而千里马不常有啊。

二、一次不错的理发体验

有一次我在市中心发现一家看起来很上档次的美发店,装修得像个咖啡店,放着有文艺气息的歌,理发价格不菲,我从未进过这么贵的店。我突然想体验一把,于是进门,花了平时 6 倍的价钱修剪了头发。从洗头到征求顾客意见到最后剪吹的过程,洗头小弟和发型师都彬彬有礼,轻声细气,温柔得不得了,剪出的效果也很好,整体有型且局部有雕琢,兼顾了我提的要求。居然有这么有礼貌又有技术的理发师,为我心中理发师的形象大大加分。看来世界给我什么脸子取决于我掏出多少银子。

我想,我要是永远没体验过一次这样的理发,也许我一直都会对理发师们有偏见,真相是我接触的人太少,所见样本太少,还以为整体都是这样的。我在见识狭隘的情况下下了一个狭隘的结论。或许我们对许多事情的看法都是偏激又片面的,受经济实力和智力眼界所限,我们深信不疑的结论也许根本就毫无说服力。在信誓旦旦的定论之前,再给它点修正的空间。

单身时是最好的用来上进的时光

如果想要有几个小时的连续时间用来学习思考或工作,不受干扰,无人分神,那最好还是一个人待着的好,光棍们有大把这样的时间,却不正眼瞧这好东西。千年妖精修炼期间绝对是独自修炼,很少听说有两妖一起修炼成气候的,讲话耗气,灵魂聚不起来。

人一旦有了另一半,虽说日子有了暖意,但对持续专注的思考(如果需要的话)绝对是个阻碍。比如单身时可以住得离单位近一些,结婚后兼顾两个人的工作地点,至少有一个人要跑得远一些了,搞不好两个人都得跑得很远,多少时间都耗费在了路上。另外,多少要花些时间来和对方消遣娱乐和共享人间欢乐吧,两个人的琐事加在一起发生化学反应,生成更多琐事,1+1>2,再多一个小朋友的话,至少十年八年耗不起了。每天总得陪陪孩子吧,节假日基本也不可能一个人坐在书桌前了。

并不是说人不要结婚不要找对象,而是在告别单身前别那么迫不及待,与其不巧遇到个不对路的愣货平添烦恼,还不如好好与自己相处,这是跑起来阻力最小的几年,别嫌弃它。

我和《仙剑》游戏

一、《仙剑3》

我是《仙剑奇侠传》(简称《仙剑》)游戏最早的一批粉丝并持续至今,现在还忘不了刚接触它时那惊艳的感觉。《仙剑》系列游戏很经典,在游戏界中占有无可替代的地位。它是一款极具中国古典特色的游戏,里面的场景建筑、人物形象、对话、道具及配乐等都透着浓浓的中国味儿。亭台楼阁、英雄美人、快意恩仇的情节、如诗如画的景色都给人唯美的享受和无限的遐想。我以前有过一个想法,有空闲时一定要再爽爽地玩一遍《仙剑》系列的游戏,是我死之前要完成的愿望之一,却一直都没有大块的时间,十几年后的今天,《仙剑》又发行了多个作品,现在《仙剑4》都出来了。

最近我很闲,买了《仙剑3》,大约用了十天的时间把它打通关了。我就爱玩这种不费劲的游戏,可以慢慢地去想怎么打,这回合是补血还是攻击,你没做好准备敌人会永远等下去的。我很怕玩那种靠速度射击的,不光要拼命按鼠标,眼前还会突然蹦出一张脸或者半个人来,太紧张太吓人,那种游戏我一边玩一边浑身发抖。

我没有刻意去练级,通关时游戏主角是62级,算较低的,这个水平最后一场对终极BOSS重楼根本不可能打下来,他的hp56000,打他时是一对一打,这是什么概念呢,前面碰到的大

BOSS 一般都是四个人一起打，hp20000 左右，得打十分钟左右，多人打时可以互相帮助补血，一对一打个 56000 的，起码得打两个小时，光有招架之功，没有还手之力，所以我用了修改器，可以人为把主角级别调高的小插件。我把级别调到最高级 99 级，精气神永久保持最高 999，数字很赏心悦目，所有招式都练到了最高级，防御最高级，基本不掉血，一会儿就打过了，通过作弊取得了胜利。

《仙剑3》有分支剧情，根据你的分支剧情发展，有五个不同的结局，我玩出的是龙葵结局，我不喜欢这种分支结局的，因为只能经历一个故事结尾了，免不了有好奇心惦记着其他几个。要想把所有结局都经历一遍只能借助贴吧里的小伙伴的帮助了，大家在此分享其余的结局。

百度贴吧真是藏龙卧虎之地，如果某段时间你专注于一个东西，去它的贴吧吧，你能找到最大最多的共鸣、帮助、惊喜。我打时碰到的所有问题均在这里找到了答案，有的粉丝还截图出来，一步一步教你如何走出某个迷宫，难能可贵，有人研究出了如何用很低的级别去打最后那场，有人发现了游戏中的许多搞笑的 BUG，有人研究出了如何快速打出五个结局，人才真多啊。不过我发现仙剑迷怎么都是 90 后了，难道我玩的游戏太小儿科？还是像我等高龄的仙剑迷不好意思暴露年龄都潜水了？

——写于 2007 年

二、《仙剑4》

最近我过得很快乐，因为我正在玩《仙剑4》。

每天我下班一回家后先保证自己肚里有食有水，如厕完毕，家务做毕，杂事处理完毕，心无旁骛，活在现实世界的我把一切打理好,一段时间之内既不需要补给能量也不需要排泄了,便迫不及待地一头扎入那个虚拟世界去了。人要是一玩起自己喜欢的游戏来,时间过得就好像有人使劲往前推一样,不知不觉,三四个小时就过去了。第一眼看窗外是白天,第二眼看天已经全黑了。今晚打的怪真难打,挑战两次都失败了,再练练级吧,再去贴吧里取取经,胜利终究还是俺的。

说来奇怪,如果我某段时间在打一款游戏,便根本不知烦恼郁闷为何物,人的心智都投入一件喜爱的事情上,便少了很多庸人自扰。如果不给大脑装上快乐,它就自己装一些乱七八糟的东西进去,滋生出病毒和烦恼,还不如先拿欢乐的东西把它填满。记得三年前我在玩《仙剑3》,如今玩《仙剑4》,再过个三年,估计《仙剑5》就登场了,嘿嘿嘿嘿嘿嘿……又是一番大快活!

什么东西是不给你任何报酬你也会毫不计较做下去的,甚至是挤时间去做或偷着也要做,别人反对也要做的?那就是爱好。我问自己这个问题,得到的答案是,游戏和漫画,虽说没有报酬,还易上瘾易玩物丧志,但我能得到快乐无边。唉,我真是个不成器的东西。

——写于 2009 年

三、《仙剑5》

我是仙剑控。我通关过《仙剑1》《仙剑3》《仙剑4》,最近正在玩《仙剑5》。打个比方来描述这几款游戏的画面的话,《仙剑1》相当于毛坯房,场景都是二维平面的,人像也粗糙;《仙剑3》相当于简单装修,场景是3D视角但人物是Q版,差点美感;《仙剑4》算精装,3D视角真人模型,人物头像非常非常漂亮,身材比例也是九头身,情节展开也有水平;《仙剑5》算豪装,景色更加逼真,还有阴影效果,花瓣纹理和墙上的凹凸都一清二楚,像是用高像素相机照的,但需在高配置的电脑上运行才流畅。但是我认为《仙剑5》有个大硬伤,居然不能转视角,操作起来很别扭,好像也可以转,是我没掌握而已,不过瑕不掩瑜,这丝毫不影响我的热情。要能在一个高配置的电脑上,玩着自己喜欢的游戏,大脑中的多巴胺汩汩地涌出,人这辈子还能有几件事比这更让人着迷呢。

——写于 2011 年

学 弹 琴

一

我又心血来潮了,这次的花样是学弹琴,一来可以装装文艺青年,二来再开发一下大脑的荒芜区域,三来没准能遇到一位帅哥老师。今天下午我初次到琴房上课见到了老师,是位美女,她化了淡妆,眼影一半浅紫一半天蓝,颇有特色,显得我更像是个典型工科女。没准老师也在期望遇到一位帅哥学生呢,我让她失望了。

一直以来都有个担心,因为我手指太短,学弹琴是劣势,怕伸开后不能横跨足够多的键。但随后我惊喜地发现老师手指也不长,和我一样,属于先天不足型,又让我多了点自信。我一定要好好学,点燃我音乐的小宇宙,更重要的是不辜负我交的钱。

二

练琴数日,亲身体验到,弹琴时左右手同时上阵,不是件容易的事。右手部分还好说,右手本就是惯用手,况且一次只摁下一个键,但左手弹和弦着实很难练习。和弦有要求多个手指同时摁下的,比如同时摁下左手大拇指、食指和无名指(F和弦),或同时摁下大拇指、中指和小指(C和弦)等,还要配合右手的弹奏找对节拍点,真不好搞,终于弹出 C 和 F 了,过一会儿 CF 交替出现了,另几种新和弦也出现了,此时双手就仿佛痉挛般不听使唤,手比脚还笨,这简直比结巴说绕口令的难度还大。钢琴大师们怎么能做到同时灵活地驱使十个指头呢？一脑分成了十份啊。什么时候我也能做到在琴键上群指乱舞，那岂不是能像周伯通和小龙女一样可以左右手互搏了？手指流淌出行云流水的音符，得多少个把板凳坐穿的夜晚？

琐　　事

一、偶尔当一次二百五也不要紧
　　　　鸟居笼中,恨关羽不能张飞;
　　　　人处世上,守八戒仍需悟空。

妙呀!

我曾经历了长时间的抑郁,差点把它画出来。想把它画出来是因为有一次看到一本书,是国外一个导演兼作曲家兼画家——居然是一名三十多年的抑郁症患者——把自己发病时的极端心情、感受、疗法、康复的过程画了出来,出版后十分畅销。咱的抑郁没有人家的那么金贵,画出来只是一种宣泄,但可以在以后看到时,提醒自己正活在平淡的幸福中。

但现在我又不想画了,那种感觉蒸发了、变淡了、消逝了,我懒了,算了吧。万物都有归于平静和舒缓的本能吧,强烈的感觉是要耗元气的。

今年过去了,猪年诸运衰,但愿鼠年曙光来。

二、柿子熟了
如果我头发能再多一点,体重能再少一点,效率能再高一点,对自己出活儿要求能再低一点,忙碌时过得快一点,悠闲的时光过得慢一点,那我的生活就更完美了。人未老脑先衰,最近做事效率越来越低了,大脑已经不堪胜任我施加给它的工作了,我就吃些蛋啊奶啊鱼啊,给它补补营养,但营养不去它该去的地方,都变成了脂肪长在了别处。

东边隔壁人家的院子里长了一棵柿子树,这两天柿子渐渐成熟,有树枝伸到我的院子里来,既送上门,则摘之,我每天从树上摘熟好的柿子吃,渐渐地就够不着了。我的院子里是一棵石榴树,肉眼可见的只结了一个石榴,并且高度是姚明也够不着的高度。某天西边隔壁住的老头和老太和东边人家说,你们的柿子再不摘就都要让鸟吃了,我们爱吃这个,替你们处理了吧。他们院子里是一棵桂花树,没有干货取之,估计对柿子树觊觎已久了。东边人家同意了,老头老太搬来凳子,摘了满满一盆柿子回去,还摘走了我的石榴,啥也没了。哎,也不说给芳邻留点。

三、我要是一男的

我要是一个男的的话,就远离市井,过半隐居的生活,求得一份清静。最好能生活在一个较富裕的国家里,即使做个伐木工人或者种点玉米送点外卖也能养家。娶一贤惠女子,相貌无所谓,只要愿意给我做一生中大部分的饭并把家基本收拾妥当并且不爱唠叨就行;我们的家安在郊外,屋里有无线网络,屋外有山有水有树林,面朝大海,只缺烦恼。兴致来了我就去露营、登山、徒步游,释放掉平时积攒的能量,再养两条通人性的良种犬,护家打猎,既是忠实的兄弟又是贴心的朋友。神往!

当然,本文纯属YY,聊以遣怀。其实现实生活是什么样的呢,且见下篇。

四、走在长长的路上背着几个重重的包

下学期我要教的课有点难,照例先自学一遍,吭哧吭哧,死了不少脑细胞。有的事需要我努力,有的事需要我等待,有的事需要我努力并等待。我的大脑是一台网速极慢的电脑,却在下载着

几个庞大的文件,进展几乎都为0,真让我满脸黑线。干脆再顺便减个肥(减肥并不难,起码它付出就有收获,现在有几件事比它更厚道呢),好比我在用一白年养一棵苹果树长大,在这期间不如再种棵桃树,种棵杏树,种棵枣树,这样收获时我就有好几份收获了。

一天又一天虚度过去,我的几件慢功出活的事都没有进展,非要等到哪一天快没有时间了,我需要找到一个状态,能让我发个狠,爷就不信了,然后爷大刀阔斧风风火火地把所有事漂漂亮亮地做完。但现在,爷还在混沌中虚度。我继续 work hard,play harder(努力干活,尽情享乐)。

五、不抱怨

我又一次否定了自己又接受了自己后,感到如释重负。如此这般庸人自扰数次,便可修炼到臭屁的境界。当我需要快乐时,便安于现状并自得其乐着。

功劳归于看了一场效果很好的电影,电影让时光的流逝变得美好,虽然它并不能改变生活。光影流转中,上演着甲乙丙丁戊己庚辛人鬼情未了。话说影院熄灯后,观众的 IQ 和 EQ 提高了 25%。反正脑细胞总是要死的,不如让它们死得安逸舒畅。胸中自酿的烦恼暂时一扫而光,余乐袅袅绕梁不绝。以致出来后在厕所照镜子时都觉得镜子里的那个人端庄动人、不可方物,有拿手机拍一张的冲动,无奈是公共场合,周围还有别人,不好意思公然搔首弄姿,便作罢。钱真是花哪哪舒坦。

我争取从今以后尽量不抱怨,烦恼和困境是必然的、逃不掉的、不请自来的,快乐和顺畅是短暂的、要寻找的,如果不能和烦恼共存,就什么也别想干了。每人都应该把郁闷和牢骚憋在肚里雷自己或家人,把快乐和理性放出来给别人,这样空气中流动的都是正面的快乐,我们会被这样一种气氛感染,融掉各自心中的烦恼,再源源不断地制造出更多的快乐,良性循环,是为大善。

六、努力,放轻松

下学期要教的课很是难缠,我花了几个月的时间把课本连滚带爬地看了一遍,会做的课后习题做了一遍,是骡子是马也就这样了。但是自己弄明白是一回事,能讲得出来是另一回事;能讲得出来是一回事,能讲得透彻明了是另一回事;能讲得透彻明了是一回事,能讲得生动有趣又是另一回事,就算讲得透彻明了又生动有趣,也不可能课课都精彩。而且学生们更关心这玩意儿会考吗?以后工作派得上用场吗?而不是这个理论为什么会这样。想得太多,这样是不对的,白白自寻烦恼。嗯,我已做好了最坏的打算,那就是此门课被我讲得一塌糊涂,学生到贴吧里去骂我。为了不让这样的人间惨剧发生,努力吧。

前几天我想来个速效减肥,第一个五天计划就是少吃,只要能坚持得住,尽情地少吧。按我的经验,这样5天下来可以减3斤,然后再用一周左右巩固成果。开始的两天凭着我的愣头青气概坚持下来了,第三天白天也按计划进行,晚上打完乒乓球后我一不小心逛了个夜市,好吃的太多了。饥肠辘辘面对着美食诱惑,内外夹攻,我终于走不动了,意料之中,情理之外。豪气地干掉了一份麻辣烫(这玩意油很大啊),吃了俩烤鱿鱼(这玩意胆固醇很高啊),买一个巧克力面包(这个糖分很高啊)和一个肉松面包并全填进了肚子里,回去后又意犹未尽地吃了个西红柿。看,这就是积攒后的爆发。肚子填饱了,阵阵负罪感袭来。第二天,我又逛了个零食店,食品是散称或者小包装,这样可以买许多种回去,被一大堆零食簇拥着,吃完淡的来点咸的,吃完麻辣的来点酸甜的,让各种口味交相辉映。昨晚我又饕餮了一顿火锅,立长N斤,辛辛苦苦好几天,一顿回到减肥前。好在今早腹中内存知趣地自觉清空了,主人略感宽慰,为体重而活,真累啊。减下来固然好,减不下来有健康也足够了。世上的美腿有许多条,但是自己是独一无二的,是吧?永远觉得自己该减肥的姑娘们。

老妈要来陪我住一阵子,被我断然拒绝。她来的话估计得天天用哀怨的眼神看着我,就差说出"你什么时候能嫁出去"了。她见缝插针地、犹如神补刀一般地、说者无意听者有心地唠叨,有让人浑身奇痒之功效。并且下学期我会忙得四脚朝天,我不想让我烦躁时的坏脾气刺着她。我在外面折腾一天,回家后只想喘口气,我不想在这种时候身边还有一个人抛开所有不谈仅仅时刻提醒我还是个单身。她这个想法是蓄谋已久,遭到拒绝后很是失落,我想她心里一定很伤心,甚至产生白把你养这么大的想法。其实我也很矛盾犹豫,思忖是不是做得过分了。好在最近,她又渐渐想开了,发自心底地想开了,放弃了原先的想法,恢复了活泼开朗的性格,到底是我的老娘,真帅呆了,EQ一流。家中有待字闺中的女儿的父母们,你再着急十万倍,难道就会增加女儿立马遇到金龟婿的可能性吗?父母们如果在某个星期一开始着急起儿女的个人问题来,巴不得孩子星期二就领对象回家,星期三就结婚,星期四就怀孕,星期五婴儿就呱呱坠地了,然后他们就可以没有任何心理负担地长长地舒一口气,从此高枕无忧,上街遇到老伙计时也不必躲躲闪闪了。

许多事不会因为你的排斥、反感,甚至是恐惧,它就不会发生;同样许多事不会因为你的期待、喜爱、需要,它就会发生。世事本如此,我们只能见招拆招,拆得好,我幸;拆不好,我命。即便拆不好,天也不会塌下来,过阵子我会忘掉,曾经的困扰和烦恼会烟消云散,即使回想起来也不会原汁原味。努力,再努力,放轻松,再放轻松,剩下的随天意。

美的权威与追随

一、自知之明

现在只要是个女性人类,走在街上都被称为美女。作为一名伪美女,我逛一次街,能被叫"美女"十几次,我觉得相当别扭,因为咱不是,受之有愧,不能在心里坦然接受这个称呼,几次我都想停下来认真地问一问他们,你看清了吗?我既没化妆,服饰也没露肉,又没穿高跟鞋,还三天没洗头了,真是美女吗?我不够淡定啊。其实这年头,美女这个称呼仅代表一个性别,人家敷衍地有口无心地叫你一声,压根没过大脑,你还当真诚惶诚恐地对镜子自查够不够美女的资格,也太实事求是了。

有自知之明吧。

真还不如坦然接受,没自信的姐妹们,操练起来,衣服、裤子、裙子、打底衫、靴子、头饰、帽子、包包、首饰、化妆品、眼神、仪态、谈吐……该买的买!该练的练!有时一个灵动的眼神就是美女了,有时一个爽朗的大笑就是美女了,有时一句温柔的话语就是美女了。告诉自己,我就是货真价实如假包换的大美女。若是还底气不足,看看人家芙蓉和玉凤!

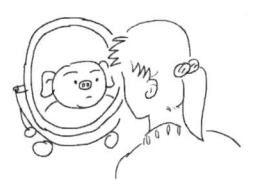

二、减肥

某年某月某日,我突然醒悟到,我该减肥了,披着半身肥肉的我的确是该考虑一下减肥的问题了。历届我那些聪明靓丽的、有前瞻眼光的人精女友们早就觉悟了,她们曾经用不吃晚饭、晚上去操场跑步、临睡前做仰卧起坐、不吃主食等种种方法来瘦身,即使她们根本不胖,瘦而美地留在了我的学生时期的记忆里。我到今天才开始大手笔地减肥,我实在是太后知后觉了。

我减肥不是为了那些性感妖娆的衣服,我更喜欢休闲的风格,我是为了有更健康的身体。胖容易导致一些慢性病,中年以后人易发福,新陈代谢会随着年龄增长而变慢,肥会越来越难减,因此最好年轻时有较瘦的底子。而且减肥是现在为数不多的付出就会有回报的事了,值得去做。

首先制订一个体重减少计划,不要太多也不要太少,定太多难以达到容易中途放弃,定太少减得太慢起不到督促作用。我的计划是一周减1斤,一个月减4~6斤。目标是比理想体重再少三四斤,因为停止减肥后,体重一定是会反弹的,这三四斤就是留给它反弹的空间。越是缓慢地瘦下来越是真正地瘦下来了,多年的库存怎么能在十几天就清掉呢,所以做好打长期仗的准备吧。

我的方法是最常用的不伤身的节食加锻炼法。早饭9分饱,午饭8分饱,晚饭5分饱。晚饭吃得越少见效越快,但是不要过午不食,太偏激了。除非你一辈子都能做到过午不食,迟早都有停止减肥的时候,已经习惯了没有晚饭的身体又恢复了晚饭,结果会怎样?反弹得更快!因此,减肥期间的饮食习惯和平时不要相差太大,便于停止时平缓的过渡。

我发现人其实每天只需要很少的食物就够了,这可能是原始时期人类为适应食物缺乏生活艰辛而选择进化来的,到了今天这反而成了累赘,有正常审美眼光的人都更喜欢干练而不是臃肿。但是吃饭是人生一大乐趣,矛盾又痛苦啊。如果你天生可以肆无忌惮地吃而仍有曼妙的体形,那真是神的恩赐。减肥时我感到过去我多吃掉了一头大象。

最最开始的几天最难熬,你的肥嘟嘟的胃已经习惯了每天三饱还伴有零食,突然减少了食量,它很不爽,饿得抓心挠肝的。常说的减肥难就难在这几天。头三四天可以这么想:如果我连一天都坚持不下来,还减什么肥?如果我连两天都坚持不下来,还减什么肥?接下来三四天可以这么想:如果我现在放弃了,前面几天的努力就白费了,下次又要重新开始了,为了不再来一遍,不再受一次忍饥挨饿的罪,还是继续往下挺吧。再接下来的三四天,怎么想都可以,已经过去七八天了,你已经越来越适应了,用鼓励法、强迫法、恐吓法都可以,总之不该吃的时候坚决不吃。大概半个月左右的时间一过,恭喜你坚持到了这里,你的胃已经缩小了,这时吃那些猫食已经不那么饿了。以后的日子里饿已经不再是拦路虎,你在食量上已经可以做到自制并且也有了抗饿的经验。最难的山头已经翻过,以后顺着往下走就可以了。而且,当胃缩小后,你可以制订新的8分饱计划,让胃再变小些,因此有时减肥会比预想中减得更多,这是努力带来的意外的收获了。

针灸减肥法即是协助你渡过初期最饿的时光。不知它制住了哪根弦,让人吃得很少也不觉得饿。但是此法减下来后一旦停止又会复胖,因为胃的弹性相当好,一旦多吃容积立刻回升,用不了两三天,而缩胃却要熬半个月,真是由俭入奢易,由奢入俭难啊。

减肥中的锻炼挺难坚持的。最初我跟着音乐做健身操,后来做腻了,换成走路,风景的变换让人不觉得无聊单调,还可以边走大脑边思考工作上的事或者放空。快走是很好的锻炼。运动时间过短起不到作用,人要连续运动四五十分钟分解脂肪的酶才开始起作用,而一旦起了作用它会连续作用 12 小时的。所以我喜欢睡觉前锻炼近一小时,或者从外面走一大段路回来,那样就可以一边睡着觉一边分解脂肪了,多美。

不要频繁地去称体重,你在努力,但是后一天体重却比前一天多是再正常不过的事。你只需要知道体重的确是在稳步减少,可以保证的是任意连续 7 天的平均体重一定比相邻的前 7 天的平均体重少。在 1 天之内一个人的体重也会有两三斤的浮动,所以称体重时间要固定,要么都在早晨,要么都在下午。不要老想着那个下不去的数字了,用这么一段话来勉励自己:立志用功如种树然,方其根芽,犹未有干;及其有干,尚未有枝;枝而后叶,叶而后花、实。初种根时,只管栽培灌溉,勿作枝想,勿作叶想,勿作花想,勿作实想。悬想何益!但不忘栽培之功,怕没有枝叶花实?

我减肥时最怕有饭局,一顿能把很久的努力打回原形,在前进的路上,魔鬼总是以诱人的姿态出现。减肥还有平台期,因人而异,我是每 4 斤就迎来一个平台期,的确在努力但是半个月都不变,不过平台期一过在短期内能减掉很多,10 天左右减 4 斤,仍旧完成了当月指标。

这几个月我很少吃零食,不喝瓶装饮料,能少吃就少吃,喝荷叶山楂决明子茶,饭后半小时内不坐下,总之能想到的不伤身的伎俩全用上了,3 个月我减掉了 14 斤净重,不算快,因为我没有玩命地减,我需要有一定的体力去做事,现在基本已经是个标准体型的人了,再减几斤就收工,准备回家时欣赏我妈大吃一惊的表情。

减肥贴吧里还有一个月减二十斤,一周减八斤等的狂人,原来觉得他们在吹嘘,我已经很努力了不也就是这样,要不就是把减掉的衣服重量也包括在内,也许也确有其人,永远有人比你更狠。有种方法值得一试,即把糖类和蛋白质分开吃,不同时吃含淀粉和蛋白质的食物,因为葡萄糖必须在糖类与蛋白质同时存在时才会产生,贴吧里还有许多有趣的减肥动力话语,如"你不对自己狠,别人就会对你狠","就因为胖受到歧视,其实很多胖子都不难看的,我们不需要开刀整容,我们只需要去减肥,我们不是幸运得多吗","有一个很漂亮的名模,她说:晚上很饿很饿,没有办法,只有硬去睡觉,想到明天早起睡醒就可以吃东西了,真好。看吧,看吧!这才是真实的"。只要你坚持下去,一定能减下来的,自己都能看得见,标准的体型,谁都可以拥有。减肥有理,坚持到底。身形臃肿,体重超标,如何轻松到达想去的地方?如何走进别人的心里?

三、迈克尔·杰克逊

他心中是否有独在巅峰处的孤独?留下多少不可逾越的第一和唯一,悬在那里永远被仰望。他火山喷发一样的才华和魅力撩人心弦,摄人魂魄。他脑中魔鬼一样的灵感和激情撕扯着他平凡的躯壳,让他要爆炸,让他不得不以他独有的形式来释放自己,让他注定与众不同,注定无法经历平凡的人生。独特的一生,任由后人评说。多少人为他守候着多年的来自内心深处的认可,多少人在他的现场演唱会中极度激动到昏厥,多少人偶然见识到他便在心中留下抹不掉的印记,多少女子哪怕只与他有过一面之缘便甘愿终身不嫁相思到老。在这个星球上如果只选一位艺人,也该是他吧,还有谁可以和他抗衡?还有谁能如此点燃人的疯狂?二百年内不会有人再能超越他了,三百年也不会再有了吧?这样的尤物,上帝造一个出来也很费功夫的啊,上帝迫不及待地召他回去了。天才是一根从两头燃烧着的蜡烛,光亮却短暂。

高中时的偶像杰克逊离世,巨星陨落,写一段怀念。

四、跳健身操去

温度刷地就上来了,从棉衣到短袖也就不几天的光景。还没进入 4 月气温已经有 27 度了,这是 3 月份的温度?

春天来了,酷暑还会远吗?

为了响应操场上那句"每天锻炼一小时,健康工作五十年"的话,鄙人决定去跳健身操,还成功觅得一同伴,跳操一来强身健体,二来减肥,如果能减得下去的话。

教练的身材很好,骨架美肌肉紧,曲线错落有致,黄金分割中有黄金分割,健与美的结合,同性看了也欣赏,异性看了不只是欣赏,也许还有幻想。

五、丑人的希望

我妈有瞬间让人心里变得亮堂堂的才能。每当我仰天长叹老天没给我一张颜值高的脸时,她便用这样的话来让我开心:大眼睛双眼皮的人年轻时好看,到老了就很难看,小眼睛单眼皮的人年轻时不如人家好看,不过到老了就比人家好看了;或者漂亮的人只有几年的状态,过了那个状态很快就变丑了,等等。嘿嘿嘿嘿,此话好像挺有道理的。看看现在,葛优和濮存昕哪个更好看,好像还是葛优更帅点呢,看这两个人年轻的时候,显然濮存昕是一个帅哥,葛优是一丑哥们。看来漂亮的人有变丑的趋势,难看的人有变好看的趋势。时间会把美貌的山峰削去,把山谷填平,岁月流逝会让美丑的差距越来越小,咱就是那越活越有希望的一群人。

小说与电影

一、看科幻小说

我喜欢看科幻小说,家里收集了很多期的《科幻世界》,最喜欢的作者是大刘——刘慈欣,他的作品特别磅礴大气,笔端仿佛在宇宙中驰骋,勾勒出无限空间中的奇妙景象,也通过作品反映他对社会的看法。写好一篇科幻小说不是一件容易的事,比写一篇好文章难多了,写文章有几分文采、几分感悟,写出来的就能看得下去,而写科幻不仅需要具备一颗相当有逻辑思维和丰富想象的理科脑袋,文笔渲染基本功也不能落下,既能搞得定理科,又能摆得平文科。You need not only a logic brain,but also an artist heart(你不仅要有一个理性的大脑,还要有颗艺术家的心)。

一般人倘若想写一般的文学作品,努力一段时间使个大劲,还能得到个满意的作品,天道酬勤在这里可以得到体现。而要写科幻的话,如果没有科幻悟性和素质,是再怎么使劲也憋不出来的,不是所有的事情都可以通过努力来说情的。文学作品还可以模仿,东拼西凑还能整出一篇来,而写科幻如果你肚里没货,那就永远做个读者吧。我曾经尝试去写,但写出来的相当垃圾,犯一些爱好者常见的错误,即没什么可取的想法,写出来的东西毫无亮点,只不过把现在发生的事整体搬到了未来,我们可怜的想象力很难知道未来50年后、100年后世界会变成什么样子。就好比马车时代的人们想未来的马车一定跑得很快,也许会有几十个轮子,仅是在已经存在的马车上做文章,他们不会想到未来人使用的是汽车和火车甚至飞机。我们现在想未来也只停留在速度更快体积更小的电脑、速度更快的运输工具,却无能力上升到更高级的层面上。需要有一种颠覆性的思维,天变成了地,地变成了天,人变成了蝼蚁,蝼蚁变成了恐龙,过去就是明天,明天就是过去,过去的定理统统不适用,懵懂的我们在世界面前永远是个无知又自大的孩子,眼见的真实是大脑无法理解的,却又那么真实,故事展开行云流水又出乎意料,自己的想象力和那个世界相比就好像乒乓球之于地球,这就是好的科幻文章。

二、一部经典科幻小说——《三体》

我最近刚看完《三体》,《三体》是一部中长篇科幻小说,也曾连载在《科幻世界》上,作者是我的偶像之一——刘慈欣(被同行和读者称为大刘)。

在大刘的作品前,你会觉得自己特渺小,是宇宙中偶然出生侥幸成长的一个微生物,一切七情六欲都卑微地消失了。他用一种怜悯又客观的眼光来看待所有人乃至所有物种,宇宙就像他笔下的一件诡异又美妙的艺术品,谁也不能像他这样把大气表现得如此慑人心魄,也许这就是他叫"大刘"的原因吧。

三、《阿凡达》

最近我看了经典影片《阿凡达》。

《阿凡达》里的"纳威"人留着长辫子,就像清朝人一样,如果那个星球的人那么擅长格斗和体能的话,这个长辫子有点累赘啊,辫子在运动中第一容易挡视线,第二容易被对手抓住或挂在什么地方,不利于打斗(这是七龙珠里的孙悟饭说的),即便是给这个长辫子找了个为的是和坐骑心灵沟通的功能也有些牵强。

科学技术让人类上天入地无所不能,不过,好像在冥冥中总被一种无形的更强大的永远无法超越的力量制约着,好像四肢再强健也只是四肢,永远达不到大脑的复杂,胜任不了统领一切的工作。科学和宗教拼到最后,到底哪个更强大呢?

为什么电影会让人有愉悦的感觉呢?可能是因为它以一个单纯正直沉稳的视角来展现故事,总会展现出真善美来,让我等很傻很天真的观众找到了共鸣和震撼,"这才对嘛",那里是道德的无菌室,是非昭然,哪怕出了这无菌室再戴上防尘面罩,也许人性真是本善的。也有毁三观的电影,还是不看的好,看一部烂片带来的心理阴影得十部正常的片子来愈合。

四、印度电影

我有时下载些印度电影来看,最近看过了《三个白痴》《宝莱坞机器人之恋》等。印度电影共性很强,风格鲜明,通篇都有一种喜乐的气氛,结尾绝对是大团圆结局,不用担心是悲剧,而且里面绝对穿插男女主角在风景优美的草原海边沙漠等地轻歌曼舞的场景,看了四个都是这样。电影分两种,一种时间条走得很慢,看一会儿就想关掉电脑去干别的了;另一种你很久都不会去看时间条走了多少了,完全沉浸在情节中,印度电影基本属于后者。列个表格总评一下我看的这四部电影。

	俊男美女	高科技	歌舞MV秀	大团圆结局	搞笑桥段	总评
《三个白痴》	√	√	√	√	√	★★★★★
《爱无国界》	√		√	√		★★★
《克里斯》	√	√	√	√	√	★★★☆
《宝莱坞机器人之恋》		√	√	√	√	★★★★☆

家乡的美食

一、家乡饭那叫一个香

每当我快要放假回家的时候,老妈早已提前把冰箱的冷冻室里塞得满满的,猪牛羊鸡鱼各种动物都在里面,还有夏天放进去的肉串,秋天放进去的香肠,冬天放进去的羊杂。她十分看好我的战斗能力。我回来后她变着花样给我做各式有地方特色的饭菜,比如凉拌羊头肉、酸菜莜面、粉杂,等等,那饭菜瞬间就能让人克制食量的定力跑到九霄云外。过几天她会说:"哎呀,回来才几天,你怎么又胖了。"我的自制力成了她嘲笑的对象,这样的情况周而复始。

今天我去买了方圆五里最有名的凉皮(陕西人开的店,很正宗),回来后再自己加些麻酱和辣椒酱,那凉皮更加活色生香,尝一口,简直太好吃了,真是此皮只应天上有,连老妈在一旁说着我有一个同龄熟人中专毕业后做了牙医自己开了诊所赚了大钱出手特别阔绰这种令人讨厌的事也没影响我的胃口。

二、水土不服的美食

我从小在山西长大,如果我有朋友到山西旅游想品尝当地饮食的话,我会推荐他们到粗粮馆点一些地方特色饭菜。比如说:莜面、羊杂、粉杂(羊杂配上粉条)、鸡杂、土豆泥、牛骨髓、块垒(音"葵磊",土豆做成的食品,像土坷垃)、稠粥(小米饭)、刀削面……这些都是当地的特色饭食。其实不管到了哪里,吃饭时最好不要点在别处也能点到的东西,比如西红柿炒鸡蛋、香菇油菜或鱼香肉丝这类四海皆有的大众菜,要点当地特色饭菜,别具风味,出了此地,离了当地水土和做法,再没有这个正宗味儿,即便在别处模仿照搬,也是橘变成了枳。

比如小米粥在山西,山西某地特产小米,那里的小米熬出的粥呈金黄色,米香醉人,解饿解渴解馋,富含米油,粥冷却后上面浮着厚厚一层皮,那是粥的精华。后来我去过许多地方,再没喝到家乡那么好的小米粥,粥都是淡黄色或是白色,哪有金黄的影子。在不盛产这种小米的地方,人们会觉得小米稀饭有什么特别,稀松平常,只有山西人知道它的魅力。

凉皮如果在陕西,皮有粮食香,料有足足的麻酱和适量辣椒,即使再无其余配料也香得独当一面。但若是到了南方某些省份,凉皮里会出现豆芽和海带丝,海带丝绞得歪歪扭扭如黑塑料绳一般,没有一点食物的气息,主料凉皮像透明胶带一样无味撑不起场面,调料笨拙得仅能让食客尝出咸和辣来,整份凉皮让人吃了一口后再无继续下去的欲望。

红油辣椒如果在四川,不单单只有辣一种味,色泽鲜艳,红得透亮,用花生芝麻和多种调料熬制出来,不再是刺激得让人鼻涕眼泪齐流的辣,而是辣中带有一种醇香。但到了一些不擅长调制辣椒的省份,辣这个味变得单薄了,仅仅是刺激,少了香。

美食是不可复制的,它包括了当地的气候和水土孕育出来的主料和辅料,做法经过了当地人的代代传承和不断优化,是天时地利人和共同作用的结晶。有些食材,离开了土壤或是水源后,需要立即加工上桌,争分夺秒以小时甚至分钟来计,它的滋味才能最大程度地保留,那这种美食注定不能远走,仅能馈赠给当地人。一方水土养一方人,同样,一个地方的水土对几种特定的作物来说尤其适合,这里生长出来的这种东西是同类中的极品,而好的原料是美食的关键。

如果你在异地看见一家饭馆打着自己家乡美食的招牌,进去用餐时想找到心目中的味道时,大多会失望,此小吃非彼小吃,跨省后已是面目全非。一种美食,是不能走遍万水千山的,它最可口最销魂的味道只在故乡有,它静静地守在那个地方,等待着去寻找它的人。

这是山西小吃牛骨髓,用吸管吸出里面大量的骨髓,用小刀割下紧贴在骨头上的肉。是不是颇有北方民族的豪气?

我爱漫画

一、动漫

我最近重温了漫画《幽游白书》，着实被里面的藏马和飞影吸引了一把。漫画和影视作品里常打造出一些超人气男配角来，比如藏马和飞影这样的，比如《仙剑3》里的重楼和《士兵突击》里的袁朗，皆为男二号或男N号。正是男主角是给女主角爱的，男配角是给大家爱的。我一直都很喜欢日本漫画，初中刚接触到时，有"始惊、次醉、终狂"的感觉，还有这么精致细腻的画风，这么连贯搞笑的情节，内心的震撼不亚于现在的宅男首次领教了什么是苍井空。

鸟山明的作品风格鲜明，翻译过来的代表作有《阿拉蕾》《七龙珠》等。他画的线条很粗，几笔就是一个人，适于临摹。

高桥留美子的《乱马》我喜欢了很多年，情节轻松搞笑，我画的卡通人物的脸型就是模仿她的。以前我的课本上到处是头、胳膊、腿等人体零件，找块空白就想画点东西上去，就是因为看了高桥留美子，现在我看到流畅的曲线还忍不住拿目光去勾勒一番。

北条司的人物脸型和五官排列都差不多，都是靠发型和服饰来区分一个又一个人的。但是他的人物的体型绝对黄金比例，最接近真实的美人，很健美，增之一分则太肥，减之一分则太瘦，代表作有《城市猎人》《猫眼三姐妹》。

不久前我看了几本《怪医黑杰克》，是手冢治虫的作品。他被誉为"日本现代漫画之父",一生画了700多个漫画系列,在巅峰时期曾同时连载13部漫画作品,60岁在画桌上赶稿时逝世,去世时还有3部漫画在连载,《铁臂阿童木》就是他的作品之一。此人还是医学博士,能在两个如此不同的领域都登峰造极,这样的人实在值得敬佩。看《怪医》时有种灵魂被洗礼的感觉,充满了对生命的爱惜和对正义的维护,到底是博士的思想深邃。

上面提到的几个漫画家都是上世纪八九十年代的漫画大咖们,雄霸了一个漫画时代。现在流行什么漫画呢?《火影忍者》或是《银魂》?我都不是很了解了,因为年龄见长或是忙于求学和工作的原因对流行漫画的痴迷也不像少女时期那样了。有几次我在旧货市场上淘到了原版的我曾经看过的漫画,立马如获至宝地掏钱搬回家,用来怀旧。

日本的漫画产业太发达了,无论是数量还是质量都当之无愧世界第一。踢足球的有《足球小子》,打篮球的有《灌篮高手》,侦探漫画有《柯南》,各种格斗漫画有《圣斗士星矢》《幽游白书》《火影忍者》,校园漫画,生活漫画,历史漫画,甚至还分少男漫画和少女漫画,覆盖了方方面面。国产漫画近些年也有了很大的发展,但与发达的日本漫画相比还是略显粗糙,缺乏细腻的美感。

我真想玩一次COSPLAY(自己准备服饰饰物扮成动漫中的人物),但是,动漫里的人一般都是骨感美巴掌脸的,COSPLAY的衣服只能自己做,饰物买不到,自己做或定做,一个小饰物就得几百,换句话说,玩COS的都是有钱有闲有貌的人,想玩这个等下辈子吧,这辈子咱这外形条件只能COS一个《西游记》里的妖怪了。

以上提到的漫画作品是我学生时期看的,现在我用手机看漫画了,有很多不错的APP漫画软件,越来越多的高水平的国内作者在上面连载,让人看到了国产漫画的希望,我获取漫画的方式由书和电视转到电脑和手机上了。

二、最近临摹的几张简笔卡通人物

——图样来自《卡通漫画技法》

三、整装待发的灰姑娘

南瓜变成了马车,老鼠变成了拉车的马,青蛙变成了车夫,灰姑娘拉风地向皇宫出发了。

灰姑娘跳舞跳到午夜 12 点才落荒而逃,说明,灰姑娘时代,人们的夜生活就已经很丰富了。

——假期在家中翻出了小时候的贴人,临摹了一张并上色。过程如下:在纸上先用铅笔打底稿,接着用钢笔描出轮廓,再用相机拍下,传到电脑上,最后用数位板上色。

第一次坐飞机

看,这是我在南极拍的照片。

视线内全是冰原和冰河。(没有阿瞬和紫龙)

咦,照片最下方是什么东西?

是飞机机翼。其实以上照片是在飞机上从窗户望出去拍的云海的照片。(偷笑)

  因公出差,路途遥远,所以一行人坐飞机去,这是我头一次坐飞机,很新鲜,所以我这个乡巴佬拍了很多云海的照片。起飞时我往下一看,真离开地球了,从未有过的体验,越来越高,向下看去,有黄的土、绿的树、灰的路,一块一块一条一条,和在 google earth(谷歌地球)上看到的一样。座位空间狭小,很憋屈,厕所也很小。给的饭如猫食一样少,倒是挺有利于减肥的。

激 动

今天我考了驾照中的选项考,顺利通过,很高兴。一个月前我过了倒桩,倍感意气风发、志得意满,太容易了,不过如此!紧接着半个月前考选项考挂了,我又垂头丧气了,看见家人都烦。今天终于在跌倒的地方爬了起来,雪了前不爽。第一次考的时候,遇到了一个很厉害的考官,动不动就大声呵斥人,此官面部表情狰狞,声如炸雷,他一咆哮,我三魂飞走了两魂,连续两次上坡都溜了坡,被毙掉了。这次考前头一天晚上,我用了很多时间去假想第二天的情景,我一步一步地去想我如何通过 S 弯、如何上坡、如何侧方位停车,如何做必做动作,脚下先抬离合再松手刹以免溜车,切记打转向灯系安全带,甚至如何报告考官我是某某考生,把所有细节都假想了一遍。在一上午漫长的等待时间里我也在想,也做好了碰到厉害考官的准备,管他副驾坐的是人是狗,我只一心开我的车。一大早赶到市郊的考场,先照相,再排队等待考试,一直等到下午 2 点才轮到我,午饭也没得吃,饥肠辘辘,总算功德圆满。

考试刚开始时,我的手脚都在微微发抖,我不知道我为什么这么紧张,我一直觉得我是个心理素质不错的人,也许两三年都没有参加什么考试选拔,人已经不中用了,生于忧患死于安乐,或者一个我很想得到的东西就在我手边,正眼睁睁地看着我伸手够它。考后下车我依旧要顶着大太阳走回去,和半个月前比起来,这次这段路程是多么欢畅。

杂感二则

一、小 MM 都去哪儿了

阿兰同学昨日喜得贵子,今天发来了报喜短信。母子平安,妈放心了,金孙降临,婆满意了,皆大欢喜,真是太幸福了。认识的妈妈们怎么生的都是儿子?一个,两个,三个,四个,五个……第一时间就想起来五个,只想起一个生女儿的。恐怖啊!Girls 都哪去了?男多女少,何来和谐社会?

另一个世界的小 MM 们,快点来到这个世界啊,这里已经有一群小 GG 在等你们了。长大后学个工科还可以见识到 83∶1 的场面(83∶1 是我带的某个班的男女生比例),众星捧月,任你溜溜地挑。

二、四个阶段

人越来越熟的四个阶段:

人先得摆脱自己的烦恼;

接下来得能养活自己,能很好地养活自己;

再接下来得能养活别人,能很好地养活别人;

最后一个阶段,可以帮助别人摆脱烦恼。

正果。

我 买

一

最近两年网购流行起来,在这方面我像个火星人一样无知,从没在网上买过东西。前两天我无意中在淘宝上发现了一套梦寐以求的书,那套书是我儿时在别人家里看过的,是一套童话连环画,各个经典流传的童话在这套书里都有,什么《长袜子皮皮》《绿野仙踪》《狐狸列那》《艾丽斯漫游奇境记》《水孩子》《野天鹅》《小魔女》《彼得潘》《青鸟》……人物形象生动细腻,后来我惦记了这套书很多年,这书绝版了,再没在市面上出现过,想得我都肝肠寸断了。现在竟然只要花了钱就可以得到,在自己能负担得起的范围内金钱能解决的欲望便不再是欲望,我简直是"灰常灰常"激动。8本原价共80元,1988年出版的,原版旧书,现价淘宝卖家要280元,其实他要820元我也会买的。

拿到书的那一刻,我好像摘到了梦里的蓝宝石一样,现在每天闲暇时翻上两三个故事,心情穿越到过去的美好时光里,像很多年前一样,一个人趴在家里的床上,完全沉浸在一套美妙的童话连环画当中,人也生活在了书中。

二

自从第一次在淘宝上买到了东西后,近一年里我又在这上面花了好多银子。我在网上买过书、衣服、鞋、包、汽车坐垫、布……有给自己买的,有给朋友们买的。现在买东西我都会先考虑要不要在网上买。我怎么没早发现这个好地方呢?

三

我觉得我也该美美了,就买了一双靴子。穿靴子就不方便穿普通长裤了,得穿靴裤才行,于是我又买了最近正流行的靴裤。穿了靴子和靴裤后,走动时会露里面浅色的秋裤,不得体,只好再买一条深色的打底裤。这回终于是让下半身闪亮登场了,但是上衣最好是件大衣才搭。我去了比较适合我风格的专卖店,一眼能看对眼的大衣要 2780 元,顶我大半个月的工资。啊,物价涨得总让我感觉我好像已经一百年没逛街了一样。虽说今年工资涨了,但我依然是穷人。

四

晚饭后我又去家附近的中国科技大学溜达,买了 5 张盗版碟,花了 15 元,其中两张学习的,两张漫画的,一张游戏的,把俺 happy(高兴)得不得了。如果让我一个人一辈子待在一个荒岛上,给我个电脑和永远看不完的漫画碟、玩不完的游戏碟就行了。对了,最好每天还能上会儿网,还有旁边再开一家快餐店。

随性一句话

不要理我

我真是拿逛街时那些过度热情的推销员们无可奈何,她们目不转睛地看着我,寸步不离地跟着我,不停地介绍,随手拿起一件衣服递给我,"我看你适合穿这件",那件款式往往是我下辈子也不会穿的,"这是我们家新款""你用这个面膜最好"……我着实消受不了这样的热情,即使告诉她们我只是看看,自己会慢慢挑选的,她们依然不依不饶、不离不弃,黏黏糊糊,目光如炬,拜她们所赐,我飞快地逃跑了,本来我静静地看完也许会买点什么的。

西瓜太郎

如果长得帅,剃个齐刘海的发型看上去都像是金秀贤;如果长得丑,剃个齐刘海的发型都像个西瓜太郎。刚理完发的我照着镜子,镜子里有一个,西——瓜——太——郎!

自恋与自卑

自恋不代表牛×,自卑不代表失败。

为了心中的声音

大多数时候,人做事情开始的动机和持续下去的动力,都是为了心理上的满足。

励志

励志分两种,一种是经过激励,发现自己心中沉睡的力量,认为自己真的能行;一种是通过观察,发现别人真的不行。

很小很小

个人的七情六欲,真渺小。高兴了沮丧了郁闷了受宠若惊了被冷落了被青睐了忙了烦了憋屈了释放了共鸣了对号入座了震撼了麻木了感动了,浮云呐,都是浮云。

为什么呢

我最近思考出一个深刻问题的答案,为什么人腿的下半截比上半截要长,这样蹲着的时候屁股就可以不挨着地了。哈哈哈哈……

弊端

我在闹市街头准备打车回家,此处人多车少,很不好打车,恰好看到一辆出租车停在路边,上面的乘客要下了,只有一位,坐在副驾,我赶紧跑去站在前车门旁等着,此乘客掏钱流程甚是缓慢,耽搁了半天。突然,不知从哪儿蹿出一对情侣来,拉开车门坐到了后座上,我急忙向他们喊,我先来的,这车该我打。情侣中的男人扭过头说,哪个讲的?看他一脸痞气,我想真要吵起来打起来我也不敌他们两个,只好自认倒霉走了,每到此时便倍感单身者的孤独。

青年

单身让人成为文艺青年,结婚使人变回普通青年,暗恋让人成为苦逼青年。

第三部分 工作篇——

做这行说得须比唱得好：每天孜孜不倦地误人子弟

自然正常存在的事物都是枯燥、重复、千篇一律的，稍微出彩、有趣的东西都是经过了加工和提炼的。电影好看是经过了漫长的构思和剪辑，婴儿可爱归功于母亲没日没夜地精心照顾，美女赏心悦目是因为从头到脚的装扮、自内而外的修养。如果我们觉得日子无聊透顶毫无吸引力，那才正常。精彩的一天需要平庸的百天来打底。

本章记录了我上班时的一些事情和心情，一个不那么激进活跃但也并非南郭先生的职场人的生活状态。

起 床 了

忙时我会有许多想法,等我闲了我要做这个,做那个,做蓄谋已久的,做只有大块时间才能做的,真正闲了,就提不劲头了,疲软了,我睡懒觉、发呆、消遣、溜达、逛家乐福、浪费生命……什么上进的想法都消失了,等到又忙的时候,又会渐渐冒出若干想法,如此反复。半年前我画了一组漫画,回忆了学生时期的趣事和鸟人们,抒发了即将毕业的惆怅的小情绪,半年过去了,也没把它放到电子版上来,就此拉倒。

在校园时我对毕业后有一点担心,怕离开校园的庇护后走得艰难,不求飞黄腾达,只求不阴沟翻船,像冬天早晨要起床时对热被窝的留恋和对外面寒冷的抵触。但是,这个瑟瑟发抖期终于会过去,等到适应后,还是起床好啊,起来后才能做更多的事,何况前面已有那么多早起的鸟儿了,现在走出校园算早上八九点才起床吧。

我结束了十九年漫长的校园生活和学生身份,到单位报到工作了。

当了老九之后(一)

从今以后,我将孜孜不倦地从事着误人子弟的行业。备课砸大量的时间下去,不禁怀疑自己无能,这不是传说中的清闲行业吗?我最近脱发,头发像树叶一样在秋天簌簌掉落,终于沦落到像以前的一位鸟人一样,每次洗完头都要数自己掉了几根头发,如果在 50 根以下,自然欣欣然;掉到 120 根以上,惶惶然自觉老矣。不过我发现周围很多人都在用防脱洗发水,噢,看来掉毛已是普遍现象。前几天,一位在某牛×大学读博的同学打电话来,她第一百次抑郁了,当她得知我还是一个人时,此君甚慰,颇有原来你也还剩着的轻松之情。我能感受到她的郁闷,一种来自心底连同身边和社会环境的煽风点火制造出来的恐慌。当别人手里有一份貌似不错的现货时,自己还等着一份前途未卜的期货,就是这个心情。但现在郁闷为时尚早,读博的风险可比期货小多了,不要着急,房子会有的,工作会有的,金龟婿会有的。当你不屑于平胡,非要等到庄上自摸时,要耐得住寂寞,耐得住寂寞啊。

当了老九之后（二）

我又一次成了新鲜人，每个新的开始都让人蠢蠢欲动。

站在台上几周后我还觉得我更习惯坐在下面。因为我在下面已经坐了十九年了，十九年啊，这时间都够一个人类从受精卵长到成年了吧。过了这漫长的时间后，我摇身一变，居然站在了台上。勉强适应些后，我上课时看见有人给我拍照也见怪不怪了，看到有人睡觉也无所谓了，有人说话也能忍耐了，来的人不多也能淡定接受了，我要慢慢看遍课堂之怪现状。我的学生这么不可救药吗？非也，我欲扬先抑一下，接下来我细数一下他们可圈可点的地方。

我习惯了前面说的怪现状，也习惯了他们友善尊敬的目光。他们等到下课才开始吃早餐，他们中许多人写得一手好字，他们的课堂气氛比较活跃。大多本科生、研究生活力已经磨光，管你台上讲什么，沉默是我的权利。人每多一分聪明，自恋便多增加两分。而他们喜欢与老师交流互动，老师在台上问一句，底下回答声一片。越往上走人越麻木与超脱，变成了沉默的大多数。学生过教师节给我发张贺卡，称我为 R 姐。有几个一直坐在前排的学生非常认真，从不缺课，做了全部笔记，宛如他们当年的 R 姐。我留意了一下这几位学生的名字，适当给了高分，这不是偏心而是公平。人的记忆生理特征即如此，即使第一天记了很多，接下来几天也会忘掉大半，所以考试时答不出来，不代表当时不认真。

这就是为什么临阵磨枪不快也光。但教师不能对学生当初的认真视而不见,要让心里仍存有美好的孩子心理平衡,让他们相信努力还是必需的。

  这就是我的第一拨学生,毕业班,比我小个大概四五岁,我只教了他们两个月,他们已经散落在天涯去实习了,已经开始生活的艰辛和对现实的失望了。在这不景气的经济环境中,孩儿们,你们的工作找得怎样了?是不是也有玻璃上的苍蝇——前途是光明的、道路是没有的这样的自嘲呢?读书人一声长叹!

当了老九之后(三)

今天上了一堂课堂气氛活跃的课,看到学生们兴奋和跃跃欲试的样子,自己心情也爽歪歪。在回去的校车上,我还在激动兼自鸣得意中。

这学期再上讲台时,紧张程度比上学期减少了大半。记得刚上讲台时,紧张得不能自已,下午要上课了,中午坐在校车上还在浑身发抖。这学期情况可算改观了,新鲜感和紧张感消失后便有余力思考一下技巧方面的问题。现在体会到重要的不是你讲了多少有价值的内容,而是学生有效吸收了多少。好比吃一个十星级营养的食物,但是人体不能吸收,又有什么用呢?不如把功夫下在如何把其中的营养掰开揉碎分解,把食物放在漂亮的盘子里,配点佐餐背景音乐……让接受者高效理解、心满意足。

我常想,他们想听什么样的课呢?讲得简单了怕他们觉得没学到东西我在忽悠他们,讲得深了又会很枯燥;闲话说少了人会困,说多了又跑题;精心准备的包袱他们没有笑,无意中的一句话他们却笑了……郭德纲说过,同样是这句话,多一个字,观众就乐了,没这个字,就乐不起来;或者,同样一句话,换个语气,观众就乐了,别的语气就乐不起来;甚至,你说这话时穿这件衣服观众就乐得起来,穿别的衣服就乐不起来……我现在理解这些话的意思了。我曾诚惶诚恐地去揣摩他们的心理,沐浴更衣后上讲台,备两小时的课只够讲 10 分钟。现在我不那么难为自己了,心中有底,自然、肯定地表达出来就可以了,坐在台下的人会感觉到的,找到并坚持自己的风格,哪怕这风格需要不断修正,比如轻松亲和、自信洒脱、旁征博引、妙趣横生等。(吹吧,你教龄几年了?)

不过基本上,用一句学过的英语课文来总结我现在的心态就是:There are no butterflies in my stomach, nice. 我的肚子里再没有一只忐忑的蝴蝶在飞舞了。

岁月你慢些走

一、辞旧迎新

> 我们被迫来到了一个陌生的世界/见到了陌生的父母/见到了陌生的兄姊/进了陌生的学校/做了陌生的工作/结识了陌生的朋友/谈了陌生的恋爱/结了陌生的婚/有了陌生的孩子/一切的一切都在陌生中进行/……/当我们花了一生时间/终于对这个世界有所熟悉后/我们又被迫进了另一个陌生的世界……
>
> ——朱德庸《什么都在发生》

我的假期依然和春晚一样,年年如期而至而且总体风格保持一贯不变。如果用副对联来描述的话,则是:

上联:金庸刘墉朱德庸

下联:古龙成龙李小龙

横批:醉生梦死

在离春节还有很长一段时间的时候,在人人都还在男的忙建设女的忙生产的时候,我就回家照例享受假期了,羡煞旁人了。我去看了小学时的铁杆好友,她当时孕期9个月了,即将临盆,预产期就在除夕。当时她已腹凸如珠,和我畅谈了一下午的怀孕心经。80后的主要任务是制造08后。她常年体重90斤出头,孕晚期体重已近140斤,腿的粗壮程度赶超了我作为一枚胖子时的巅峰时期的水平。做母亲真是伟大!

除夕夜,她发短信给我,腊月二十八生的,母子平安。

真快,一年一年又一年,我们这辈人已经被新出生的小生命推到父母级的位置上了。唉,要奔三了,可是还没"二"够,得抓紧成熟起来了。

二、防脱发的秘密

去年我的头发掉得厉害,头发不能遮盖发的分界线,一度让我陷入黯然神伤中。我还没开始大大方方地掏票子,就已经开始小心翼翼地梳头发,人生最痛苦的事莫过于此,是不是?

然而,最近我无意中发现了防脱的秘诀,那就是,保证充足的营养可以防脱。去年有几个月的时间我在省钱兼减肥,对不起自己的胃了,吃得又少又不好。头发们是一群精明的食客,一旦发觉主子生活质量下降,就悄然离去了。因此可以说头发是你营养状况的晴雨表。头发尤其喜欢蛋白质,也就是说,它们要吃肉蛋奶。

刚开始掉头发时我还尝试用防脱洗发水、固发护发素之类的,起色不大,用治标的手段当然不能治本了,反而是用护发素的过程中又多薅掉了几十根,每次洗完头要掉一百二三十根,我常担心我头上剩余的头发还够我洗几次头。三千烦恼丝啊,难怪出家人剃光以求个清净,好一心悟道。

寒假中生活滋润,肉蛋奶鱼虾菇蔬果粗粮一应俱全,营养得到了全面均衡的补充,头皮重新成了头发们喜爱生长于此的沃土,它们又渐渐回来了。一样的洗头频率,只掉一二十根。正常情况人每天都要脱落 30~100 根头发,所以我很满意。

当然万物不是绝对的,有些人吃得大腹便便脑袋上依然植被稀疏,怎么解释?那是因为雄性激素过多易导致脱发。还有长期保持一种分头方法容易使分界线越来越明显,所以经常换个发型还是需要的;还有个人发质体质烫染程度等,如果只是营养问题这么简单,脱发就不会是世界难题了。还有一个头发杀手,同样也是视力的杀手,是什么呢?压力,身心健康本就是相辅相成的。因此,若要健康,则要常保持变化,寻求多样,注意减压,动以养身,静以养心。

本次董大夫的健康讲座到此结束,谢谢大家的收看,再见。

两 个 梦

一、明媚

温暖的太阳,晴朗的天气,一大片广阔的原野,长满了大片芦苇高的黄色的草,有清爽的微风吹着,一群孩子在这当中奔跑玩耍,我也在这其中。我们又回到了童年。我们有着柔软的细发、浑身的活力、完美的视力,没有人戴着眼镜,没有人沉默着,没有人郁郁寡欢。我能看到无限远天边处的山上的每棵树、每根草,山脚下有幢房子,有着新崭崭的红屋顶、白篱笆。

二、昏暗

我在一片黑森林里走着,怎么走也走不快,很别扭,我觉得我该飞起来了,我一使劲,就真飞起来了,穿越了森林,从一个悬崖上滑翔到了另一片山。周围依然是一片昏暗,不知怎么来到一间小木屋前,进去后,里面有个老婆婆。她告诉我,每当我在那个世界睡着的时候,就来到了这个世界,每次来到一个什么样的场景是随机的,年代也是任意的,可能是太古洪荒时代,可能是几百年前欧洲的某个农场里,也可能是当今某个繁华的都市,还可能是在宇宙虚空中,或者就在一个不存在的空间里,没有合理不合理,没有什么逻辑,什么样的场景都有可能,什么样的事都会发生,什么样的技艺我都可能拥有。当我在这个世界睡着或不小心死去的时候,我便又回到了那个世界,继续那里的时间,即进入睡眠状态或死亡是这两个世界的接入口。我在那边一睡着,便又再次来到这里,会换到新的场景,以前的经历全部清空,如果我留恋某个场景,永远不要睡着或者死去就可以了,待到地老天荒,在这里这很容易做到。换句话说,在这里我有无限条命、无限的时间、无限种经历。这两个世界互不干扰,我在任一个世界里为所欲为也影响不到另一个世界的我。

老婆婆又说,你需要点拨时,来之前想想我的样子,就会来到我这里的。她有比这个世界所有生灵高一级的思想,她是这里的上帝。

我决定上路了,开始我的奇幻旅程。

讲堂好课不容易

一、有趣的课堂过得快

教师有义务想办法让课堂时间流逝得快一点,学生们有义务开动大脑积极参与到课堂中,这样可以教学相长,大家都轻松愉快。否则,讲台上那家伙发愁着怎么熬过这几十分钟,讲台下的众人面对着过时的教材、枯燥的讲解而思绪神游,越想让时间快点过,它就过得越慢。

我听过的时间过得最快的一堂课是朱士信(合肥工业大学的红人教授)的,那是一堂讲座,是我接受教师岗前培训时听的,据说他讲课时过道也会被搬着小板凳来的学生占满。听完后我发现朱老师果然名不虚传,他极有表达天赋,讲课就像在讲述一段单口相声,有情节有发展有高潮,幽默信手拈来,每隔几分钟留一个悬念勾引你继续往下听。我注意了一下周围,报告厅里坐着的二百多人,人人都抬头直视讲台,没有一个人交头接耳,没有一个人在看手机,这样吸引百分百观众的场面很少见。如果人的目光真的是可见光束的话,那一定有几百道光,聚焦在他那张并不出众的脸上。大家不愿意错过他的任何一个字,免得稍一走神就不明白为什么大伙又笑了。还记得零星几句他的语言:

"……科大(中国科技大学)是什么地方?想出国还不容易吗,挤都被挤出国了……"

"……两个人加在一起,也没有多少成才的迹象……"

"……老师在上面说,这块是常考的内容,底下睡觉的睡得更香了……"

"……当天的课我没有听懂,中午吃不下饭,看看宿舍其余的9个人,都吃得狼吞虎咽,我想找个人问问他听得如何,结果问了一个不该问的人……"

我记得在很长一段时间里,我只看了两次表。第一次是7点40,第二次是8点20,中间这40分钟一晃而过,好像只过了5分钟,绝非夸张。能达到这种讲课效果的,非功力深厚兼与时俱进所不能为也,冰冻三尺,非一日之寒。受欢迎的教师自己也沉浸在一种成就感当中,会更发挥出自己的极致出来。学生把你当个腕儿一样地捧着,你好意思不备点料就上讲台吗?孩儿们都等着盼着被雷上两句呢。

工科课程的学习,就是理解和记忆,讲授过程中,枯燥常有,而包袱不常有。朱老师说他前3遍备课,每次推倒重来,3遍下来,3次的精髓一杂糅,再讲自然精彩纷呈(要知道很多老师备一遍课讲一辈子。不是有30年的经验,而是一个经验用了30年)。

当了多年的学生,总有那么几个老师的课,时间会过得稍微快一点,这稍微当中,凝结了老师的多少心血啊。

二、忽悠是一门艺术

学生喜欢擅长忽悠的老师。上妆的最高境界是无妆,练剑的最高境界是无剑,忽悠的最高境界是好像没在忽悠。谁嫌自己操心的事太少?谁嫌自己的烦恼太少?谁不想在海阔天空轻松怡然中忽然邂逅到本质的真谛?

句句真挚恳切、循规蹈矩;段段逻辑清晰、环环相扣,到最后猛然发现竟是一篇故事,并且迸发出的内涵犹如空谷回音般在大脑中回响,让人在发呆中咂摸着刚才的味道。

若老师能修炼到此种境界,在讲台上行云流水般讲述,望着台下黑压压而专注的众人,那感觉定胜三伏天吃了冰淇淋,三九天喝了热浓汤,因为这是满足了人的需要的最高一级啊。

三、监督者

我的一个学生,非常认真,两堂课都全程集中精神,并且想什么就说什么。如果他没听懂,随时会发问:为什么?有时我刚讲完主干道上的为什么,他关于细枝末节上的为什么就问出来了,让我暗自冒冷汗。要知道这主干道上的为什么还是我昨晚花半个晚上想出来的,另外半个晚上用来给它串联和润色,根本再无暇招架细小的问题了。有时上课他坐得很直抬头对着黑板却闭着眼睛且脸上有痛苦状似便秘一般,无声地表达着对我的不满。课下他也会问些问题,我发现他看书看得又超前又细致,额外学了很多。有一次他对我说,老师,你讲课没激情。我赶忙问他,什么叫有激情,那哪位老师有激情呢?他说,比如说某某某老师,她讲课时所有人都会听(不过经我后来考证,并不是他说的那样)。但我也又明白了一些,从那以后我开始注意讲课声调的抑扬顿挫。我演算时,如果他想到了更好的办法,立刻就会说出来,一点也不浪费自己敏锐的思维。有时他觉得我此段讲得不错时,也会有赞许和微笑的表情。

此人是我的一个监督员,有了他,我不敢懈怠,不敢忽悠,不敢讲不明白,否则会被他的为什么挂在那里,不敢不想办法如何更生动些,因为他觉得无趣时会在底下大声地来一句"没意思"。

他就像奔跑者后面的一条狼,让奔跑的人跑得再快点、再快点。

四、渐缓

水力学终于快上完了,曙光就在前面了。暑期时因为这学期要教这门课,我很恐慌,甚至觉得自己苟活不过这学期了,现在好了,终于就要把水力学爷爷教完第一遍了,一步一个血脚印啊。我总觉得时间不够用,任务繁重,其实是因为我效率太低。我很容易就把注意力转移到别处去,一边学习一边娱乐,是个 kill time(消磨时间)的高手。要想出活儿,只有自己拯救自己,提高效率,工作时不要被琐碎的事物分心,可惜江山易改、禀性难移啊。

这学期的水力学因为是首次讲,上得不那么顺,公式计算很多,要记忆的也很多,小错不断,简直让学生见识了史上最强之上课出错大全,实在惭愧。幸好这个职业对出错的人比较宽容,我要是个医生或是高空作业者,如此出错,代价不是别人的命就是自己的命。

什么时候才能顺风顺水,轻车熟路呢?记得刚当老师头一学期教完一门课批卷子时,下手也很小心。如果哪位同学平时认真,卷子也批得松些,我怕草菅了一颗尚嫩的心。甚至先批上课时不那么认真的那个班,再批认真的那个班,如此排序是因为先判的卷会比较严,后面疲倦时就判得松了,我认为这样的顺序对认真的人是一种补偿。第二学期我这种想法就不那么强烈了,同时我有更科学客观的判卷方法了。也许就像一个外科医生一样,刚拿手术刀时小心翼翼,时刻提醒自己刀下的是一个生命,天长日久,受到主观意识的不良影响会越来越小,切开人的皮肤也就像切西红柿一样平常了。

再熬完剩下的几节水力学,就是实训,相对要轻松些了,也不用昏天暗地地备课了。再下来,监考,切西红柿,又一轮回的

GAME OVER(游戏结束)。

五、还是看书好

前一阵子,很长时间里,有一年多,我都没有时间能完整地看一本消遣的书了,看的都是备课的书。尤其头一次备一门课的时候,就是天天看这门,周周看这门,月月看这门,只看这门,手边七八本书都是一个名字,加网上的资源,看一门课看到想吐还得再看,夜晚走在街上看见霓虹灯拼出的也是这门课的名字。闲时只好看帖子来让大脑换挡休息,我需要短平快的消遣,最近我终于有闲看了一两本书,发现还是看书好。帖子要想出彩,想在短时间内抓住眼球,要的是噱头,但书有的是篇幅和文字,可以慢慢铺垫和浸润。看帖子好比是和一个人吃了一顿饭,看书好比是和一个人相处了一段时间,哪个收获更立体更丰富自然不言而喻。比如一觉醒来,想起昨晚看的书,又会有不同的见解和深层体会,而旧帖子基本会很快忘掉,今天又有新帖子看,帖子留下的印记难以再往深扎根,而人的感悟和体会是需要时间来酝酿和生长的,知识是需要时间来累积和构建的。

六、候着吧

看来离被放假还很远,今年是别指望能准点临时性回个家了。如果没有很多钱,有很多闲也是好的。老师们喜欢听这样的话,正中下怀。不能回家别的都好说,就是没暖气怪难熬的。过了几个没有暖气的冬天,冻得壳都硬了。希望下一个冬天就能住上有暖气的房子。温饱温饱,温还排在饱的前面呢。

七、八与二

如果一个东西我用了八成力可以打 80 分,对这个分数我不太满意,为了让它更完美,我再加一成力,付出了九成力,但并没有拿到90分，仅是达到了85分，我再咬咬牙加到九点五成力时，得到了86分，只多了一分而已，效果改善越来越不起眼了，我倾其所有付出九点九成力，也只打了86.5分，即过了某一点后，我的付出和回报已经不成正比了，86.5分是我能力得到回报的极限值了。我还不如干脆就在一个性价比最高的点停止。80分到顶，不必再费很大的劲去增加微量的完美程度了，省下的二成力用在另一个东西的前八成力里。想明白这个，就轻松多了。

适当完美即可，极度完美很累。人生有限，能为几个完美买单？

世间本无事，庸人自扰之

一、一样一样的

如果能重来一次，你还会像现在这样，过着同一种生活吗？多半还是会的。性格决定命运，原来觉得这话过于肯定、偏激，现在越来越觉得这话有道理。即使重来一次，我们的性格特征、生长环境、社会阶层、思维水平、处世方式还是那样，我们还会选择同样一群人做朋友，走相同的轨迹，追求相同的事物，得到类似的成就，经历躲不掉的烦恼，还用同一颗心去感悟，差别还能差到哪去呢？

谁没过郁闷到不能自拔，谁没在打击中在无人的夜里清泪长流过？生性敏感细腻的人比别人更心细如发、柔肠百转、作茧自缚，更是把感悟放大凿刻在心中，偶尔一首歌一个契子也能让心中涛走云飞，忆往昔时时，想着曾经的小芳。聚会坐一桌，都是过来人，都有伤心事。神经迟钝麻木的人过得最舒畅，揣着明白装糊涂是幸福。达观的人最潇洒，一切磕绊都是场感冒，危机一过照样春风满面。

人最在乎的人是自己，但矛盾的是，在对自己的看法中却更在意和相信别人的评价。你为别人的议论而不安，你难以放开手脚，你曾觉得自己的每一次窘态都被所有人包括自己暗恋的人尽收眼底。何必呢，别人山崩地裂的事，你觉得云淡风轻；反过来，也一样。把自己的得意和失意一遍遍回放的人，只有你。

因此，不必过多耿耿于怀，不必再去自嘲一句那些"SB"的青葱岁月,结结实实地去经历,如果很美,作为回忆;如果不如意,慢慢释怀。只愿留七分明白以求生,三分糊涂以悦己。

二、谁比谁能高明几分

有时我会豁然开朗,刹那间理解了所有的人。我处在某某相同的境遇时,难道我就能做得比他(她)更好吗?局外人一句冷冰冰的评价,有时是很可笑的。我何德何能,可以去评价别人?别人何德何能,可以来评价我?大家在不损人的基础上利己,能达到这个程度就足够了。人和人的观点不必达成共识,差异和多样性才是永久的。没人有资格硬要去矫正别人的思维,硬要让别人接受自己的观点和习惯,非要分个青红皂白水落石出来,本来就是不同的小宇宙产生的东西。即使是父母、师长、伴侣、恩人也没资格左右别人。人不属于任何人,人和人的情感只是凭良知和爱连接起来的。我仅仅是路过,我只是旁观,我只看看,不说话。

三、事与人

事情比人容易征服,凡事都有方法。如果一件事让我们觉得焦头烂额、胆怯恐惧或是想逃避,那说明我们还没找到征服它的办法。初次接触某事,我们不懂得任何技巧和陷阱,轻易就会产生挫败感,但是只要我们积极地去增长经验,掌控感就会越来越强的。第一轮教水力学的时候我认为世界上最难做的就是教水力学了,现在我第三轮教这门课,轻松多了,我已把它从野猪驯成家犬了。去掉一些刁钻高深的原理和计算,加一些实用的大家爱听的与时俱进的东西,皆大欢喜。干吗把时间都耗费在不讨好自己也不讨好别人的东西上呢?累了自己,疲了观众。

就像如何当一个好学生、如何保持健康、如何减肥、如何适应新环境、如何做个好家长、如何做个好员工等,经验都很重要,只要一心向佛终会守得云开见月明的。

和事情打交道会有越来越好的趋向,和人就未必了。事情规律是理性的,人是感性的,感性的东西是随机的,没有道理可循的。有人无师自通,有人一辈子二百五。难道我们自己做到刚正不阿有修养有智慧就不会吃亏被暗算吗?你以为上帝真的存在,无时无刻不在维护世界和平吗?有些人根本不值得被尊重被关注被浪费时间,有些人的存在只是为了毁灭别人脆弱的价值观,人和人的差距可比天和地的差距大多了。

四、我们给的是不是别人想要的

有一次看《非诚勿扰》,台上的一位女嘉宾聊到自己上一段情感经历,她说,我对他已经非常好了,但我们还是分手了。乐嘉这时说,你知道什么叫对他好?你对他的好是他想要的好吗?你认为你天天跟在他后面问他累不累冷不冷饿不饿叫对他好,但他想要的好是你不理睬他或者你拿鞭子抽他才叫对他好。

父母觉得自己对孩子好得快把肝割下来给他吃了,但孩子想要的也许是少一些唠叨和掌控,多一些理解和自由。我刚上讲台时经常不明白我昨晚准备了那么多,今天讲时底下还有人睡觉。学生想要的是更实用更轻松更简短的东西,听点新鲜的比公式有趣多了。花大块时间去钻研理论再灌输给别人是费力不讨好。一个人给另一人提的意见,提出者自觉着是金玉良言,听者很可能心中不屑一顾。人跟人由于阅历和智商不同,想法差异很大,并且不喜欢被别人的意见左右,谁都不认为自己傻,没有正确的想法。成年人早已经禀性难移了,非要把自己的意志强加给对方,得到的就是招人讨厌。我说的话别人不爱听,别人说的话我不爱听,常有的事。有人自觉着关心别人,问别人私人问题,觉着我这是为你好呀,也许我能帮你呢。您省省吧,触着别人雷区了都不知道,戳着别人软肋了,下次你不会再轻易见到他(她)了,人家远远躲开您了。

五、因为所以

10块钱,基本什么也吃不到;

100块钱,基本什么也穿不了;

500块钱,基本什么样的套房也租不了;

1000块,基本什么地段的一平方米也买不来;

5000块,基本不够保质保量地旅个游;

10000块,基本不够结个婚……

无论怎样努力工作,经济实力基本不会有太大变化,

所以,我们要努力赚钱,

所以,我们不必太努力赚钱。

六、年轻人别郁闷

0~10岁,10~20岁,20~30岁,30~40岁,40~50岁,50~60岁……哪个十年最黄金?应该是20~30岁这十年。这十年人的身体素质和智力都达到一个顶峰,过后逐渐走下坡路。这以前过得糊涂,这以后随波逐流,再后来力不从心。但是人们却用这最黄金的十年迷茫、郁闷、纠结、心痛。别着急。

如果没有考个好大学,不要紧,还有可能找份好工作;

如果没有找到好工作,不要紧,还有可能找个好对象;

如果没有找到好对象,不要紧,还有可能生个好孩子。

工作比毕业学校重要,伴侣比工作重要,孩子和伴侣一样重要或更重要。第一局输赢都是一块钱,第二局输赢都是两块钱,第三局输赢都是四块钱,第四局输赢都是八块钱……每一局的赌

注比前面所有局赌注的总和都要大，只要赢一局，就能扳回所有的失败，一次咸鱼翻身就够了。每次失败后面还有翻盘的机会，你还郁闷什么？不要急于向生活索要反馈，有时要耐心等很久，良好的反馈才姗姗来迟。

教书匠的穷忙

一、疲劳

5月的下半个月实在是太忙了,和父母上海世博游后回校,后又出了个差,在外时接了很多答疑电话并担心回答得不圆满,回来后再补落下的课,做着分内的事并且操心着很多其余的事,担心不能完成事心里有一些担忧和恐慌,很多天里的感觉都是还没等卸下一个包袱,就又加了两个包袱,终于快熬出头了。看看收件箱里的邮件……(都是学生作业)

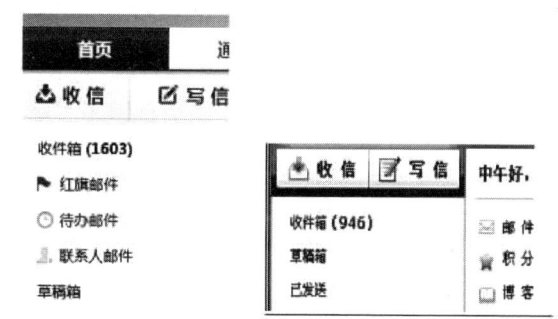

二、多事之夏

最近我一直在穷忙,出差两趟,带俩竞赛,带实训三周,当伴娘,连续不消停一个多月。没有一个晚上可以奢侈地坐在电脑前看个帖子或者电影写篇博客之类的,没有一个早上被施舍一个懒觉。每隔几天就不得不列下几天的计划,手机里总记着几件接下来要完成的琐事以免忘掉。真是赚着卖白菜的钱,操着卖白粉的心哪。所以身体提抗议,小毛病接二连三地犯,拉肚子过后扁桃体发炎过后心烦胸闷恶心过后眼睛上火再过后皮肤过敏,其间还怀疑自己得了甲减(甲亢的反义词)和老毛病心脏出问题了。去医院检查了两下,屁事没有,结果都是完全正常。用我妈的话说这就是敏感型体质,一有风吹草动就反映出来。这阵子太累并且压力有点大,这就是信号了,告诉你该注意了,要不整死你。这样也很好,小病不断,大病不犯嘛。

台下坐着的永远是20岁的年轻人,台上站着的家伙却在一学期一学期地变老,和他们的差异越来越大。年方四七,还算芳龄吗?凭谁问,老董老矣,尚能忽悠否?

三、今儿高兴

今天心情特别好,办吗吗顺。课间和几个同事聊天时我听说了几位出色的毕业生工作都找得不错,进了事业单位,考上专升本的也有几个,很高兴。有一个学生正是我去年带出去参加竞赛的,当时她也在准备专升本,她竞赛获了奖,专升本却落榜了,一直不知她近况如何也不好问,万一没有好消息岂不是哪壶不开提哪壶?今天听说她进了家里所在城市的水文局,我感到又欣慰又轻松,替她开心,这是我好心情的原动力。学生们有个好前途,当老师的心中有种成人之美的快意。国家现在重视水利,水利的学生也赶上了好运势。专科生毕业顺利进入事业单位,多好啊,就算研究生毕业进事业单位都是个上上签,何况大专乎。莫非现在就业形势变了?当初我毕业时作为一名女生在大中城市找份对口正式工作简直是不可能命题。还可能因为我的学生里男生居多,相对来说男生还是要比女生好找工作一些,这个社会终究还是男女有别的,尤其是就业。

今天我的心情已经不能用高兴来形容了,如果今天我这只是称作高兴的话,那我前面阴霾了十几年。今天我是一种亢奋。到了学校新建成的教师公寓楼里,进了属于自己的小窝,开窗通风散气味,看着白白的墙、崭新的地,心里和房间一样明亮。有房在手,出气都粗了几分,新《婚姻法》又能奈我何。有安身立命之地,心里才有底气。

即使要度过许多个平平淡淡又郁闷的日子也要苟延残喘不断前进,只为最终会迎来那令人期待的一天。

四、路漫漫之数字歌

一路向东二三十千米跨四个城区耗五十分钟走六七座高架立交桥汇八方车流九分疲劳十分折腾,观百态千人揣万种心思;万家灯火添城市千娇百媚十次上班九次打车听的哥八卦七情六欲人为五斗米四处奔忙,别忘三天两头乐呵一次。

这是我的漫漫上班路。我的家离我的单位有 26 千米,每次上班时,我从城市的一端跨越到另一端,一年一年看着她日新月异的发展,见证她的进步。现在,写首数字歌记录一下。

五、开学前的小郁闷

大部分学生都不想开学,其实老师们也不想开学,上半年盼清明五一端午,下半年盼中秋国庆元旦,从开学第一天就盼寒暑假的到来。每年 2 月底 8 月底最痛苦,马上要开学了,十几周的课程慢慢熬;每年 6 月底 12 月底最快乐心里最轻松,课基本上完了,学期 over(结束)了,坐等假期了。但是不想开工的痛苦持续时间不长,在家时我还不想去,真到了学校又来劲了,在学校里如打了鸡血般兴奋,一点也不觉着累,下班到家往床上一躺,才发觉浑身彻底被疲倦吞噬,一点不想动弹。上四节课磨破嘴,上六节课站断腿,上八节课累成鬼。有句话说,百善孝为先,论心不论迹,论迹贫家无孝子;万恶淫为首,论迹不论心,论心世上无完人。看一个人是不是好员工,不能问他想不想上班,问谁谁都不想,真正高尚到为了劳动而去劳动的大师有几人?而要看他的工作状态和劳动成果,如果他做事漂亮人尽其才,那他就是好员工,还管人家心里怎么想。

忙里偷闲

一、《蜗居》

前阵子我看了《蜗居》，每看完个电视剧或者对一个东西正感兴趣时我就到它的贴吧里泡两天，夏天时潜伏在《潜伏》的吧里，冬天时蜗居在《蜗居》的吧里。不过《蜗居》的粉丝们和许多别的吧的粉丝相比水平不高，帖子没劲，高质量的帖子会有关于情节和人物的深度剖析或是精炼的漫画和视频，或者是发现了作品中难以觉察到的疏漏。中国人这么多，什么样的奇才没有？

我感受最深刻不是大城市里房子多么难买，也不是美丽的姑娘做个二奶是获得优越生活的快捷方式，而是突然体会到了天下父母心。父母都希望子女有安稳的生活，不求大富大贵，只求细水长流。但做子女的在年轻时，又有几人能摆脱"感觉"的诱惑？大部分父母都会选择一条稳妥的路让子女走，大部分子女都会认为自己是个与众不同的绩优股，以后某天扶摇直上的可能性是相当大的，不追求一下自己的感觉和驿动，怎能对得起这流金岁月。热血贲张的年轻人们甘愿蜗居在大城市的边缘，当个蚁族，辛苦打拼，长期扮演着勾践只为了有一天能够感动自己的夫差。年复一年，被打磨得差不多了，渐渐明白更优秀更有天资更幸运更不择手段的人多了，自己只不过是人海一粒渣而已。

有多少人是心中有点小九九，有点小激情，梦想通过奋斗过上风光体面的生活，另一面却又是现实很无奈，有老不能啃，郁郁不得志啊。

当然也有实力派的人,强大到只凭自己的力量在这个花花世界中出尽风头,世界属于他们,但大多数人只是做了托起冰山一角的底座。当年,父母们的决定是顺应了事情发展的大概率方向,是希望自己的孩子绕过要吃的苦。做父母的为孩子们披上了温暖的外衣,有时也遮住了飞翔的翅膀。

二、上海世博之旅

放假了,身心彻底放松下来,每天想睡到几点就睡到几点,醒来后躺在床上,想想今天没什么事,想想明天也没什么事,惬意!

今年终于全家旅游一趟,我们决定去看看上海世博园。我和我妈先去,第二天我爸到。在上海我受到了大学同学陈美眉的热情接待,住在她给找的一家连锁宾馆里。陈美眉细致周到,相比之下我就显得呆头呆脑的,难怪我老娘常年说我没人情味。第一天我和我妈逛南京路,吃特色小笼汤包;第二天我们仨逛外滩南京路,在东方明珠下照了张全家福,我们仨都认为这是一件很有意义的事情;第三天晚上游夜场世博园;第四天全天游世博园;第五天父母回家,我回合肥。

我们大概看了10个馆,有备而来,事先在网上查了资料并且排队时和周围人聊天打听,挑一些大家普遍认可的馆去,因为时间有限,不可能全部看一遍。我们看过的而且还算不错的馆有沙特馆、中国台湾馆、国家电网馆、中国馆、石油馆、德国馆、日本产业馆。我们三个人带了两个小凳子,在漫长的排队时间里轮流休息,这一明智之举让周围人很羡慕,大家站着排队都累得要命,基本所有的馆都要排队,至少一两个小时,好的馆需三四个小时,逛一天世博基本等于排一天队。尤其那个传说中很好的中国馆,需要拿到预约券才能看,券每天早晨在检票处发,有数量限制,发完为止。为了拿预约券,我们5点就起床,6点赶到后在入口处排队,一直排到9点开园。人越积越多,开门时众人排山倒海般向安检处跑,好像打仗时逃命一样,老头老太太们都健步如飞跑得特快,一点不逊色于年轻人。当天早上还下着大雨,为了少点阻力跑得快点我也没有打伞,雨中狂奔数百米,最后终于拿到了中国馆预约券。因为代价有点大,进馆后有些失望。

沙特馆、中国台湾馆、国家电网馆、石油馆都有立体电影,有的是4D的,有的是720球体屏幕的,各有各的特色。德国馆的声控舞动的大球非常不错。

一些外国场馆展示的都是自己国家的产业特色、生活方式、科技优势等,中国还着重于文化遗产、历史甚至政治。人家活在当下,我们仍沉湎于过去,或许都是在秀自己最拿得出手的一面。

众生百态

一、一般人与二般人

同样一节课,讲给两个不同的班,反应也不太一样。其中一个班的学生属于积极配合型,大部分人聚精会神地听,该笑时会笑,恍然大悟时会发出"噢"的长声,课下会要求拷课件,会索要老师的 QQ 号;另一个班是超脱型的,波澜不惊,对一切都很漠然,面无表情,好像都懂了又好像都不懂,讲得我心有惴惴然,时间流逝缓慢。自问,你怎么还不下课?

哪一个班才更正常呢?活跃的班吗?因为他们才更有年轻人的活力,珍惜现在,不虚度课堂,有合作精神。还是他们还没长大,更像小孩子呢?不活跃的班已经到了更高的境界吗?是啊,考试算得了什么,分数算得了什么?学到的以后一定会用到吗?往往以后混得好的,当年可都是不怎么起眼,甚至有点怪的家伙们。谁让人家不是一般人儿呢,心中暗藐众同门和傻帽老师们。没准就在那群超脱型的学生里,以后会有成功企业家、管理者、领导人物,谁能否定呢?当年,牛人正坐在灯火阑珊处。

但是,什么才算是成功呢?一定得叱咤风云、呼风唤雨、富得流油吗?一定要让别人明里羡慕、暗里嫉妒吗?那种为家人操劳奔波,安享简单的快乐和平凡的幸福的,会做几个拿手菜的居家人,让家庭温馨幸福的,就不算是成功吗?

我们自己心里更偏爱哪一种呢?

二、花开一朵

有一天上机课上,我发现有一个班的所有女生都没有来,我就找到班长,问他为什么女生没来上机。他说,老师,我们班没有女生。我吃了一小惊。回去后看了名单,果然此班一个女生也没有,名单上的性别一栏是清一色的"男"。和他们班一起上课的兄弟班倒是有女生,不过仅有一个。两个班一起上课时共84名同学,只有一个女生,显得格外引人注目。好一片茂盛的草地,开了一朵小花。这的确有点悲剧。

三、互相雷

学生们是每天都要写点班级教学日志的,班级大事、当天收获、上课感想、时事评论等,甚至吃喝拉撒生活琐事都有人写……今天我无意中看到有一个班的教学日志某天有一句是这么写的:"今天是开学第一天,见到了老师,有一件非常非常非常(连用了三个非常,可怜人家孩子不知该如何表达自己的心情了)雷人的事,CAD(计算机辅助设计,Computer Aided Design)老师像个男人,而且声音也像,不过讲课还不错。"

我同样感到非常非常非常雷人,他们的CAD老师就是我。

四、上课的人数

这学期我带了四个班,有的班人多有的班人少。比如其中一个班,只有三十几个人,课堂有点过分安静,我在上面自说自话,好像在开一个人的演唱会,没有气氛;给另一个班上课,是两个班合班,有一百二十多人,嗡嗡嗡吵炸天,我在上面热汗直流声嘶力竭,还是寡不敌众,真是冰火两重天。

要说上课最佳人数的话,六七十人最佳。既不至于太过冷清,问个问题都无人应答,也不至于人口基数过大而增加了不少话痨。六七十的人数，认真听讲者有，应答接茬者有，巧妙一问带给老师灵光者有，默默不语思维却一直跟紧者有，偶尔有人讲讲小话，也不至于盖过主讲人，倒显得教室里有上课的气氛，这是一屋子活生生的人。这种情况下老师也乐在其中渐入佳境，可以讲出最佳水平。但是现实是这样，有的一个班只有四十多个人，去掉几个生病的逃课的不过来，四十人左右就烘托不出上课的最佳气氛，如果两个合班，有时有八九十人，又过多。想凑六七十人的数字不是回回都能有的。再说学生有时在思考怎么考个证啊参加个活动啊找份工作啊扮个靓啊，还听个屁课，老师有时在思考怎么考个证啊评个职称啊赚点外快啊，还讲个屁课。这样的想法一冒出来校园都显得灰暗了，实际情况肯定没那么悲观，学霸和称职的老师也遍地都是。且不管别人敷衍不敷衍，自己先不敷衍，问心无愧，自己先燃烧起来热乎起来，再去温暖别人。

五、众生

本人已成为一名老九数年，教过的学生谈不上桃李满天下但也有数千人，水平比不上资深"叫兽"但也不至于菜鸟一枚。几年来遇到过或踏实刻苦、或憨厚朴实、或飞扬乖张、或古灵精怪的年轻人，他们大多是孝敬师长、朝气蓬勃、积极向上的。每天面对这样一群郁郁葱葱的小树，让人神清气爽推迟更年期，有延年益寿的奇效。我把他们的可爱之处记录下来，下次被他们气到的时候翻出来看一看，就一笑泯恩仇了。

某次上课，中途做课堂练习，我请同学上黑板做习题。因为题目较有难度，所以点了两位同学，二人合作解一道题，不至于让一个人形单影只，挂在上面。两位上来后，都不会做，大眼瞪小眼。台下其余同学看笑话，有人起哄道"在一起！在一起！"为这对难友呐喊助威。

某天中午我在学校食堂吃过饭后,出了校门随意溜达。周围一条街都是小饭馆和小吃摊,学生是这里的常客。我正走着,突然有人向我喊"老师好"。一看是带的一个班中的两位女生。其中正在吃菠萝的张姓同学性格活泼,她举起菠萝串热情地邀请,"老师,给你吃一口",像邀请自己的姐姐一样。

一日我给大二的学生上课。正值大一新生开学报到,课堂有一些人缺勤。有的同学去做迎新工作了,也有的趁势逃课去玩了,若是点名被点到让别人替答一声"某某迎新去了",显得名正言顺。点名时,点到一名女生时未到,我问,这位同学哪去了?有人接腔,接学弟去了。一会又点到一男生未到,我再问人哪去了,又有人接腔,接学妹去了。我不禁想说一句,学姐心里有学弟,可知学弟心中是学妹;学长心里有学妹,可知学妹心中是学弟。

某次我在学校食堂吃饭。打好菜后,我伸手到包中取饭卡,当时我一手拿着杯子和两本书,肩膀挎包另一手找饭卡,遍寻不着。微窘。忽然有一个声音道,老师我替你刷吧!一位同学用他的饭卡替我付了账。我感激道,谢谢。看着人家眼熟知道肯定带过却不知道其姓名,甚至是哪个班的也不知道。哎!

某次在食堂,我走到打饭窗口说,来四毛钱的米饭。打饭的小姑娘说,不卖四毛的最低五毛。这是在食堂勤工俭学的学生,到了饭点来做工,赚点生活费零花钱。我正准备打五毛的,旁边负责打饭的小伙突然对我说,卖四毛的米饭,卖的。又对一旁的小姑娘说道,这是我们CAD老师。他麻利地给我刷了四毛钱,递给我一份饭。我一看,嚯,比五毛的还多。

我怀孕八个多月的时候课还没有上完,终于上完时还有一周的实训,实训完成本学期的任务才算结束。实训安排是一师一周,我前边还排了两位老师,也就是说上完课后等到第三周才轮到我的实训课。带的班的班长告诉我,同学们都建议把我的实训放在最前边,我可以早点完成任务回家休息待产。这点子我自己都没想到。于是,我和最先实训的老师换了时间。后来证明,这样安排太明智了。我带完实训后只过了一周,小家伙就迫不及待地出生了,比预产期提前了许多天。多亏了学生们的好意。

  上课时讲台上有一把椅子,偶尔我会坐一下。一次,没防到椅子背上有很多粉笔灰,我往后一靠沾了一些在衣服上。上课转身写板书时前排同学看到了。一位女生说,老师,你后背全是粉笔灰。我给你拍拍吧!我想正上课,这样不妥。我笑道,谢谢,不用。她调皮地一吐舌头,好像我辜负了她的美意。

  讲课时我讲解如何作图,需要在电脑上调出一个对话框,如此这般操作,到了某一步,再次调出此对话框,再后面三次调出。这时下面有位学生接道,还是原来的配方,还是熟悉的味道。

  一次下了课我错过了校车,在校门口等车回家,一辆有人的出租车开过来停住,里头的人探出头说,老师,你回家是吗,上车吧,我爸爸的车。盛情难却,我上了车,这位同学的父亲一直把我送到了家门口,下车时我想如数付钱,一般这段路程是 25 元左右,但我当时冒出的想法是"就算给,他们也不会收的,再说有一段路也是顺路捎",所以我这个笨蛋没给钱就走了,坐了霸王车。唉,现在想起来十分后悔,收不收是他的事,给不给是我的事,当初要是给钱就好了,也不至于过这么几年都还惦记着。也许他们已经忘了,但我总忘不了那次搭车。

  我带学生去参加比赛,居然个个争气,都获了奖。为了庆功犒赏一下几位同学,我请他们去唱KTV。当然我是打算唱两句就走的,免得有我在大家放不开。期间我接了一个电话,那时我还未婚,两位女生揶揄道,老实交代,是谁打过来的?是不是男朋友?好像闺蜜审讯一样。大赛备战时,我们朝夕相处,有时也互相调侃两句,这样的玩笑已属平常。两位女生经常开那位略显腼腆的男生的玩笑,某某某啊,你这么优秀,将来一定会有一位好男人来爱你的。哈哈哈!他们面对自己的目标时,下了多少功,流了多少汗,我全记在心里。

还有一次带大赛,有位同学性格外向,人又勤奋好学,时常灵光乍现,妙手偶得一些好的想法,也愿意无私地与人分享。他常会说,老师,我又总结出一个简便的方法,如此这般操作。老师,我发现了几款小软件,用起来非常方便,分享给你……论技术能力,他早就远远超过了我,我只是跟在他后面催他快往前跑的那个人,游泳教练肯定游不过他的运动员们。多教几个这样的学生,老师们的水平提升得也快,老师们的猪脑子也能变得聪明一点。

其实,如果更理性地想一下,像以上这些以活泼热情刻苦为优势的学生们的优点容易被老师发现,他们在人群中更易被注意到,因而他们也更容易得到老师同学的关注。还有很多默默无闻、内秀的、不那么显眼的学生们,他们的优点不容易被众人发觉,他们的精彩我们不容易看到,这是一个遗憾。

和这样一群可爱的年轻人一起学习一起思考,分享各自的美德和纯真,这是我工资以外的收获。想想他们,心里如清风拂过白云,田野弥漫花香,小河浅吟,青蛙放歌。只愿他们不虚度这几年时光,每每回忆起大学都是美好的感觉,遇到挫折时也有一颗开朗的心,像他们当年这般率真乐观。我——他们人生某一阶段的同行人,还有什么奢求?

六、两条短信

某个学期结束时,一个班里的一位同学发短信问我:"老师,下学期你还带我们班吗?好希望你下学期还带我们。"还有一次,一位已经毕业的同学在春节时发来新春祝福,最后加上一句:"老师,我多希望一觉醒来,还是在你的课堂上。"

偶尔收到这种来自学生的短信,顿感心里暖洋洋、飘飘然,得到如此马屁,比捡了一百块钱还高兴。但是,我又转念一想,也许第一位同学给每位任课老师都发了希望还接着带的短信,我只是其中的 N 分之一;第二位同学也许经常在我的课堂上睡着,可见课之无趣透顶,在梦里都娶妻生子了,一觉醒来睁眼一看,怎么老师还在讲台上半闭着眼睛流着口水自我陶醉地讲着,漫漫长课无聊至斯何时结束啊!

于是,我不敢再得意忘形。

随时一句话

上大学

"80后"们的下一代出国留学一定非常普遍,普及程度有如现今阶段的国内重点大学,虽有难度,但已进入寻常百姓家。好比20年前,老百姓谁能想到今天社会发展到了这个程度?而发展是加速度的,二三十年后,现在更无法预料。

六

这学期我带了六个班,一堂课要原封不动地讲六回。一句话,一模一样地说六遍,是什么感觉?是什么感觉?是什么感觉?是什么感觉?是什么感觉?是什么感觉?

我也是白领

我参加了俩婚礼,交了房租,买了两件衣服,近俩月工资又白领了,谓之白领。不过话说回来,工作以来存款虽说龟速,仍是在稳步上升中,现在咱想买啥就买啥,又不是花不起,以后咱只吃两块钱以上的方便面。

选一样

好吃的东西和好看的衣服,只能选择一样。什么意思?想敞开了吃好吃的东西,就要面对体重增长这个事实,那也就失去了穿好看的衣服的机会。想要能穿上美美的衣服,就要控制欲望同时还要锻炼,也就失去了随心所欲胡吃海喝的自由。

果壳网

理科味十足的网——果壳网：http://www.guokr.com/

一上这个网，我就好像回到了高中。但是，很多东西都是浅浅地了解便很有趣，要是深入一探究竟，就￥%＊@#&＊%&￥%＊@……笑着进去，哭着出来。

台下十年功

想嘚瑟一把吗？先埋头干十年。

分辨率

相机、手机的分辨率越来越高，眼睛的分辨率越来越低。

偶尔和经常

人是要经常运动、锻炼、流汗的，偶尔感动、感慨、感悟就可以了，但现在我们把这两者颠倒过来了，每天看新闻、刷微博、上微信，动辄义愤填膺、百感交集，内心情感丰富、学识渊博、见识远大，却懒得运动挥汗如雨，正当年的年龄却肌肉萎缩、浑身无力，很轻易就累了。

有时倒霉也是好事

人总要经历几次孤独的忐忑、悬而未决的不安和没有结果的结果。一旦扛过来，下次再遇到类似的境况就有了免疫力。不然的话，一把年纪了还像个裸机一样单纯透明，稍微来个小病毒就能让自己瘫痪。

第四部分 思考篇——

大话闲话夜话：吃饱喝足扯扯淡

结婚早两年晚两年，生活质量有区别吗？赚钱多两张少两张，对心情舒畅有影响吗？房和车是奢华还是普通，能代表主人的水平档次吗？

今市井中有奇人，拼得职场下得庖厨，坐得书桌前，吹得西北风，忆古有文化底蕴之积淀，看今有与时俱进之更新，行事有专业技能之精通，处世有八面玲珑之圆融，不消沉不抱怨，不跟风不起哄，不盲从不攀比，不自大不傲娇，眼明心亮，骨硬筋韧，如山稳，如水灵，成全自己亦点化别人，既自助亦助人。我佛赞曰：境界深厚，可入门矣。修炼哪用在山中，大隐隐于市。奇人哪方寻？往往在不起眼的角落里，难得被世人发现。

远离手机你会做什么

我有一个手机,我弄不清我究竟是它的主人还是仆人。每天早上,它叫我起床;上班时,它告诉我时间;下班空闲时,我用它看微信、上网看新闻、随手给宝贝照相记录他的成长;而且,我要靠它发短信、打电话、有时也玩玩游戏;甚至我用它坐公交、网购淘宝……它打理我的生活,让我和外界保持联系,应该算是个好管家、好仆人。但是,这位仆人对我发号施令时我却不敢不从。它叫我起床时,我不敢有丝毫懈怠,早上的时间是那么珍贵,我不敢再和回笼觉芙蓉帐暖度春宵,再晚起一会儿上班路上就要堵车了,必须把早高峰甩在身后。我空闲的时候,百无聊赖,手机朝上伸出食指勾两下,"来呀",完蛋,拿起来看两眼就放不下,人像个家具一样杵在那动弹不得。每到这时我的老娘看到我没出息的样子,便会唠叨,天天就知道坐那看手机,真不像话!碎碎念两句后,转身她又拿起手机去刷她的微信,最近她被这东西迷上了,沉浸其中打雷也浑然不觉。微信圈里如此热闹,大家都是那么美丽又有内涵,指点江山激扬文字,生活那么幸福还有一大波人生感悟和育儿良方,怎能没有看客捧场。拿起来看一会儿,不知不觉几十分钟就过去了。我猛然想起,今晚还有工作没办完,恋恋不舍地放下手机去忙正事,但是不知怎的,看完手机后眼睛酸痛身体疲软,似乎体内精华已经随电量流走,哪有工作的状态?我像一条被手机拴着的狗,没有自主时间,它是我的主人才对。

出门在外，一定带手机，万一错过重要电话怎么办？其实大部分时间根本没人找，没有一个来电和一条短信；或者临时需要上网查个东西，不必开电脑，手机多便捷。这条尤其适用于屁事都爱上网查查、锱铢必较、像老陈一样挑剔的处女座，例如"婴儿应该长50根眼睫毛为啥我家宝宝只长了48根不要紧吧"，"医生给我看病时用的这个尼玛牌听诊器是哪国生产的，过期了没有"，"早晨7点25分时开窗通风好，还是7点35分时开窗通风好"……没有一个随时可以查到真理，可以借鉴的权威在手边，处女座们是多么忐忑不安、多么不放心。多少人一闲下来就拿起手机，刷刷微博、自拍两张、发发微信，手机屏幕越来越大，图标越来越多，功能越来越全，是一个如影随形的忠实又百事通的伴侣，我们对它的依赖和迷恋逐日递增。

有时爱人不在身边，有时父母不在身边，有时孩子不在身边，但是，什么时候手机能不在身边？无论上班还是休息，逛超市还是旅游在外，能少得了它吗？自从十几年前我买了手机，它就和我日益密切起来，快成为我身体的一个器官了。手机，您真是我的好基友啊！（或者应该写作好机友？）手机在角落里淫笑一声："你能戒得了我?！草包！"

机友上位，反客为主，它吞噬了我们多少时间？加上它的两个好兄弟，电视和电脑，或者是iPad之类的，这些带屏幕的四方脸们，把我们牢牢绑在它们面前有多久？醒醒，屏幕前的僵尸们，该反转了，早该把本属于我们的时间夺回来了！大概算算，如果我能控制住自己不玩手机，工作日每天平均省一小时，双休日每天省两小时，这样每周就多出九小时来供我重新支配，我怎么用更科学？更有益身心健康？更绿色低碳？更高大上？先这么打算：

四小时用来有氧运动,出门去慢跑;一小时用来看书;一小时给家人做点美食,改善生活;一小时用来冥想发呆,可以天马行空的幻想,也可以什么都不做任由时间流逝;一小时来做拖延了很久却一直没有动手的事情,比如收拾乱糟糟的家、学个乐器、清理家中卫生死角等;还有一小时,用来想想自己的缺点和别人的优点吧。我的时间真正又属于我了,不玩手机的日子一天抵得上两天过,我真正在享用我的生命。您,能做到吗?

其实你心中早已有答案

常看到有人发这样的感慨:我历经了一次旅游,到了哪里,看了什么,花了多长时间,受到了心灵的洗礼,回来后,我如醍醐灌顶,得到了极大的启迪,终于想通了某某事,我找到了心中问题的答案。或者是,我见了某某人,有了透彻的长谈,听君一席话,胜读十年书,我终于知道我该怎么做了。再或者,发生了这样一件事,给我指明了走下去的方向,我知道该选择哪条路了,我不再犹豫不决。

难道真是旅行、谈话、事件给了他们回答吗?恐怕答案是否定的。其实答案早在他们心中了,对某件事做什么决定多少有些想法了,但是,他们对最终的决定既期待又不安,害怕一锤定音,迟迟不敢确定。这时有了旅行或者交谈这样一个事件,事件当中所有有利于心中决定那一面的细节和事情都被放大、被重复,不利于心中决定的细节和事情都被忽略和忘记,最终,是自己帮助自己让答案浮出了水面。在寻找答案的路上,旅行那些什么的不过是陪伴者,而非给出答案的智者。还是自己成全了自己。

我考驾照学交通法规的时候,有很多交通指示牌要记。那一阵子我走在大街上,发现很多平时未曾留意过的满大街的交通指示牌。道路上标着直行、左转、右转、人行横道等标志,半空中每隔一段就有前面要到哪条路了的提示。我感叹,原来这东西是如此的普遍和常见,以前怎么没注意到呢。道路上除了交通指示牌似乎再没别的东西比它们更重要了。如果这个命题成立的话,那么没学交规的人眼里的道路是什么样的呢?如果我是个学城市绿化的,那我是不是会看到满大街都是树,小区里也都是树,公园学校里哪里少得了树?自己学习的东西是多么重要。如果我是研究汽车的,那我的眼里会看到满大街都是车,城市被蝗虫一般的车塞满了,我学习的东西是多么普遍兼重要。如果我是研究服装设计或是卖衣服的,我是不是会觉得街上的人都要穿衣服,谁也离不了我这个职业带给大家的贡献。同样的一条大街,人人都找到了自己心里想的那一块,都觉得自己参与的东西不可缺少、不可替代。心中有什么,外界带给大脑的刺激便顺应了心中所想。心中有佛,所见皆佛。

犹豫不决的时候,如果是无关紧要的小事,比如买哪件衣服,选哪个地方旅游,就随性来吧,选哪个心中早就已经有了倾向;但如果是关乎就业、择偶、去或是留的大事,要小心藏在心中已经有了苗头的那个选项,它会在你自己也觉察不到的情况下勾引你走向那个选择,最后你还觉着是自己经过理性思考得出的结论。

同情还是不同情

我很容易陷入对别人的同情中,同情心来得快,去得慢。

我所住的小区有两千多户人家,小区门口常有一些大型超市的班车来接送人们购物。有一个超市的班车人气不旺,上面坐的人总是寥寥无几或者干脆一个没有,常常是那样一辆大客车空着跑来跑去。我就会觉得这个超市的班车司机很可怜,天天开着空车跑来跑去,他们会不会觉得自己做的工作毫无意义,没有一点成就感。

小区附近曾经有一家连锁超市,生意很好,附近的居民都去那里买菜,过秤时要排很长的队。后来,离它不远的地方又开了另一家连锁超市,更大货更全,极大地排挤了它。每次再去他家买菜的时候,都仅有零星几个顾客,蔬菜流通不起来也不新鲜了,越发无人买,恶性循环。过秤的时候原来有三个过秤的工作人员还需要排半天队,现在只有一名过秤的也不用排队。这家超市进入了垂暮期,苦撑了数月,也抵挡不住,终于还是倒闭关门了,昔日的兴隆散去如云烟。我又替它伤感了一番,觉得它就像一个为国出生入死立过汗马功劳的老将最终却凄惨地死去一般。

在家门口附近的超市卖水产品的地方,有位姑娘负责捞鱼洗鱼,有一次我看到她一双手冻得通红肿胀,好像泡发了一样,上面还有很多口子,怜悯心油然而生。当时是冬天,她的手已经冻成这样了,还要到冷水里捞鱼,那得多疼啊,真是可怜人。

如果我看到做生意的很冷清，门可罗雀，便又见不得这样的萧条，联想到老板一家的生计该怎么办。

有时有陌生电话打进来，接起来对方生怕被挂断急急地说，你好我们这里有××区××大厦的精装公寓和门面房请问您是否需要置业投资……听到这里我一般就告诉他不需要，然后挂断。挂后又替他感到沮丧，类似这样的推销员一天得打多少个电话然后又被拒绝，同样一句话说了多少遍却得不到回应啊，据说电话推销平均打30个才有一个回应的吧。每天一睁眼，开始一天的工作，就是"被拒绝碰钉子"，在众穷人当中挨个试，寻找那个有钱又恰好要投资的人，内心得多强大才做得下去。

我在考驾照的时候，教练的辛苦大家有目共睹。他每天清晨6点多教一拨学员，上下午一拨，晚上六七点收工，然后坐十几站路的公交回家，常常在车上困倦地睡去。坐在车里练车，冬天冻夏天晒，教练节省，不舍得开空调，夏天烘烤冬天冷冻。学员上路练车，个个都是马路杀手，坐在副驾的教练时刻紧绷着神经，随时准备替学员踩下刹车，打下方向。教练当时是初到驾校，急于想站稳脚跟，证明自己，也是拼了。

我把以上这些同情讲给老陈听，他说，你的同情对他们有用吗？我想，是啊，没有一点用。苦还是要吃，工作还是要做，日子还是要过。我的想法是庸人自扰，仅仅让自己悲戚了却没有拯救世界。但是他的回答也没有解决我的问题，我依然会为那些人消耗我廉价的同情。后来，我换了一个诉说的对象，我把这想法讲给了我妈。我妈的回答给出了解决问题的答案，她说，如果他们觉得眼下的光景苦，会走的、会换的，人是活的、流动的，当前的处境也是他们经过衡量后选择的路，如果他们做别的，也许还不如这个。别人眼里苦,他们也许乐在其中。教练也许原来是跑车的,更辛苦,改当教练起码还受人尊敬。超市在这里倒闭了,马上寻找下一家,换到更适合的地段,也许生意会比原来还兴隆。失业的人会再寻觅下一份工作,没准下一份工作会比上一份好得多,成就了自己。大家经过了权衡后选择了这个,别人没必要替人家瞎操心,而且有时泛滥的同情心非但帮不了别人,还会被坏人利用,将自己置于麻烦和危险中。

  我们在能保全自己并有能力帮别人摆脱困境时,才有资格去同情别人,否则就换个角度,把同情打发得远远的。很多感性的问题,还是要靠理性来解决。

拖 延 症

你有拖延症吗？或者你有而你不自知。明知该做某件事了，拖了很久了却还迈不出行动起来的第一步。早就要写的文件、早就该洗的衣服、早就该看的书、早就该锻炼一下的身体，迟迟没有行动，总能为自己的懒惰找到借口，总是抱着这样的想法：等我突击一下，很快就会搞定的，明天再说吧，下次再说吧，永远拖延下去。就像一首歌里唱的，tuō 掉 tuō 掉，通通 tuō 掉，拖拖拖拖拖！（当然，原歌里不是说拖延症。）

我一直是个资深拖延症患者，明日复明日，直到最后期限的来临，赶紧临时抱佛脚或者急匆匆交差。比如有几件儿子的脏衣服该洗了，需要手洗。白天的时候我想，白天看好孩子做好饭要紧，还是晚上时间多，等小孩睡觉了就有几小时的时间可以自由支配了，到那时候再洗。等到了晚上真哄睡了小朋友，自己也折腾了一天早累得不想动弹，看电视上网玩手机都行，就是别让我洗衣服。干脆明天中午等小孩睡午觉了再洗吧，又推到第二天。第二天中午小孩睡着后，先把饭做了，做好饭又犯懒了，便又推到晚上，如此这般，拖延了好几天衣服也没洗。再如，车很脏了，上面都是尘土，该好好给它洗个澡了。想上网买个洗车器，一直没有买，干脆去小区门口的店里洗，要排队，又没有洗，简单把挡风玻璃上的土擦了擦，似乎又能凑合一阵子再洗了。下了一场大雨，车被冲得锃亮，尘污尽去，这回可真不用我动手了，老天爷也看不下去了,替我洗了,懒得惊天动地!我这种拖延的风格在收拾房间、准备工作、买东西做决定时遍地开花,我真的想治治了。

看看周围的小伙伴们,多少也受拖延症的困扰。看家人,稍有点空,窝在沙发里就不愿再动,看着手机玩着平板甚至看着电视上无聊的广告也不愿动弹,不能站起来真正做些有价值的事。或者计划罗列得很完美,要每天锻炼至少也是隔天锻炼,要常去菜市场买鱼做给家人吃,要带小孩去动物园玩,要把地板好好拖一下,要上网查查旅游攻略……什么都想干,但什么也没干,辜负了自己伟大的计划。

日子在拖延中半死不活地耗着,零碎时间埋葬在了琐碎的微信和无聊的段子里。直到有一天我关注了一个微信,我觉得我找到组织了,里面全是指导人如何战胜拖延的。我认真学习了它教的方法,把它运用到实践中,情况多少得到了改观。这些好的方法如下:

1. 断网。如果任务需要在电脑上完成,最好先不要联网,专心做任务,免得联网后无法自控地上网站闲逛,看可看可不看的网页耽误时间。同样也不要受手机干扰,把手机放得远一点,不要想着刷微信微博,也不必指望根本就没有的短信和电话,社交网站和聊天软件弹出的新闻和八卦都是工作杀手,手机平板电视全打入冷宫,专心做事吧,人进入状态充实有成就感比上网娱乐的感觉还要好。

2. 建立任务猎杀日。问问自己,最晚打算什么时候完成这件事,从最后一天往回推,那么至少到哪一天必须完成80%,到哪一天必须完成50%,到哪一天必须开始着手做。用这个办法来强迫自己行动起来,而不是一天天拖到deadline(截止期限),慌了手脚。往长远想一想的话,十年以后你希望自己成为什么样子?愿意为之做多少努力和改变?有这样一个故事,曾经有一位艺校女生，18岁，她外形出众，天资也很好，但是并不知道自己想要什么，和别的同学一样，唱歌跳舞，偶尔拍拍戏。一天老师找她谈话，问了她一个问题，满意自己的现状吗？如果不满意，十年以后你希望自己是什么样？她想了想，回答说，希望十年以后自己能成为最好的演员，同时可以发一张自己的音乐专辑。老师帮她分析，如果这个目标实现了的话，往回倒推，那么九年后她一定和各大导演拍戏，有完整的音乐作品；六年后她在演艺上不断地思考和进步，并已经有作品在录音，在音乐上小有成就；四年后接受各种培训和训练；两年后则开始作词作曲，接拍大一点的角色了。老师的分析直击她的心底，她开始认真规划自己的未来。从此她开始筛选参演的角色，并为自己的目标努力奋斗。这个励志故事有个好结尾，十年后她真的发行了第一张专辑，并已经成为中国当红一线女演员，她就是周迅。

3. 不必追求完美。造成拖延症的一个很大的原因是做事者总想追求完美，想让事情有个闪亮的开头和圆满的结尾，一再做计划，斟酌审度，不敢迈出开始的第一步。比如一位同志想带着孩子出门旅行，做事追求精心计划的他开始预先设想种种可能发生的情况和应对措施，买不到火车票怎么办，买到了火车票恰逢出行的几天工作忙无法抽身怎么办，去火车站的路上不好打车怎么办，背着行李抱着孩子进站不方便怎么办，进站时要通过安全扫描可能对小孩健康造成影响怎么办，孩子火车上哭闹怎么办，不睡觉怎么办，睡着了有人贩子想偷孩子怎么办，到了陌生的地方水土不服怎么办……想来想去实在头疼，干脆不出门了，省去诸多烦恼，一了百了。这个焦虑的父亲就是老陈，一位处女座重症患者，这类人这辈子也不会有说走就走的旅行，这种事想想都让他们觉得可怕。这种警觉性高的人走在路上都提防着有人突然冒出来控制住他并喝到,不许动!举起手来!可找到你了,你就是中共地下党员……

生活里许多事不一定都要像造火箭卫星那般滴水不漏,许多事迟迟没有动手是我们先被假想吓到了,走两步试试,现实会有想象的糟糕吗?所有最坏的可能是不会集中在同一次发生的。与其说,好的开始是成功的一半,不如说,烂的开始是成功的一半。

4. 积极锻炼。锻炼让人大脑清晰,把身体调整到最佳状态。人是动物,身体机能需要在运动中得以保养。经过畅快的运动后,打通任督二脉,大脑得到了氧气补给,思维横流、才气外漏,再回头看工作,哇,so easy(好简单),至少也不是那么面目狰狞了。我有一阵子计划每周至少有三个晚上进行快走锻炼,其实如果不出去的话也是在电视电脑前度过,还不如出去减点肥肉。但是我时间精力有限,上班要行车20多千米,早上要早起,晚上要学习,家中还有1岁小儿时不时捣蛋。但这个强制执行的计划实施下来,我非但没累死,反倒是更有精力了。我想,是锻炼刷新了身体机能,开发了沉睡中的潜能。

我们必须时刻警惕懒病发作,因为身体总是想方设法让自己处于一个舒服的状态,任由其发展下去,我们只会受制于它,一事无成。程度轻的拖延,比如赖床,该起床时不愿意起来,该睡觉时不愿意上床,此类拖几分钟到个把钟头;程度中等的拖延,如该收拾家了,该整理桌面了,该大扫除了,又迟迟不行动,此类拖个几天或几周;程度严重的拖延,该戒烟了,该控制下体重了,工作学习上该进取了,该换种更健康的生活方式了,却因为付出行动时控制不了自己而一拖再拖,此类也许拖到生命的尽头也没有行动起来。"战拖"是需要持续一生的事业。

羡 慕

在我还很年轻的时候,出于各种各样的原因,经常会很容易就羡慕起别人来。羡慕身材苗条腿修长的姑娘,穿什么都好看;羡慕视力好不用戴眼镜的同学,方便美观,不戴着个倒霉的眼镜才更有年轻人的活力;羡慕一个同学QQ里有三百多个好友,看看人家交友多么广阔,多么有人缘,而自己的QQ好友连一百人都不到;羡慕一位同学的男朋友下了晚自习后给在宿舍看连续剧的她带回一根热玉米,她的男朋友是多么上进又体贴的暖男,自己此时还是一个千年老光棍,只有妈妈嘘寒问暖;羡慕学了热门专业的同学一毕业就可以选择去北京或上海,在大都市自由翱翔,而自己的就业前景不被看好,北上广岂是我等庸才能站得住脚的。

现在我进入了中年早期,不那么年轻了,也不太轻易羡慕别人了。别人拥有什么,多少都要付出代价的,而且在我的想象中,他有了那个,应该会达到多大的幸福感,实际上那东西带给他的幸福感他视而不见,并没有因此而感受到美好。两个人还可能互相羡慕,你羡慕我工资高生活富足,我羡慕你工作轻松没有压力。你羡慕我身材窈窕容貌清秀,我羡慕你体壮如牛很少有疾病烦扰。上大学时,有一次一位同学对我说,她很羡慕我,要是所有的一切都能和我换一换就心满意足了。我很吃惊,这简直是收到了一个大大的好评,足以让人飘飘然,实际上那位同学各方面都很好,家里小富即安,长相也不错,体育不错,异性缘也不错。她只是刚挂了一门课,临时突然羡慕没挂科的我而已,平时我也羡慕过她呢。如果说人的一切痛苦,本质上都是对自己的无能的愤怒,那么人的羡慕,应该就是对自己无能的无奈吧。其实,这些都是自己的主观感受,应该这么想,我自己拥有的也够多够好了,兴许还有别人羡慕我呢。

妻 与 妾

如果把衣服比作古时男人的伴侣,那么简单大方的衣服则如妻,艳丽花哨的衣服则如妾。

二者的差别,第一是体现在选择时花费的时间的多少上。娶妻是人生大事,多少还是要有些讲究,要经过深思熟虑的。尤其是大户人家,娶妻要看对方是否门当户对,德行才貌如何,能不能把全家操持好,甚至能不能让家族兴旺发达等。相比之下,纳妾就简单多了,美丑灵呆贤刁都不再特别考虑,心血来潮谁都可以纳一房,哪怕是青楼女子。选衣亦如此,若要选一件经典款,要看版型是否挺阔服帖,面料是否平整有型,修饰是否恰到好处。花些功夫后,一旦选到一件适合的,它经典百搭,主人无需再在穿着搭配上多劳神,在很长一段时间里,它都会为你保驾护航,显示主人的身份和品位,体贴有如贤妻的操持。

第二体现在此衣可供穿着的时间上。一个人可以天天穿一件简单的没有任何装饰的衣服,没什么不妥,但如果一年四季天天都是穿着亮瞎人眼的衣服,就说明主人的审美出了问题。款式越简单越可以穿得持久,可以适应各种场合。它不会太流行但也不会轻易过时。越是花哨的衣服,猛一见给人惊艳的感觉,但太招摇,识别度也很高,容易被人记住。大家很容易记住你今天穿着它,明天还穿着它,连穿三天,它已经由新变成了旧,再多穿一两次,给人的感觉就是你似乎只有这一件衣服可穿。不久它就会被更美艳的衣服压下阵去。但是若你一直穿着一件简单的纯色衣服，还是可行的。要想镇得住场面，还是要简洁的经得起时间考验的东西。

我们看到的是他们想让我们看到的

我们从沉睡中醒来,发现自己身处一间房子里,房间里空空如也,只有四堵墙,东边、北边、西边的墙上各有一扇窗,南边墙上有一扇门。外面的世界是什么样?我们很想知道。于是我们从东边墙上的窗户向外望去,看到了蓝天白云,山清水秀,红花绿草,小朋友们快乐地奔跑,田野里的人们愉快地忙碌着,长者和蔼,晚辈恭顺,老师可敬,学生懵懂,近处有几户人家,每个人脸上都挂着笑容,大家友好地相处,你礼我让,太平盛世,一片祥和。

我们感到身心一阵舒畅,这个世界这么美好,我这就到外面去和它融为一体。正准备开门出去,转身又瞥见西边的窗外似乎有不同的景象。走上前往外一看,我们惊呆了。窗外是一幕和刚才截然不同的场景,堆积如山的垃圾,蚊蝇肆虐,恶臭冲天,泼妇骂街,小童偷窃,有老人在路边乞讨,有恶棍在殴打良民,做生意者奸诈,做学问者油滑,官匪一窝,人们眼中是狡黠,脸上是欺诈,东边窗外画面里过滤掉的不美好都在这里出现。我们不由得又退却了,这样的世界,我们还要出去遭罪吗?

一东一西两扇窗,展现了截然不同的景象,该信哪一扇窗?屋外的世界如此矛盾吗?在迷惑和犹豫中,我们抬头看到了北边墙上的那扇窗。噢,对啊,还有一扇窗呢,它能告诉我们答案吗?我们走过去向外望,再一次震惊了。刚才看到的竟然都不是真实的世界,而是一双大手操纵着这一切,所有的事物都是它的玩物。

它把干净美好的东西集中在一起,把肮脏丑恶的东西堆放成一摊,像一个随心所欲摆放玩具的顽童,我们所见都是他的作品,他似乎得意地宣布,看吧看吧,我多么有展现力和说服力,我能让你欢呼雀跃心潮澎湃,也能让你黯然心碎三观尽毁。大手啊大手,你是谁?为什么要这么做?为何要让我被真善美感动,为何又要骗我绝望的眼泪?为何要左右我的喜怒哀乐?我虽身处屋中,又和屋外的那些玩具有何区别?

我们终于把目光望向了南边墙上的门。难道不该走出去一探究竟吗?待在屋中,就像一只井底之蛙,所见的仅是头顶的那片天空,别人给我们看个白,我们就以为世界是白的;别人给我们看个黑,我们就以为世界是黑的——并且深信不疑,多么可笑。自己的眼睛也是会骗人的。我们又像爬在纸上的蟋蚁,生活在二维的世界里,一旦纸被卷起来,世界变成了三维,那便超出了我们可怜的脑容量所能理解的最大范围,永远不识庐山真面目。

走出去,就在现在。我们看,我们想,我们行。虽然看到的不一定可信,想到的也不一定是真理,行走也走不到尽头,但是我们总要不断看见、发现更多真相,扩充、修正我们的头脑,走到更远的地方,才不会只看到片面、局部,才不会被蒙蔽、被欺骗。而且,这探索永无止境。怕什么真理无穷,进一寸有一寸的欢喜。

送给话痨的机器

一个爱聊天的人永远体会不到一个话痨对一个喜欢安静的人的折磨。一辈子那么长,难免会遇到话痨同桌、话痨同事、话痨亲戚,在某些时期,还不得不和他们朝夕相处,抬头不见低头见,那时你会惊讶他们能一直说下去的天赋。描述一件事,他们能尽可能详细地再现当时的场景,再加上自己既啰唆又无聊的评论,这其中有大量重复的短句、口头禅、语气词、感叹词、反问句、设问句,十句里有七句是废话,不是废话的三句一模一样,愣是能把一件还算有点意思的事聊成了白开水,把对方的谈兴彻底耗干。到最后不管他们说的是什么,进入听者耳朵中的只有嗡嗡嗡嗡嗡嗡嗡嗡嗡嗡。和他们长久待在一起唯一的好处就是能知道自己脑仁在哪,原来人真的有脑仁,真的会疼。作为废话垃圾桶的听者真恨自己的耳朵不能像眼睛一样闭上。

要是有一种机器能测出人讲了多少个字就好了。这东西原理想来也简单,技术上一定容易实现。往身上一别或者往兜里一揣,打开开关,接下来说了多少个字都有数字显示,类似计步器。去看望病人,带上一个,或者病人家属在一旁替你测着,blah blah blah……行了,您呐,已经说了两千字了,病人需要休息,不宜久聊,您看是不是该收声了?或者孩子犯了错,大人怒火冲上头,先忍忍,把机器打开,训斥了一会看看,已经训了两百字了,再多说效果也不会再好了,该打住了。

真有这东西,我多买几个,遇到该送的人就送一个。但这也只是咱一厢情愿的想法,话多的人才不认为自己话多,他们觉得自己说的没有一句是废话,明明是自己热情似火,却热脸贴了个冷屁股,还送我个机器,你也好意思送啊？被送了机器的朋友不要生气,话多的人往往心直口快,性格活泼,遇事不太往心里去,豪爽豁达,现实中真有这事,绝对是哈哈一笑,开心得不得了,下次见面再聊个一万字。

收纳无尽头

如果我有一阵子不清理衣柜的话,里面就会衣满为患,要溢出来。打开衣柜我就犯愁,我该如何处理一些好几年都没穿过的衣服呢?它们已经完全落伍,做抹布太可惜,捐助又找不着地方。几年下来衣柜里不断有新成员进来,但旧成员却没有好去处,不吐故只纳新,衣柜日益拥挤,主人很头疼。而且,就算腾出了有限的新的空间,经过几次换季,很快又被新衣服塞满了。

同样的情况体现在家里的空间上。以前我租房住的时候,换过几次不同的房子,每次都比上一次的更大些,但空间并没有明显宽敞多少,家居日用品越积越多,几年下来,屋里的东西不知不觉就繁殖了。一些鸡肋家居和摆设不实用又占地方,但就是下不了狠心丢掉。想来次彻底的清除却又无从下手。我不断地收拾,屋子里不断地堆积新的垃圾,似乎不管怎么收拾,可用空间永远越来越小。

看看屋外的城市,拆掉旧房子、建起高楼大厦、扩充路面的施工遍地开花,天天进行,修高架、通地铁,以此来疏导地面拥挤的交通,这算是一种对城市的收纳吧。按理说低楼换成了高楼,窄路换成了宽路,会节省出很多空间,可以容纳更多的人,跑更多的车,但马路上行车依然拥挤,早晚高峰堵车凶猛。城市会不会也叹息一声,我不停地收拾收纳,也换不来一个敞亮。

我们有无尽的购买的欲望、得到的欲望、拥有繁荣的欲望,在不断想方设法地满足欲望后,到了一定时期,经于发现要为它买单。

一个有着足够多空间的衣柜、一个整洁的家、一个不拥挤可以让人有尽情舒展空间的城市,永远不会存在,有点悲观,却是真的,是吧?

不要高估自己在别人眼里的形象

我上高中时,有过这样一件事,让我知道了我在别人眼里到底是什么样的一个鸟人。一次,期中考试结束,成绩出来了,晚饭后大家在宿舍里闲聊。一个舍友从外面回来后郁闷地说,惨了,政治只考了一点分,这次考试砸了。我们那所中学是市里的NO.1,同学们个个都是金光闪闪的学霸,谁心里不做着名牌大学的梦,谁不是表面低调满不在乎暗里发功睥睨众生。所以,她说考得少不一定是真少,大家并不以为然。有人问她到底考多少,她不肯说。但大家的胃口被吊起来了,有人提议,我从1开始数,数到你的分数时你喊停,怎么样?她有些犹豫,最终答应,好吧。1、2、3……那位同学开始数了……35、36、37,停!这时,大家都明白了,知道了答案,哈哈哈,众人大笑,一方面是欣赏这个游戏,另一方面是心中盘算着既然有人才考37分,说明这次政治题很难,那我考了五十多说明我还是很有实力的,嘿嘿嘿。一行人还未笑得淋漓尽致,那位考了37分的同学突然撇下大伙,冲出了宿舍。当时我和她交情不错,我猜她心里一定很难受,于是我跟了出去看看情况。追上她后,果然不出所料,我看到她已经流出了两行要强的泪。接下来我好一番安慰,这次不行还有下次,偶尔一次考试也说明不了什么,这次题出偏了,现在才高一路还远着呢,如果高二学理了根本不考政治了,云云。她情绪逐渐稳定下来后,对我的好意给予了充分的肯定,同时夸奖我是个大好人,还如此善解人意,并邀我一起去上晚自习向理想继续迈进。眼看我已力挽狂澜,成功安慰了一颗受伤的心,会谈要在欢乐祥和的氛围中结束时,她又冒出一句,谢谢你,××,你真好,没想到你这么善良,刚才×××都没有出来安慰我,关键时刻是你出来了。你知道吗,我和×××在背地里说过你好多坏话……我当时的那个心情呦,一种又可悲又可笑的感觉,无意间猛地撞上了赤裸裸的真相,真相是如此冰冷残酷又滑稽。她们两个平时和我处得也还好,平时还自以为自己是个不错的同学,没想到竟是他人眼里"值得说好多坏话的人"。

  参加工作后,有一次坐校车,我听到后排坐的两个人恰好在谈论我。一个说,你知道吗,某某某结婚了。另一个道,啊,她也会结婚?咦,难道在大伙眼里我结婚是件非正常的事吗?她们眼里的我是不是一个单细胞生物应该进行无性繁殖?接着二人又议论了两句。那时我都替她们担心,万一她们说过火了,下车时发现我正坐在前一排时岂不尴尬?我该怎么弄出点动静来让她们发现我?要不要站起来亮个相,再说一声"呔!老娘在此,用词要谨慎"?还好她们适时打住了,我也松了一口气。

  上大学时,宿舍里8个同学来自7个省,大伙操着带有各种口音的普通话交流,一位舍友评价我的普通话是全宿舍第二不标准的;参加工作后我在安徽扎根了,又有人评价我的口音有较重的后鼻音——当然说这些话的人都认为自己的口音非常标准。后来我参加了普通话考试,考了90.2分,虽然这分数也没有高到可以炫耀的地步,但也可以证明我的普通话并没有惨到他们评价的那个地步。有些人说普通话不分前后鼻音,后鼻音统统发成前鼻音,或者发得不饱满,比如"星星"念成"心心","等"念成

"dèn","正"念成"振"。这时有个发后鼻音的人出现了,他们用自己的标准一比较,认为那个新来的普通话真不标准,后鼻音太重。

如果真存在童话里的水晶球,可以随时看见任何人在哪里做什么,在谈论什么,我们要看要听吗?当然不考虑那些有关国家存亡、人命关天的事情,只是平民私下消遣聊天的鸡毛蒜皮,要看要听吗?我想还是不听的好啊,免得受打击,听了才知道别人眼里的你的形象和自己心中构想出来的是如此相距甚远,你坚持的也许是别人眼里不以为然的,你维持的也许是别人早想取缔的,你引以为豪的也许是别人嗤之以鼻的,你某些习惯是别人恨之入骨的……大家的观点、口味和价值观不同,成长经历和思维方式千差万别,因此衡量一件事的标准相去甚远,谁也说服不了谁,谁也不愿委屈自己逢迎别人。谁人背后不说人,谁人背后不被说。

心理学研究发现,人们在照镜子时大脑会自动进行脑补,所以照镜子的时候看到的并不是自己的真实长相,大概比真实长相好看30%,这就是为什么很多人照相时感觉不像的原因。这个理论是不是多少可以解释一下自己眼中的自己和别人眼中的自己的差距。一个外表70分的人,照了镜子是不是会觉得自己可以打91分?$70 \times (1+30\%) = 91$。难怪那么多人都自我感觉良好。每个人都觉得自己差不到哪儿去,但总有一些方面被人抓住成了别人的谈资。

因此,千万不要高估自己在别人眼里的形象。不求褒,只求不贬到泥土里;不求光辉伟岸,只求不猥琐、卑鄙足矣。

没那么夸张

看到一个帖子,是一位父亲对儿子的教育。帖子如下:

有一次,母亲在唠叨时,已经上高中的儿子不耐烦地顶撞母亲,母亲气得半死。做父亲的便约儿子一起出门散步。两人走了好久,父亲在路上不发一语,儿子纳闷。一直到要进家门口时,父亲拍拍儿子的肩膀,以男人对男人的语气说:"等一下进去时,给我女人一点面子!"儿子惊讶于老爸用哥们儿的语气对他说话,并因男人跟男人之间的义气,从此对母亲毕恭毕敬的。

所以,有的时候,父亲这个角色还是颇重要的!当我的小孩顶撞我时,我想告诉他,下列的事任选一样做到后,才有顶撞的权利:

1. 连续3个月每吃完一餐就须催吐(孕吐)。
2. 乳头被别人吸到破皮达一个月(喂奶)。
3. 肚子塞一颗篮球达10个月(怀孕)。
4. 接受皮鞭抽打达48小时(生小孩)。
5. 10个月不能喝冰水、咖啡、茶。
6. 5个月睡觉不能翻身。
7. 10个月不能出游远行,不能跑跳。
8. 10个月不能生病,要不,生病不能吃药。
9. 至育婴室把屎把尿一个月。

10.晚上睡觉每两个小时起床一次,清醒30分钟,如此重复一个月。

写完上述10项,我觉得当娘的真不容易啊。

想起一个高中同学说:有一次顶撞母亲,父亲把他从椅子上踹下来,斥责他:你妈是我捧在手心的宝,我呵护她,照顾她,对她轻声细语,你凭什么对她大呼小叫的!!!

我的同学再也不敢顶撞母亲了。很感动,尤其最后一句是经典。男人们,如果你们真的爱自己的老婆,记得这句话就够了!老婆是拿来疼的,所以千错万错都是自己的错。不服气吗?谁叫你当初追人家。当妈的如果听到老公这么说,应该会很高兴吧!男人要学着点……

这类帖子,容易误导别人。它的正面作用是教男人爱老婆,孩子爱妈妈,固然没错,这是个好男人应该具备的品德;但是它的负面作用更大,描述生产所忍受的痛苦有些夸大其词,会把未婚未育的小姑娘吓着,以为生孩子如上刀山下油锅般痛苦,就此落下心理阴影,没几个敢生孩子了。

一条一条来看:1.连续3个月每吃完一餐就须催吐(孕吐)。其实有很多孕妇的孕吐很轻微,还有一点不吐的,即便偶尔有些恶心的感觉,但完全可以承受,我就是一个整个孕期都没吐过一次的妈妈,和我一样的妈妈也大有人在,根本不至于连续3个月每吃完一餐就吐。2.乳头被别人吸到破皮达一个月(喂奶)。是有新手妈妈乳头被吸破皮,那是未能将乳头正确保养的缘故,大部分妈妈还是相安无事地喂到了宝宝断奶。而且一旦破皮难以忍受的话,可以暂时换成奶瓶或者小勺来喂,不一定非要英勇就义般去忍受这个痛苦。3.肚子塞一颗篮球达10个月(怀孕)。这条最离谱。正常怀孕时间是280天,9个月零几天,在前3个月的时候肚子平坦,根本看不出孕相,到了肚子隆起腹凸如珠的状态至少要6个多月,离生还有3个月。也就是说只有最后3个月真像带着个球了。但即便如此,孕妇还是可以活动自如,也没有哪个孕妇因此生活不能自理了,只要避免做类似弯腰系鞋带、拖地板一类的活动就可以了,而且孕晚期也需要适当做些运动,可以使产程更顺利。4.接受皮鞭抽打达48小时(生小孩)。这过于夸大了生孩子的痛苦,根本没有那么长的时间。如果是初产妇,从刚开始感受到轻微宫缩到最后宝宝完全出生大约需要20多个小时。这20多个小时里,前面一大半时间的宫缩是轻微到中度宫缩,是人体可以承受的。这期间准妈妈可以看电视、吃饭等正常生活起居。到临近分娩时高强度的宫缩大概只有一两个小时,没有这里描述的48小时之久。而且痛苦不是白忍受的,越疼的话,产程会越快。如果很疼很疼,那么很快就疼完生出来了;如果不是很疼,产程会稍有延长——要么是短暂的高密度疼痛,要么是漫长的低密度疼痛。有人说,我真的疼了好几天耶!那是有的人刚开始疼了一下,很快又偃旗息鼓了,甚至中止了一两天后,再次感觉到疼,这回的宫缩才可能是真的要生了。5.10个月不能喝冰水、咖啡、茶。这条可以理解为怀孕期间应有所忌口。但孕妇的食谱基本和正常人没什么不同,正常人也不应该大量摄入带刺激性的饮料,吃垃圾食品。如果一个孕妈妈觉得自己为了肚里宝宝的健康放弃了很多从前爱吃的东西,大大改变了饮食习惯,那说明她从前的食谱足够糟糕。她应该感谢是宝宝让她有了更健康的饮食清单。6.5个月睡觉不能翻身。又是一句信口胡诌。顶多是最后快生的一个月睡觉翻身困难,不至于5个月都不能翻身。7.10个月不能出游远行,不能跑跳。孕中期胎儿稳定下来是可以旅行的,孕期也需要有氧运动,有些身体条件允许的孕妇可以慢跑。8.10个月不能生病,要不,生病不能吃药。孕激素会让准妈妈比平时更有免疫力不易生病,而且一旦生病需要吃药的话,遵医嘱服用适合孕妇的药即可。9.至育婴室把屎把尿一个月。这是唯一写得轻了的一条。收拾屎尿的日子长着呢,从生下来到训练排便成功,起码一到两年,不过尿不湿这东西可以帮大忙。10.晚上睡觉每两个小时起床一次,清醒30分钟,如此重复一个月。这条基本属实。越小的婴儿胃越小,饿得越快,越需要频繁吃奶,月子的小宝宝约两三个小时吃一次奶,等TA稍微长大些,吃奶间隔会延长,妈妈就会稍微轻松些。这10条描述除了一两条比较客观外,大部分都夸大其词,只为了渲染一种悲壮的母爱的效果。

类似的误导还有:

人体最多只能承受45(单位)的疼痛。但在分娩时,一个女人承受的痛却高达57(单位)。这种痛相当于20根骨头同时骨折!

45和57这两个数字是如何算出的?疼痛是一个主观的感受,同样的疼痛,比如被钉子扎破手出了血,我认为有五分疼痛,到你那里,可能就是三分疼痛。生孩子是很痛,但是所有做妈妈的都忍受过来了,说明它不是不可能逾越的障碍。如果连生宝宝的痛苦都忍受不了,还怎么受得了更艰辛更让人抓狂的育儿过程呢?对孕期和育儿期所遭受的不适,如果仅仅认为是自己在忍受痛苦,那就会愈发沮丧和恼怒,实际上这应该被视为一种有回报的投资。比如辛苦地喂母乳,夜里困得东倒西歪,但是母乳有多少好处,育婴专家可以写几十页,坚持喂下来,孩子所获得的营养和免疫力会长久地发挥作用,这显然是一项稳赚不赔的长线投资。我们想得到以后的回报,就不要吝啬现在的付出。而且,上面极力夸大的那些痛苦,所有当了妈妈的都会经历,但几乎没有妈妈后悔生了自己的宝宝;相反,宝宝诞生、成长的过程带给妈妈们的快乐满足是任何事都比不了的。

很多帖子,仅是为了造出一种夸张的效果和夺人眼球的噱头,看看就好,看完拉倒,不值得浪费感情惊讶或震撼。

小明和小强

网上曾经流传过这样一个帖子,关于小明和小强的不同人生故事。全文如下:

小明和小强从小生活在一个村,一起上的学。小强从小顽皮,不好读书,16岁初中没毕业就离开了学校;小明自幼好学,成绩优秀,16岁时考上全市最好的高中。

小强每天在村里晃悠,爹妈看着发愁,心想这孩子将来怎么办呀;小明每日都苦读诗书,父母喜在心里,村里人都认定他必有出息。

那年,小强和小明都是19岁。小强跟着村里的人外出打工,来到了高速公路的工地,保底工资3000块;小明考上了一所重点大学,读的是道路与桥梁专业,学费每年5000多。

那年,小强和小明都是23岁。小强的爹妈给他说了个巧媳妇,是邻村的,特别贤惠;小明在大学里谈了个女朋友,是邻校的,很有文化。

那年,小强和小明都是24岁。小强在老家结了婚,把媳妇带到工地上,来给他洗衣做饭,恩爱有加;小明终于大学毕业,找了施工单位工作,跟女友分居两地,朝思暮想。

小强每天很快乐,下了班就没事,吃了饭和媳妇散散步,晚上便和工友打麻将、看电视;小明每天很忙碌,白天跑遍工地,晚上还做资料画图纸,好久不见的女友跟他分手了。

那年,小强和小明都是28岁。小强攒下了20万,已是两个娃娃的爹,心想着回家盖栋漂亮的楼房;小明过了中级职称,还是单身一个人过,心想着再干几年就是高级了。

小强在农村老家盖了两层小楼,装修得很漂亮,剩的钱买了一群猪仔,让媳妇回家种地养猪;小明在城里贷款买了一套新房,按揭3000多,父母给介绍了新女朋友,在城里上班很少见面。

那年,小强和小明都是31岁。小强媳妇从老家打电话来说:小强,现在家里有房有存款,咱喂喂猪、种种地,很幸福了,家里不能没有男人,你快回来吧;小明媳妇从城里打电话来说:小明,小孩的借读费要15万呢,家里没有存款了,你看能不能找公司借点。

小强听了媳妇的话,离开了工地,回老家跟老婆一起养猪,照顾父母小孩;小明听了妻子的话,更努力工作,去了偏远又艰苦的工地,很难回家一次。

那年,小强和小明都是35岁。猪肉价格疯涨,小强的一大圈猪成了宝贝,一年赚了十几万;通货膨胀严重,小明的公司很难接到项目,很多人都待岗了。

那年,小强和小明都是50岁了。小强已是三个孙子的爷爷,天天晒着太阳抽着旱烟在村里转悠;小明已是高级路桥工程师,天天顶着太阳皱着眉头在工地检查。

那年,小强和小明都是60岁了。小强过60大寿,老伴说:一家团圆多好呀,家里的事就让娃们操心吧,外面有啥好玩的地方咱出去转转;小明退休摆酒席,领导说:回家歇着没意思,返聘回单位做技术顾问吧,工地上有什么问题您给指导指导。

小强病了一场,小强拉着老伴的手说:我活了快70岁了,有儿有孙的,知足了;小明病了一场,小明抚着妻子的手说:我在外工作几十年,让你受苦了,对不起。

由于长期体力劳动,吃的是自家种的菜、养的猪,小强身体一直很硬朗,慢慢就恢复了。由于长期熬夜加班、喝酒应酬、工地食堂饭菜也很差,小明身上落下很多毛病,很快就去世了。

80岁的小强蹲在村头抽着旱烟袋,看着远远的山,远远的山上有一片公墓,小明已在那里静静睡去。小强在鞋底磕磕烟灰,拄着拐杖站起身,望了望那片公墓,自言自语地说:唉,都是一辈子呀……

好让人唏嘘的文章,让人感慨的两种人生啊。现实真是这样的吗?

这篇文章一定是一个小强写的,而且不是成功的小强,是生活稍显窘迫的小强们在脑中幻想出的对比——所有的小强中最理想的情况碰上了所有的小明中最倒霉的情况。似乎所有的学渣最后都会想当然地过上好日子,而所有积极进取的学霸最后都过劳死一样。

有人靠勤奋过上好日子,有人靠才华过上好日子,故事中的小强一无才学,二不努力,仅靠运气就生活得很好,这样的小强,在人群中有多大的概率?有说服力和代表性吗?一个游手好闲的人,巧媳妇会看上他吗?况且,养猪致富是那么容易的吗?上班尚且有双休日,猪吃饭拉屎可没有双休,每天喂猪打扫配种,忙得不亦乐乎,而且,猪病了怎么办,辛苦养肥了价格上不去怎么办,遇到意外导致猪死了怎么办,没完没了的事,操不完的心。极少数烧了高香的人赶上了天时地利人和,真能发家致富,背后又付出了多少辛劳和坎坷，外人只看见贼吃肉，没看见贼挨打。

读研究生时，一位男同学说他以后毕业了不想进什么公司，束缚手脚，今天重复着昨天，明天重复着今天，一眼看到了尽头，这种日子想想就觉得可怕；他羡慕那些自己出摊做老板的，哪怕是卖馄饨烤红薯，自己自由支配自己的时间，想出摊就出，想在家睡懒觉就睡，人生优哉游哉，多快活！后来毕业后我住的小区附近有家包子铺，早上我常去光顾。有次和老板娘闲聊，她说她们家开这个包子铺每天凌晨3点就起床准备了，包包子上笼蒸，开始一天的忙碌。这时我想起了那位同学的话，他以为自己出小摊很清闲，哪知人家3点钟就起床了。做生意一旦开始，就是一条不归路。除了春节休息几天，全年忙得四脚朝天，想清闲自由还不如找个工作做，兴许还真能混一辈子。

在学校多待几年一无是处吗？小强自从离开学校便开始饱尝生计之苦，小明在象牙塔里起码多享了几年当学生的福。学生是最轻松的职业。这几年，如果不浮躁，静下心来，充实自己，修身养性，做自己的长线投资，虽一时看不出收益，但好处会在多年后慢慢浮现。

现实生活里的小强大多进城打工，因对工作生活的不满意而时常跳槽，难获安稳。男小强如果做小工做苦力，就算日工资高，也是青春饭，不再身强力壮时便要另谋出路，况且年轻时的劳损会给老年落下病根；女小强们更是在结婚生子后再难觅高薪安稳的工作。稍微出色点的小强梦想通过考试让自己的阶层上升，却往往屡败屡战，一次又一次拿起了《申论》，期望一次翻盘，终生受益。体制内单位的美，是编外的人不可言说的伤。

现实生活中，小明一般会生活在城市中，进入事业单位或收益好的国企,稳扎稳打,步步高升,经济实力和社会地位日益巩固,是名副其实的中产阶级。若事业再小有所成,便是行业中的中流砥柱,完成了鲤鱼跃龙门的过程。他们即使在中老年碌碌无为随波逐流,日子也不会差到哪去。况且,接受过高等教育的小明的精神生活,一定比小强丰富多了。下一代也出生成长在富足优越的环境中。他们的子女,一个的爸爸初中还没毕业,文化程度略显寒酸,指望着莫须有的运气来养活全家;一个的爸爸努力拼搏,大学毕业学有所成,靠自己的实力让家人衣食无忧。哪个家庭的子女成长环境更好是显而易见的。

从事脑力劳动和体力劳动的人,同样到了60岁,旁人一眼便可分辨出。一个精神矍铄,目光闪耀;一个皮肤黝黑,老态尽现。养尊处优是最好的驻颜方法。

真相是学生时期的成绩并不能决定以后过得好与坏,但过得好的人绝大多数都离不开自己长年累月的努力。人在年轻时成为了小明,不一定有多成功,但也绝对不会失败。

那些美好却是零能量甚至负能量的东西

单身三行诗大赛里面的诗:

那条深埋的小巷还在/怀念你人影天外/记忆里的雪化不开

一个人变很宅/怕去那些陌生的地方/更怕去那些熟悉的地方

害怕在婚礼上/你含泪激吻宣誓/我微笑鼓掌祝福

你毕业了/要赶紧结婚/好让我早日死心

从没怕过一个人在路上/只可惜了一路好风景/没能和你分享

如果这个世上真的有五维空间/我会告诉过去的自己/在那一天,把你留下

很久没有登录QQ了/因为想对你说的每句话/你身边都已经有人替我说了

曾经妄想找回你/偷偷写下你的名字 百度/然后盯着一个个与你相同的名字 发呆

想知道你曾经让我有多刻骨铭心吗/当我读着所有的三行情诗/想到的全是你

三行诗写得好有韵味,只要是个正常的有血有肉的人,多少都有点代入感和共鸣感吧。单身者为何单身?还没享受够一个人的时光?找不到心中勾画的那个TA?有过曾经沧海难为水的

初恋？单恋、失恋、虐恋？这些细腻的、不足为外人道的单身情绪在心中酝酿，把自己包裹在凄美的童话般的氛围里。

但有些东西看上去很美，却不能沉浸其中。那些让人产生伤感怀旧情绪的歌曲、电影或是唯美动人的文字让人的心变得柔软，回想起初恋或是一段令人奋不顾身、浑然忘我、全情燃烧的感情，它们营造出的氛围让人启动感性模式，编织出的意境让人迷离，生成一种一切皆有可能、万事会重新来过的错觉。似乎世上只有两个人，一个是自己，一个是心中那个TA，其余人和事皆是街边背景，不管过了多久，这两个人终会再相遇，随后飘起漫天雪花，配乐适时响起……可是同学，请清醒一下，回到现实来看看，那些都是过去式，木已成舟，时间不可逆，因此那种一厢情愿的念想毫无用处，除了让人伤春悲秋外再无半点意义。过去的再也不会回来，发生的再也不会改变，人还是要向前走，日子还要继续过。再轰轰烈烈的感情一旦结束，双方各自成家，使君已有妇，罗敷已有夫，便没有怀念的必要，若借助这么蛊惑人的情诗烧热了大脑，幻想起重逢的情节甚至期望时空大逆转，那真是酒不醉人人自醉了。真见面了，还能怎样，还能相视一笑、旧日情感再发酵？

20多岁荷尔蒙旺盛的年轻人，看到这样的东西，有本事就去回头找，只要君未娶我未嫁，运气好皆大欢喜，从此不读三行诗，妈妈再也不用担心我没对象；运气不好大不了碰个钉子，排除了一个选项，一了百了，此后磨刀霍霍向其他树种。30多岁大多已经拖家带口的中青年，看到这样的东西，还不如多看两眼可爱的宝宝，结婚容易离婚难，组建一个家庭是从零开始的，但终结一个家庭却有那么多利益要分割，那么多事物要打点妥当，而这段婚姻带来的许多烙印今生再也抹不去,所以还是洗洗睡吧,安静地做一个愉快的准大爷大妈吧。40 多岁看到这样的东西……有 40 多还会被这个煽动的人吗？如果有的话,那一定是 20 多的时候心沦陷得太深了,是枚合格的情种,说不定人家还很享受自己的专情呢。

好东西最重要的还是观点

一篇吸引我们读下去的文章，在三个方面一定很出色。一个是它提出的观点，一个是它表达的内容，一个是它的文采。哪个最重要呢？

观点起到点拨的作用，有时只是一句话，就能瞬间让人醍醐灌顶。出色的观点让人增长智慧，走出迷途，找到解决办法。内容让我们增长见识，获取消息，为我们打开了一扇通向世界的窗户。每天，人们会获取大量来自外界的内容，这就是新闻。有好文采修饰的文章，如一个美人又化了得体的妆，人人都愿意多看两眼。看完文章会让人忍不住再读几遍，慢慢品味。

如果观点让人豁然开朗，会让人回味无穷，读完以后一直有深深的共鸣，过些时候想起来还赞叹不已。哪怕它用的语言很平实，内容很常见，但它的思想很深邃，就足以让人折服，犹如一颗钻石，哪怕它没有好包装，也依然是无价之宝。

一个是观点让人眼前一亮但是文采稍逊的文章，另一个是观点平庸但文采闪耀的文章，哪一个更让人难忘呢？应该还是前一个吧。内容有干货，包装差点也无所谓了。当然，最好还是又有想法又有文采的文章，让人看完大呼过瘾，深有共鸣。

同样，听广播节目时，假如有三个选择，一个是特别有思想的评论谈话节目，睿智的火花刺刺直冒，能引起一场火灾；一个是有趣的节目；一个是主持人音色很好的节目——选哪个？我肯定首选第一个，接下来第二个，实在没什么听的了就听听好的声色吧。

那些有思想的节目主持人的话让人耳目一新,脑洞大开,说出了人们有感触但表达不出的话,这酸爽!让人听过了节目后立刻就去百度主持人,并想方设法找往期节目听,节目做到这份上,才叫水平。有趣的节目,可以消磨时间,至少我这一小会儿可以过得很快乐。但很多有趣的东西往往没什么深层次的内涵,因为那些趣味都是来自网络上的笑话,听的时候哈哈一笑,过了一个小时后,竟忘掉了大半,想给身旁的人讲讲都想不起来了。

生活中的经济学

一、失去的比得到的好

我在一本书上看到了一个有意思的故事。经济学家做过这样一个实验。背景是,在一所人们对篮球有着狂热迷恋的大学,不久后会有一场联赛在这里进行,想得到票的球迷很多,但票十分有限。校方设计了一系列竞争手段来让球迷获得票,最后根据竞争规则票被分光。得到的过程是艰辛的,最终一部分球迷得到了票而一部分球迷没有。现在实验开始了,经济学家问没有得到票的人最多愿意出多少钱来获得一张,同时也问幸运得到票的人最低愿意以多少钱卖出球票。两者的价格差得很远。前者出价在200美元左右,这个数字是他们经过理性计算得出的。比如用这笔钱可以到酒吧看比赛转播,买点啤酒食品等,剩余的钱也可以好好享用一番,他们认为能出这个价钱也是出了血本的。而后者普遍漫天要价,比如5000美元。他们的理由是篮球是他们最喜爱的运动,这是他们期待已久的比赛,这是他们大学生活中甚至一生中最美好的事物之一,狂热的爱好和美妙的回忆怎么能用金钱来衡量呢?

同样的一张球票,买卖方是来自同一所大学的学生,他们同样对篮球有着痴迷的热爱,不久前他们还为了同一个目标竞争,为什么一旦分成有票和无票两派,他们就对票的估值差了这么多呢?

书作者给出的解释是人们对已经拥有的东西有着特殊的喜爱，甚至迷恋到不能自拔。举个例子，任何一位母亲看自己的孩子都是世界上最可爱的宝宝，但从理论上说世界上最可爱的宝宝只有一个名额。因为这个东西是我的，别人的哪怕和我的一模一样，我依然更喜爱我的。恋人眼中的对方也是最完美的，情人眼里出西施就是这个道理。再比如，一个喜欢狗的人，你问他愿意出多少钱来拥有一只狗，那么他给出的价格可能是正常情况下一只狗在狗市上的要价，假设是1000元；但如果问一个养着狗的人是否愿意以1000元的价格出售他的爱犬时，多半他不会同意，因为狗狗已经是他的家庭成员了，他们每天一起生活，一起成长，分享彼此的喜怒哀乐，如果失去了爱犬，他心里的担心和失落岂是1000元钱能弥补得了的？

作者给出的另一个解释是人们的注意力更多地集中在自己会失去什么，而不是得到了什么。我想这大概可以解释为什么有的人有旧物癖。他们用过的东西堆积如山，即使再也不会用到也不舍得丢弃，五年十年地占据着家中的一个角落。他们脑中在乎的是失去这些破烂的失落感，而没有看到得到的是一个宽敞整洁的屋子。得到的东西即使和失去的东西具有同等的分量，人们也更不愿意承受失去的苦闷。这让人又想到中国一句俗语，"由俭入奢易，由奢入俭难"，似乎也可以用这个解释。假设舒服的程度可以用数值来衡量，数字越大舒适度越高。2算俭，8算奢。一个人由2过渡到了8，他得到了6个单位的舒适，自然他很快乐。适应了过后，如果再让他从8退回到2，那么他失去了6个单位的舒适，痛苦的程度绝对要远大于之前快乐的程度。

还有一个解释是我们会提前对未到手的东西产生拥有的感

觉,用术语说叫作"虚拟所有权"。我立刻想到了我有的时候不是很幸运的购物体验。我去商场买某样东西,看了一番后基本决定买某个牌子的某款,但我有选择综合征,此时我还不是很确定,打算再逛一会儿再决定。之后我看的每一样东西都在和刚才那一款进行对比,等到最终决定就是它了,返回去买却被告知刚才的是最后一件,已经被买走了。此时,心里的失落简直不知该怎么形容,似乎是别人抢走了自己的东西,无比后悔自己怎么没有早下手。虚拟所有权这感觉,参与的时间越长,感觉越强烈,越将自己置于不利的处境。买东西不宜久挑,恋爱不宜久谈。想想那些失恋的倒霉家伙们,或多或少会感到痛苦,是因为之前已在脑海中将对方虚拟为自己的所有物了,一旦失去了,痛苦随之而来。喜欢在情场中玩暧昧搞备胎的人可恶在什么地方?他们让对方产生了虚拟所有权的错觉,而又永远不会让对方真正得到所有权。所以,在不确定得到某样东西前,先不要想当然地认定它,免得自己忽悠了自己,失去的时候承受的痛苦可远比得到时带来的快乐多多了。

二、免费的魅力

有一阵子我迷上了某购物网站,有空时就上去看。无论我当时是否需要购买,我都忍不住要上去瞧两眼。一页一页地翻着商品页面,试图找出最物美价廉的那一个,我享受这个浏览和挑选的过程。后来我无意中发现了另一个推荐便宜打折商品的页面,那里面每天推荐非常便宜的东西,点开链接,跳到前面的那个购物网站,二三十的裤子,五六十的衣服,十几块的宝宝衣物,买回来一看,也还过得去,重要的是花了这么少的钱买了件东西,真值!于是我一上网就先上便宜货网站,抱着捡便宜的心理看了又看。

　　人们在免费的东西面前会做出并非最划算的决定。比如做这样一个实验,价值15元和1元的两种袜子让一个群体挑选,只能买一双,那么选择两种袜子的人数会有一个比例。有40%的人选了15元的袜子,60%的人选了1元的袜子。现在把价值15元的袜子改卖12元,1元的袜子免费赠送,再让同样一个群体做决定,可能选择免费袜子的人数会占压倒性的优势,会有5%的人花12元买价值15元的袜子,却会有95%的人选择免费的袜子。同样的一群人,第二次为什么会有那么大比例的人偏爱1元的袜子,和第一次形成了鲜明的对比呢?因为人们不自觉地受了某种力量的影响,这种力量就是免费。白来的谁会拒绝?实际上,选择免费的袜子仅仅节省了1元钱,而选12元的袜子却可以为消费者节省3元,后者才是更理智更合算的选择,但人们往往会被免费赠送冲昏了头脑。这就可以解释为什么人们常常会为了赠品而去买可有可无的东西。有的人一进家乐福这种大超市,不管TA的初衷是买什么,出来的时候常常带了许多计划外的东西,这便是中了免费的招。比如买酸奶送杯子,为了那个漂亮的杯子而买了酸奶。商家这样的把戏太多了,买电饭锅送小型买菜购物车,买汉堡送小挂件,买大桶油送小桶油。附带的那个小东西蛊惑了我们,让我们为了蝇头小利而不自知地损失了更多。

　　人们会这么想:反正也是白来的,不要白不要。可是我们又损失了什么?得到免费东西的同时,却失去了用不免费而品质更好的东西的机会;我们穿上了免费的但是不好看的衣服时,也失去了穿不免费但更得体更好看的衣服的机会;我们读了免费的但是没什么营养的书籍,也失去了时间去读不免费但更有内容有思想的书。我们要能想清楚，什么是白给都不能要的，什么是付出代价也要获得的。

  我想我找到自己沉迷于便宜货网站的原因了。大概是我无视了二三十的价格，忽略了那个数字，直接把商品看作免费的了。每次，我上去看到了这么多近乎免费的东西，价格低得让人忘乎所以，便把它们拖进了购物车……

容易的开始，麻利的结束

在很长一段时间里，有十几年，我都是一个胖子。难买衣服是胖子的几大苦恼之一。学生时代，我妈带我去买新衣，那时没有什么网购，购物全在实体店，每次我们俩都逛啊逛啊，试啊试啊，心仪的衣服很多都穿不上，穿得上的往往无版型无美感，让人没有一点想买下它的欲望。等到最终踏破铁鞋千回百转沧海桑田淘到一件穿得进去又不那么难看的衣服时，我俩会大大松一口气，像完成一个大任务般如释重负。带回家再看这件衣服，越看越好看，感觉捡到宝了。在几年前我减肥减掉十多斤肉，由微胖界回归到了标准界，逛街时，我喜欢的衣服，基本都有适合自己的尺码，买衣服再不是难题。但新的问题产生了，一逛街，我就遇上了自己喜欢并且穿得上的衣服，于是买回家。回家后再看它，又发现它没有那么美好，不是太修身就是太老气或者不正式没有合适的场合穿出去，这些缺点总在我回家后才清晰地显露出来。为什么在商场里我就没有那么挑剔的眼光呢？这就叫购物欲吧？看到了就想拥有，一旦拥有又觉得不合适不喜欢。于是我只得再返回去退换，人家不给退换的就放在那里，甚至有几件衣服买回来一次也没穿过。得到的太容易，就会失去理性判断的眼光。

不由得联想起，如果一位美女，正值妙龄，一定有很多小伙子喜欢她，她一撒网，能跳进去一个团的鱼虾螃蟹，她可以在这里慢慢挑她最中意的那个金龟婿。问题是，她能擦亮眼睛胜任这大海捞针般的筛选，找到那位最合适的 Mr. Right 吗？恐怕 Right 先生要淹没在庞大的候选军团中了。好比一个很容易买到衣服的人试穿衣服，这件也可以，那件也可以，所见的每一件都可以，似乎买哪件都行。若此人没有自控能力，便会把并不需要的衣服带回家。那位美女觉得这位小伙愿意做我的男朋友，那位小伙也愿意，她有大把的选择，和谁都可以组合配对。爱情带给人温暖和兴奋，让人由内而外散发着能量，使人容光焕发。只要对方不是太糟糕，谁会拒绝这样一份暖暖的、令人销魂的毒品？如果美人的大脑不像她的外表那么出彩的话，便会在一段又一段的桃花劫中虚耗青春了。

许多段唾手可得的爱一旦轻而易举地展开，会占用时间精力，在这期间，美人可能会和真正的 Mr. Right 失之交臂了。那些刚开始看起来很合适的小伙子们，就像一件件能穿得进去的衣服，拿回家后没等多久，不那么喜欢了，许多问题浮出水面。太容易的开始，并不一定是好事。

胖子爱她的每一件衣服，每一件都是千呼万唤始出来；瘦子看她的每一件衣服都不太满意，总想再添置新衣。衣柜里拥有的每件衣服都像爱情中的 crush，心跳来得迅速，走得匆匆，每一个皆始乱终弃。

注：crush 在英语当中意思是"压碎、碾碎"，还有一层意思，是"短暂地、热烈地但又是羞涩地爱恋"。比如，"I had a crush on him"，就是"我曾经短暂地、热烈地，但又羞涩地喜欢过他"。"心动"似乎是一个很接近的译法，但是"心动"与"crush"相比，在感情强烈程度上更微弱、在时间上更持久，而且有点朝恋爱、婚姻那个方面去的雄心；crush 则不同，它昙花一现，但是让你神魂颠倒。——来自豆瓣

秀得秀不得

看到一篇文章,大意是炫耀什么就容易失去什么,原因是炫耀会招来鬼神魔的嫉妒,它们会想着法子来破坏你所炫耀的东西。

说的观点还算对,但是原因有点太迷信了。用科学的话来说,应该是一旦炫耀出去,大家都看到了,能效仿的会效仿,没有实力效仿不了的会记下,有朝一日再效仿。独有变成了人人有,就没什么好稀罕的了。

比如有句话,"秀恩爱,死得快"。你的日子过得柔情蜜意,把平日里腻腻歪歪的拌嘴、生日的惊喜、闲暇时的游玩都晒到网上去,供大家观赏,把这些当作恩爱的象征。别人看到这些,觉得可取的自己会学去,但更多时是不以为然或淡然一笑。最后,大家都有生日的惊喜和闲暇的游玩了,这种秀法已经烂大街了,日子又如从前那般平淡,似乎已经没有恩爱的证据了。如果这东西值得一秀,说明它稀有或者有价值,大家都想得到。但一旦人人都有了,世界会不会乱套?我住的小区里有不少在国外待过的人,有很多宝宝也是在国外出生的。有一位妈妈两个孩子都是在美国生的,逢人拐八百个弯也要提到这件事,她的两个孩子都有美国国籍,巴不得把这事写在脑门上。但孩子明明是土生土长的中国人,长大了却成了美国人,在国内成了外人,到了美国又融不进人家的圈子,还是外人,是不是有点里外不是自己人了?

你秀的时候占用了时间精力，寻思着下次秀什么怎么秀，而别人用这时间让自己变得更好，超过了你，比你更有了秀的资本。有人喜欢把旅游照片发到网上，不管是真去旅游还是出差或者是转车路过，大伙一瞧，哇，此君走南闯北，大半个中国都去过了。再看那边更牛的，人家远到地球另一头，偏到犄角旮旯都游过了，还有人的经济实力都够星际穿越了，国内游都不值一提，和人家一比简直就像爱显摆的强夫遇到了机器猫的口袋，档次不是一个等量级的。在每个领域里真正有实力可秀一下而且值得大伙膜拜的人一般都是缄默的，一是不屑秀，二是没空秀。

炫耀出去的东西不一定遭到鬼神魔的破坏，遭到由此心生嫉妒的小人的破坏倒有可能，有人自己无能又见不得别人好，你真敢把自己的好东西不加遮掩甚至添油加醋地展现给他们看吗？当心某天从天而降一个炸弹，把美好炸个稀巴烂，引来炸弹的人正是你自己。

满了想更满

S是我的一个朋友。有一次聊天,她透露自己想做某种手术的想法。这手术不是病人治病的那种手术,而是让人更好看更完美、更向男神女神迈进的那类手术。当时我就想说,何必这么不作不罢休呢?为什么这么说?因为这类手术最好的效果也就刚做完那几年,过了顶峰之后便会衰败,外观看起来可能会比原来还糟糕。她为什么会有这种折腾自己的想法呢?这位朋友各方面都很如意,本科毕业后就进了高校,后来又在职读完了研究生,和老公是大学同学,老公事业风生水起,家里不差钱,在省会城市有两房两车,而且,还有一对双胞胎,堪称完美。这位朋友自己是独生子女,父母五十多也不算老,身强力壮,平时孩子由自己的父母带,自己工作又相对轻松,要钱有钱要闲有闲,全家还出国旅游了几趟。到这儿,问题答案似乎出来了,她的生活太顺了,十环满分,人神羡慕,那她还有什么念想?此时也许看自己还不够完美,想得到更多,于是想再打造一下自己,让日子再蜜里调油一些,便想在自己身上动刀了。

人的欲望总是无穷的。本科学历的想着自己要是研究生就好了,工作在小镇的想着自己要是在省城就好了,没有工作的想着自己要是有份在编的工作就好了,胖女想着自己要是身段曼妙就好了,穷男想着自己要是富帅就好了……生活有所欠缺,到底好不好呢?我看其实挺好的。有所欠缺,你的脑子里想着这个欠缺,欲望仅限于此;一旦生活再进一步,人便会滋生出更大的欲望,永无止境,正像《渔夫和金鱼的故事》里的那个老太婆。所以我们真要感谢生活里那些小烦恼,它们占用了相当部分的大脑内存,让我们的大脑不至于太闲以至于胡思乱想起来,最终欲望横流膨胀到自我毁灭。

妈妈专业

每年9月,校园又迎来一批新生,看着他们青涩稚气的样子,我由衷希望他们在校园里度过愉快的几年。但和新生相比,我更牵挂的是毕业生们,每年6月份他们要离校时,校园里放着伤感离别的歌曲,宿舍楼挂着"学长学姐一路走好""天高任鸟飞"的条幅。我看着他们多了几分成熟的眼睛,心中默念,孩子们,此去经年,山高水深,前方路途险恶,喜乐参半,不只有阳光普照,更有风雨雷电张牙舞爪,懒散泄气不可有,勤奋谨慎不可无。莫要一开始就抱着衣锦还乡的奢求,这样反倒会陷入情绪起落中;自己能够安身立命,在外有工作、在家闲时可怡情足矣。保重保重!

况且现在就业形势那么严峻,孩子们,你们准备好招架之势了吗?描绘就业难度的词有"空前严峻""史上最大待业大军"什么的,难道再等几年就缓和了吗?估计竞争更激烈吧,永远都是"史上最严峻",一年盖过一年。现在的某些高校里,不乏一些难就业的专业,缺少及时顺应时代的更新,理论老套不前沿,实践落伍难收益,以致学生毕业后很难找到对口的工作,大多转行或跨专业考研谋求出路。个人真心觉得与其保留这样的专业,还不如在大学里开设一些看似比较雷人实际上却很实用能让学生受益的专业。

举个例子,开设一个妈妈专业,教授的课程全部是怎样使学生成为一个合格的妈咪。现在不少姑娘结婚生了宝宝后都辞职在家做了全职妈妈,那这门课教授的技能就可以派上用场了。比如,妈妈专业可以安排以下课程:孕期营养及运动、胎教、婴幼儿敏感期学、儿童心理学、烹饪学、营养搭配学、户外运动学、美学、文学赏析、国学经典、趣味数学、社交礼仪及装扮、音乐初级入门、美术初级入门、手工DIY、社会学、经济学、医药常识、法学、侦查学反侦查学、犯罪心理学等。男生想报这个专业也可以,要选修额外专为男生打造的课程,比如家电使用及简单维修、荒野求生学、孕婴护理学、人际关系协调学、说话的艺术等。这样的男生毕业后若能学以致用,绝对是个好爸爸,懂得体恤爱妻、呵护幼子,把一家守护在自己的臂弯里,其乐融融,岂不妙哉?

这个专业旨在培养出一位优秀的母亲,她是孩子最好的启蒙老师和朋友,是丈夫的贤内助,是家庭的主心骨。她集一流厨师、一流监护、一流幼教于一身,能应对突发意外情况,能规避风险,能良好处理婆媳关系,能把婚姻经营得蜜里调油,能把自己和家人捯饬得赏心悦目,家家都有辣妈和萌娃。一个家里若能有这样一位母亲,起码会使三代人受益,好处绵延几十年。如果全国的妈妈都这般极品,这个民族会有多么强大和文明。

有许多欠发达地区的妈妈,结婚也没有改变她们的命运,由一个贫穷的家进入了另一个贫穷的家。她们一生都耗在生娃养娃、生出儿子、讨好公婆和老公上面了,有更不幸的妈妈还要承受家暴、老公出轨离婚等悲剧。她们在家庭里一无经济来源,二无政治地位,无勇气无底气,所知甚少,不会保护自己和自己的孩子,只能任由欺负,是社会的弱势群体。如果教育能使她们成为独立自强的女性,她们就可以为自己进行必要的抗争和保护,被狗咬一回,不至于一辈子都被狗咬。但在温饱都成问题的一些地区,谈论精神层面的东西好像笑话,粗鄙延续了祖祖辈辈,生活岂是一名学了什么专业的弱女子所能改变的?但至少,她成了一个有思想的人,不是一头母猪。这样的女子多一个,社会离文明就又近了一步。母亲对孩子的影响,对一个民族起的作用,是多么至关重要!

小毛病大素质

出门在外,公共场所里,众生百态扑面而来,砸得人措手不及,如果遇到几个极品,让人心里不由得憋闷,坏了大好心情。比如下面几例普遍存在着的让人不快的行为:

1. 拥挤的公交车中,已经有座位的人跷着二郎腿,TA 的鞋就在汽车的颠簸中一直在站在一旁摇摇晃晃东倒西歪的人的裤子上蹭啊蹭,人家的裤子成了 TA 的擦鞋布,别人在拥挤摇晃的车厢里站都站不稳还要努力避开此君的脏鞋,TA 还丝毫不觉得自己的脚有多么碍事。

2. 夜晚开车在不是很暗的情况下乱开远光灯,晃对面人的眼睛;或者明明就是白天,天色稍暗,近光灯都没必要打开的情况下,有人居然打开远光灯,让对面来车都吃 TA 的强光。

3. 看电影时,旁边坐个多嘴多舌的姑娘,不停地和她身旁的朋友评论着剧情,预测着下一步的发展,让人慢慢品味剧情的渐入佳境的心情全无,就因为这个把影院当成了自己家的客厅的鸟人。

4. 在公共场合大声打电话,方圆十里的人都能感受到此人的语气变化,忽而呵斥忽而满意忽而发嗲,让人掉一地鸡皮疙瘩;TA 的谈话内容所有人都能听见,感情丰富外露,毫不理会旁人的侧目。

5. 坐在大巴车上,后面的人用膝盖顶住前面人的座位靠背并时不时动一下腿,前面的人会有说不出的难受劲儿,像是有一不明活物在背后拱来拱去。

6. 有人打喷嚏和咳嗽时,没有一点避开人和掩着口鼻的意思,口中飞沫肆意喷洒,欲与众人分享 TA 喷出的细菌病毒。

7. 到超市买菜时,有些老头老太看样子是买菜准备回去给皇上给娘娘做御膳的,睁大火眼金睛,一定要精挑细选,下手把白菜洋葱层层剥掉,把红薯紫薯两头掐掉,把藕节掰掉,把蘑菇菜花的根抠掉,都取最中间最里面鲜嫩的部分,装入自己的塑料袋。经过他们蹂躏过的菜,一片残花败柳,让后面人提不起买的兴趣。

8. 在封闭、空气不太流通的场所使用劣质香水,比如电影院、会议室、大巴车上这种地方,让人暂时无法躲到远距离去,一小片区域的空气都被此人污染了,周围人不得不忍受浓郁得让人窒息的香水味,还不如一个臭屁来得实在,起码屁味一会儿就散了。

9. 等等,等等。

这些毛病鸡毛蒜皮,不惊天动地,也不足以构成犯罪,但是是人不能承受之轻,就像是牙缝里的肉丝和进到眼睛里的睫毛,消失了才舒坦。那些人并不觉得自己惹人讨厌,他们根本没意识到自己追求方便的同时侵占了别人的利益,他们从没跳出来看看自己在出现过的场景里扮演了一个什么样的横行霸道、令他人避而远之的角色,也考虑不到别人的感受。每个人身上都可能有这样那样让别人难以容忍的小毛病,好像章鱼的腕足,如果人人都不加约束,就像在一个有限的水域里生长着一群章鱼,每只章鱼都想扩大自己的地盘或利益而张牙舞爪使劲伸展自己的腕足,那么空间就会被胡乱伸展的腕足们搞得拥挤又凌乱,所有人都不会好过;如果大家都约束自己一下,整个环境便会因所有个体的遵章守法而变得文明有序,真正是"我为人人,人人为我"。

  修养就是让自己紧张、让别人舒服的东西。这种东西,有的人一辈子也不曾有过。或者我们仁慈一些,大度一些,为以上人辩解一下,这样想,有些人眼里的文明就是另一些人眼里的矫情;也可以这样想,也许他大多数时候是个不错的人,偶尔像今天这样控制不了自己的情绪和行为,或许他今天可恨,昨天还是可爱的,我不巧遇到了他可恨的一面,还好我今生与他只有一面之缘,不用天天受这种折磨,还好他只是我生命中的路人甲而已。

运动和听广播

最近几个月,我的生活中多了定时运动和听广播,带给了我健康和乐趣。以前我上完 4 节课,回到家觉得很疲劳,什么也做不了。如果上完 6 节课,那回家除了吃饭就再不动弹了。现在,我上完 8 节课后,说不累是假的,但还能扛得住。当过教师的人都知道连上 8 节课是什么概念。能承受更高强度的工作,我觉得这说明我的体质变得更好了,这一定归功于我每周锻炼的结果。

广播为我打开了另一个世界,在车里听或者有空时用手机听一段,既不费眼又能接纳大量信息。有几个广播节目十分有趣有料,几天没听到的话就觉得少了点什么。早七点我有时听中国之声了解下新闻;有时听笑话广播,两个活宝主持人把段子演绎得十分精彩;晚上听一档调侃风格的新闻节目,笑点颇多;周末再听《东吴相对论》,以哲学的智慧来评价社会和经济。我几个月没看电视也没有上网了,换来了增高的体力值上限和几个有趣的广播节目,我觉得挺值。

我妈的幽默

在拥有自己的房子前,我租房住。有一阵子我住在中国科技大学附近一个叫黄金广场的地方旁边的一个小区里。黄金广场非卖黄金的广场,更和黄金没有半毛钱关系,只因为该处是黄山路和金寨路的交叉口,两条路各取了第一个字,黄山路的"黄"和金寨路的"金",再加上广场二字,就组成了黄金广场这个名字。我妈从老家来看我,我们在附近坐公交车,聊到这个名字的由来。我妈听后说,要是我给它取名的话,就取"山寨广场",山寨二字也是那两条路各取一个字呀。此话真是又有道理又惊人,老娘真幽默。

用功要趁早

我有这样的切身体会，比如我某天需要学习，而我自控力不是很好还很想玩，要上网看网页或者看电视，那我的安排最好是上午大脑火力全开，全情投入学习，把任务完成得差不多了，下午和晚上没有压力快乐地玩。如果我上午没管住自己，浑浑噩噩消耗了半天时间，不得不下午或者晚上学习的话，往往会因为上午玩了，这一天没有开好头，其实玩也玩得也不尽兴，还惦记着任务，但就是拖拉着不能把自己投入到学习中去，整个人松懈下来没有了干劲，下午和晚上同样是软绵绵的状态，根本找不到学习的感觉。索性我也放掉了，指望着明天再奋起。所以对我来说，一天的安排需要先紧后松，正应了那句"一日之计在于晨"。

把这个时间坐标放大的话，一个人在年轻的时候，就是处在一生中的早上，真该好好刻苦一番，把自己打磨得像个样子，这样，一辈子真要说有什么任务的话，在早年状态好的时候完成了大半，就可以过压力稍小的中年和晚年了。否则，年轻的时候贪恋了玩耍，错过了进入状态的最佳时期，没有给后面的中年、晚年开个好头，也许一辈子都会是吊儿郎当的状态了。

吃货的美食

一、大盘鸡

最近想起了大盘鸡这个美味,上次我吃大盘鸡还是几年前。如今吃不到是因为很多西北拉面店里都只做面不做这个菜,嫌麻烦,我打问了几家全都没有。饭店怎么能因为做大盘鸡费事费时就不做呢,让我们这些大盘鸡的粉丝怎么办?太没有职业操守了。今天是周末,主要任务就是一定要吃大盘鸡。我和老陈在万能的百度上查了查,找到一家有的,于是直奔过去。

墙上挂着主席访问西北人民并热情握手的大照片,问老板怎么会挂这张画在墙上,老板说,怕你们看不起我们。老板的回答让人有点心酸,把自己的身段放得太低了。人哪有什么高低贵贱之分。我后来才想起当时应该这么回答他,看不起你们就不来你们的店里吃饭了。店里生意很好,附近有一家大学,学生们下课后都来光顾,一会儿就坐得满满当当的。大盘鸡的味道着实不错,我又吃多了,肚子胀了一下午,晚饭一口没吃,到晚上六七点才消化掉,感到略微舒适了。太没有出息了,见到美食我就变成了一个没有自控力暴饮暴食的吃货。

二、biang biang 面

今天中午,我在乐城超市地下一层的美食广场吃了一份陕西名吃"biang biang 面"(biang 念二声),味道美得令人销魂,作为一个吃过多种面食的山西人,我都觉得这是我吃过的最好吃的面。

面上有炖肉块儿、绿叶菜、蔬菜丁、西红柿鸡蛋卤,中间一层是宽宽的裤带面,下层有黄豆芽,碗底是浓汤,面汁浑然一体,鲜中有肉香,酸中带微辣,是一种融合了山西刀削面和西安凉皮二者优点的香,端的是无比爽滑可口。不出十分钟,面菜肉全部被我扫荡干净,一大碗见底了,汤也不留一滴。

美食就是吃它之前还想着要只吃八分饱,要控制住自己,而一旦开吃,便完全不受自己控制,吃到最后恨不得把盘碗也干掉。

胃口好,吃啥都香,走到哪儿都是舌尖上的中国。

三、我的大学食堂

我的大学四年生活,是在东北大连的一所普通高校度过的。学校的食堂有三层楼,但伙食一般,经营管理也不善,不招人民群众喜欢。听学长学姐说学校曾经发生过大家集体不去食堂打饭的罢吃事件,当时哪个家伙若去食堂吃饭还会遭众人喊打,不知真假,但食堂伙食质量之差可见一斑,已经到了激起众怒、逼民造反的地步了。

我第一天到该食堂吃饭时,看到一个菜有三种丸子,味道还不错的样子,遂打之,师傅,来份这个!不想打饭师傅一下子刷掉我五块钱,当时我吃惊不小,这么贵的菜,我要在物价水平如此高的学校里待四年吗?在当年,五块钱是多么有分量,有的贫困生一个月生活费也不过两三百,一份菜居然就占到了生活费的1/40。换算成现在的比例,这相当于花将近二十块打了一份菜吧。我心痛懊悔了很久,后来才知道,菜是可以打半份的,大家打饭都是"半份这个,半份那个"。作为一名新生的我哪里知道这些,打饭师傅也不提醒一声,太不贴心了。

食堂很少做绿色蔬菜,喜欢变着花样做土豆。因为这个原因,大学时我每次假期回家都让我妈多做绿菜,我不缺肉,只缺菜。饭点到了食堂,放眼望去,没有绿色,菜的品种丰富多样,有土豆丝儿、土豆块儿、土豆丁儿、土豆片儿、土豆搭配猪牛羊鸡肉,要不就是纯肉、纯豆芽,一个菜里只有一种原材料,肉菜肥腻,素菜噎人,让人怎么有食欲?无搭配,不美食。而且量给的也少,饭菜比例总是饭肥菜瘦,像工科院校的男女比例一样悬殊,少汤汁,一点不下饭。我为食堂饭菜的水平总结出一个真理,每次去都又验证了一遍这个真理:不管打了哪个菜,都会后悔。鉴于食堂水平不济太拿不出手,学校周围的小饭馆们可正中下怀,火爆了几排房。不知母校现在的伙食改善了没有,毕业后十几年再没回大连,下次去一定要回食堂点几份难吃的菜,回忆当年。

毕业后,我考到了合肥读研,这回我落在了有着合肥最好食堂的大学——合肥工业大学。加上有了之前本科时失败食堂的铺垫,我十分满意工大的食堂。每个菜有2~4种原材料,我终于找到知音了,荤素相间,咸淡适中,能看得出掌勺师傅做菜的诚意。学校里有四五个食堂,我最喜欢三食堂,现在还能想起来以前常去那里吃肉沫茄子和猪肝洋葱。我向家人夸赞说我太喜欢这个学校的食堂了,难怪合肥高校有"吃在工大"一说。后来,我的表弟高考考入了这所大学,我同样向他大赞了食堂,不想他尝后不以为然,并且定义为难吃。太出乎意料了,后来我想,原因可能是我先前的吹嘘使他把它想象得太好了,更重要的是他没吃过更难吃的。

现在我的工作单位也是一所高校,学校食堂也有三层楼之高,以供上万师生就餐。食堂质量介于前两者之间。虽然一楼的菜有点腻有点咸,二楼的菜给得少,三楼的菜太辣,但我依然看得出,它每学期都在进步。再说这些也不是问题,想吃肉时就去一楼,想减肥时就去二楼,想换口味时就去三楼。校外还有小吃一条街,各个地方的小吃在这里大集合,夜市煞是热闹。校外的小饭馆和小吃摊连同食堂共同构成了学生们大学时吃饭的回忆。

现在,大学食堂菜被网友们调侃地称为"中国第九大菜系",常有黑暗料理出现。其实,大家没有一点恶意,对食堂的调侃都是对过去的怀念,对青葱岁月的留恋。校园笼罩在金色的夕阳中,小伙伴们吃了饭,有的去上自习,有的去逛街上网,到了晚上,宿舍里开始了叽叽喳喳的卧谈会——那是一段多么美好又短暂的时光啊!

第五部分 读研篇——

逍遥又迷惘：这一切是不是虚假繁荣

这些都是上研究生期间写的文字。那时并不是很清楚毕业以后能做什么，就业用人单位也有对女性的性别歧视，自己对未来一片迷惘，心里空虚没底，写的文字都是发发小牢骚排遣一下，负能量满满。过了几年再看，却又觉得都属于涉世不深的年轻人为赋新词强说愁的类型，心里不禁小瞧起那时的自己来：看看，看看，这就是那时无能窝囊的我，真是够消极，恨不得坐时光机回去给自己两个白眼。

有书，但是不看；有任务，但是能拖就拖；有电脑，用来消遣；有时间，用来郁闷；有自习室，坐在里面却在想走出去自己能做什么……这就是一个普通、正常、遍地都是的大学生的生活状态。是不是吃得太饱、穿得太暖，从来不知苦滋味，也不懂生活本艰辛？坐井观天豪情志，四体不勤脆弱心。

愤青的牢骚

一、唠叨唠叨

身在一个不喜欢的城市,冬天冻死,夏天热死,蚊虫泛滥,没有特色小吃,没有稍能拿的出去的景点,我在一个长得像边陲小镇的省会城市(刚来合肥时,她还没有现在这么好),怀念着以前待了五年的一个美丽的海滨城市,她气候宜人、清新靓丽;怀念着那些成天调侃我捉弄我讽刺我的"猫三狗四"们,虽然经常弄得本人气成内伤,哭笑不得,求生不得求死不能,但现在离开了她们,才让人感到有多孤独,我常下意识地忆起并想念,真乃人之初,性本贱哪。

没有对手的日子是寂寞的。

二、没有暖气的冬天

我到了完全陌生的城市来读研,我从没在纬度这么靠南的省份长期生活过。一个在北方待了二十多年的北方人到了南方,会有什么挑战要面对呢?我第一次走进这所大学的教室里,觉得哪里有点儿不对劲儿;到了宿舍里,也同样觉得哪里不对劲儿。有门有窗有桌椅有黑板,还少点什么呢?我终于想起来了,是暖气!这个地方的室内竟没有暖气!教室的窗户旁边紧挨着摆着桌子,在北方城市的教室里窗户下面的这个位置都是安放着暖气片的,我不禁对我的冬天担心起来。

尽管做了充分的心理准备,头一个冬天还是过得很艰难。再没有舒适恒定的室内温度,再冷也只能扛着。九十月份时气温还算适宜,但舒服的日子转瞬即逝,还没来得及享受就已经过去了,冬加夏的日子远大于春加秋,短暂的过渡,漫长的极端。研一那年冬天,我夜夜冻醒,膝盖以下都是冰凉的,失去了知觉,梦里也能冻得拉出稀来。后来我终于开窍了,又买了一个被子,在这里一般人冬天都盖两个被子,还有盖三个的,这对以前的我来说真是不可思议。

北方更好还是南方更好呢?北方夏天较凉爽并且冬天有暖气,比较舒适,但是气候干燥,比如我的老家,一到冬天人就放电,春天沙尘暴严重,一场大风过后,满城尽带黄金甲。南方鱼肥水美,蔬果丰富,经济也较发达,但是冬夏太煎熬。没有十全十美的地方,此事古难全。

那年冬天我想着早点毕业,再回到北方,冬天室内温暖,夏天不必洗桑拿,谁想到我毕业后就留在了这里,工作结婚讨生活,却把他乡做故乡。

三、专业、性别和就业

这年头的大学里什么专业都有,只要能赚到学生们的钱,学校是不会管你出来能不能找到工作的。本人大学毕业后,学的是被称为 21 世纪最有潜力的专业,"淘粪"专业(环境工程专业的戏称)。专家曰:哪个人不排泄呢,全国这么多人,这是多么大的一个市场啊。并且按国家人口增长趋势来看,以后会有更多的人,排更多的"粪",此专业真乃前途无量也。然而本人找工作时却一再碰壁,原来专业有潜力和这个专业是否好就业完全就是风马牛不相及的两件事。用人单位曰:现在是个大学就有你这专业,你又不是名校出身,再说本科生来了什么也干不了,招你来何用?

其实我也不喜欢"淘粪",而且现在工作太难找了,社会竞争又这么激烈,像本人这种没有富爹的人还是先避避吧,于是我毅然选择攻读硕士,这也是许多人的缓兵之计,于是我成了一名研究生。

身为"淘粪"专业的研究生,本人每天研究"粪"的相学、"粪"的各态、工程"粪"学、"粪"的堆积特点、"粪"的模拟反应堆,等等。随意翻开以上课程的任何一本书,符号数字公式占据满篇,数多字少,枯燥繁冗,并且看不出和"粪"有半点联系,会让你误以为这是一本物理书或数学书。

我也只好安于现状,因为上了四年大学出来,我仍然一无所有。没体力、没脑力、没经验、没社会关系,只有一纸遍地都是的本科文凭,还只是一个二流学校的,杀伤力还不如一个假冒的名校文凭。

就算暂时躲避在学校里,今后迟早还要走出去,再次开始希望渺茫的求职生活。我连吃饭都成问题,更不敢奢望买房了,房价猛往上蹿,只升不降,我连一只房虫都做不起。在不远的将来,我可能会颠沛流离,穷困潦倒,更无颜见江东父老。然而我还是相对幸运的,还说得过去的家庭让我没有还贷款的后顾之忧。许多农村孩子的父母将拼命劳作的血汗钱扔给了学校。也许当初在拿到子女的通知书时他们还在自豪地向别人宣传,俺娃有出息,考上大学了。他们不知道与以前比,现在的大学早已贬值;他们不知道名校与一般学校的差距,热专业与冷专业的差距,男生与女生的差距;他们不知道很多大学只是一个盈利机构;他们不知道四年中他们的心会逐渐冰冷下来,直到最后冷到极点。

还有许多人处境也和我一样,就算人群中只有很少比例的人发牢骚,但基数这么大,于是最后就有了大片的牢骚声,一呼百应,众人在压抑中找到了同胞。让更多的人接受高等教育,究竟是好还是不好?

社会人士评价:现在的大学生太吃不得苦了,高不成低不就的,对什么都不满意,今天的年轻人是怎么了? 真是一代不如一代。于是我们只有在遭到拒绝时面带着微笑,遭遇挫折时当作磨炼,用一颗乐观的心去经历悲观的现实。童年时做个天才,青年时做个庸才,中年时做个阿 Q。

一代人有一代人的活法,大部分是由不得自己的。我们这代人注定要在考场上竞争,在人才市场中拥挤,也许这就是我们的宿命吧。

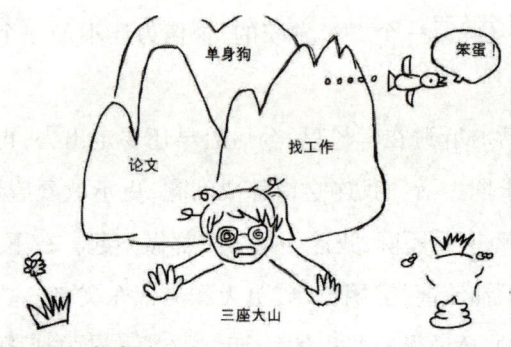

四、把牢骚集中发完

这也不满意,那也不满意,吃饭不满意,睡觉不满意,眼下不满意,未来没有底,干脆把牢骚都集中发出来,来个痛快,也不错。人活几十年总有迷惘低落的傻帽期,过去就好了。

五、终于考完两门了

昨天晚上考一门,今天晚上考一门,虽然都是开卷,但是劳动量很大,狂翻书和复印的讲义,用眼过度,考场中几次感到眼珠都要掉出来了,哈哈。考完的感觉就是爽啊,又可以安逸一段时间了。

六、你的某一天

在极其平凡,令你防不胜防的某一天
上天又想跟你开个玩笑
就和你幽了一小默
给你一个打击作为生活的调剂

于是
你再次掉进郁闷的深渊,你觉得你的天空又塌陷了
你心情极其不好,甚至别人的笑在你眼里也带着妖光
你不明白为什么自己总是接二连三地把事情办砸
你觉得自己这段时间一点进步也没有
一个否定把以前的许多肯定也归零了

你觉得自己平庸无能得一塌糊涂
为什么自己的命运如此坎坷
为什么决定你心情的好坏的权利总是掌握在别人手里
你觉得再酝酿一下眼泪就出来了
你痛苦地睡去,郁闷地醒来

你面部僵硬,目光呆滞
你甚至怨自己为什么不是天生弱智,免得去操心这么多红尘俗事
你觉得今天你的身上已经压上了最后一根稻草,你马上就要崩溃了

你在心里呐喊,神啊,救救我吧,让我走出去吧!

你在黑暗中找寻微乎其微的光亮
你奋力思索着以前走出去的办法
你做了最坏的打算
你想着可能要付出的代价,你权衡着未来的得失
你抱了鱼死网破的心理
……

你又觉得事情还没有到绝望的地步
你又发现是你渲染了事情的严重性
你看见曙光就在前方,自己却忙于神伤,止步不前
你又发现原来自己还有控制心情的本领

你匍匐前行
你感到自己正从蜕皮中慢慢爬出
你的天空终于又云开日出了
你的世界又有了光彩了
你觉得心头一块大石头已经慢慢消失

你见山又是山,见水又是水了
你对自己说,我又过来了

过去的苦难是财富

七、天天吃垃圾

我记得小时候吃的苹果,口味非常正宗,是纯粹的苹果的味道。不知道从什么时候开始,瓜果蔬菜的味道再也不是那么个性鲜明了,苹果西瓜不甜了,橘子鸭梨含水也不多了。虽然我们能吃水果的季节变长了,但水果带给我们的享受减少了。我们的食物量上升了,质下降了。

现在的人虽说吃的品种空前丰盛,做法空前精致,但原料却不让人放心了。通过一些揭露真相(往往以负面的居多)的节目和新闻,我了解了现在的大米是打过蜡的,小米是染了色的,白面是掺了滑石粉的,海鲜是泡了甲醛的,蔬菜是打了农药的,水果是有激素的,包装食品是有防腐剂的……不知道也罢,就这么稀里糊涂地吃着,某天偶然间得知真相了,看到人们为了追求更丰饶的食物、更舒适的口感和频次更多的享受而付出的代价,真是触目惊心,心里说,妈呀,我这体内天天在累积毒素啊,不知道到哪天就足够让我死翘翘了。

古人也不错,虽然一辈子没吃过雪糕,没坐过飞机,没用过Wi-Fi,但人家终生都吃绿色食品,喝着没污染过的水,吸着没有雾霾的空气,现代的人对这些是可望而不可即的,我们都被铺天盖地的垃圾食品包围着。现在的孩子吃着催熟的蔬菜瓜果长大,不少小孩过早发育了。还有转基因食品,至今仍不清楚它对人体会不会产生副作用,但安全起见,我们最好还是抱着谨慎的态度吧。有的发达国家不吃转基因食品,因为一样东西对人体有没有害不是短期就可以看到的,这个潜伏期可能有几十年之长,何时爆发谁知晓?所以人家避而远之,自己不吃,却忽悠别的国家消费转基因食物,这群奸诈的老外。不知道若干年以后,人类会因摄入过多垃圾食品而导致整体基因水平下降呢,还是人类自己慢慢生成抗垃圾食品的基因带来基因的进化呢?这是在自我强化基因以便百毒不侵吗?人类在努力把自身的肉体凡胎进化成超人,以便下一步能在无氧且充满辐射的宇宙空间中生活了。

小小的我

一、太傻

中国人实在太多了。我们有许多资源矿产总值都在世界前列,但一说到人均,我们立刻就底气不足了,这是庞大的人口带给我们的弊端。

生态学中的某一种群,如果种内竞争弱(同胞间和睦友好),与其他种群的种间竞争强(心齐联合对外或本身强大天敌少),则有利于种群的发展壮大;反之,如果种内竞争强(窝里斗个不停或自相残杀),与其他种群的种间竞争弱(自身是弱者易受欺),则种群逐渐走向衰亡。

假设人类中一个国家就是一个种群,看我们的祖国像不像后一种情况?我绝不是说她会走向衰亡,只想说我们有些时候在有些地方对自己人高标准,对外国人低姿态。我们的"种内竞争"实在太激烈了:看看我们升学考试中的千军万马,就业时壮观的人才招聘市场,官场上的尔虞我诈,乡镇上的警匪一家。而我们的"种间竞争"就温和得多:很多时候我们对老外比对自己人要友好,自己省点便利出来,供奉给他们。

我们把从祖宗那学到的智慧和诡诈用来对付同胞,却把从儒家学来的温文尔雅展示给老外。为什么该团结时不团结,该纷争时不纷争?为什么我们一个人是条龙,三个人就成了虫?我们到底是太有国际觉悟了还是太傻了?

二、平常心原来是这样的

要知道自己只是地球上相当平凡的一个人。

不论到了哪里,不论事先做了多么充分的准备,总有你想象不到的地方,总有意外的好事或意外的坏事发生。

不管发生了什么,都要明白,你绝不是第一个经历此事的人,也绝不是程度最严重的一个,前有古人,后有来者,你只不过是众多练习者中的一个。你的一切早已被历史夹在了正态分布图中最高的那一条中。

不要低估了别人的智慧,你能达到的境界,别人也许早体验过了;同样,也不要小觑了自己,别人能做到,也不要担心自己做不到。大家只不过是顺序不同罢了,有人早熟了那一块儿,而你先领悟了这一块儿。

你永远没有处在一个特殊的角度看待事物,任何人和物也不存在永远的核心地位。就是说,你看到的某个现象、某个人,已经以这种形式运作了 N 天,并且还将继续这么运作下去。哥白尼以这个理论推出并发现了地球不是宇宙的中心。

嘚瑟的时候想一想,自己能值几分毫。

三、偶尔行点小善,受点小骗

今天,我给了一对外乡的老夫妻 10 块钱。但是我心里没有行善后的喜悦,倒是有些怀疑自己对他人的帮助是否有意义。

事情是这样的,当时是中午吃过饭后,在回宿舍的路上,我远远看到一对衣着略微破旧的老夫妇,有点像一对乞讨者。我在远处见这对老夫妇走向一对情侣,不知说了什么,那对情侣突然加快脚步走了,避之唯恐不及。待我走近,那老头看了我一眼,似乎还犹豫了一下,走上前和我说能不能让我给他们俩点钱。他说他们是×省×市的,来这里找女儿,女儿和他们的准女婿交往没得到家里的同意,于是两个人就逃到这一片,两个老人随后追到这里,身上钱用光了……老头说,老太太补充。

当时我的第一感觉是,又遇到骗子了。现在什么样的骗子都有,骗术高明,难以分辨。我曾在闹市商场门口看到衣着整洁的一家三口一起蹲在那里,头低到看不到脸,带着的小孩四五岁的样子,面前放张纸写满了字,上面大意是全家出来旅游,钱包被偷了,现在身无分文,不但回去的票买不起,饭也吃不上,孩子饿得哭。按理这样体面的家庭不应该是骗子吧,否则被熟人看见以后怎么抬头。当时还真有点相信,结果隔几天又在另一处看见这一家,那位妈妈还换了条裤子。您连饭都吃不起不得已都露宿街头了,没想到都几天了您还是这么光鲜,还有心情换裤子。

老头叙述的过程中,我一直在判断他说的话的真实性。他们说那时他们还没吃饭,让我给他们个馒头钱就行。二人都穿一身黑不溜秋的衣服,再往里一层秋衣上起满了小球,都穿布鞋,鞋上有新旧叠加的泥点子。脸比较黑,暗褐色,皮肤粗糙。我追问了他们几个问题,验证他们说的话的真实性,最后下定决心,就当一回好人吧,相信他们了,如果他们说的是真的,我就帮了他们一个忙;如果说的是假的,给他们一点钱对我来说也不算太大的损失,就算打个小赌吧。我回食堂给他们买了10块钱的饭票让他们去吃饭,在学校食堂里10块钱足够两个人吃得很好,我一般情况下一顿花3块3。两个老人很感激地离去。

为了对得起我那10块钱,我站在拐弯处看着他们接下来的行为。他们慢吞吞地走到我所指的食堂,没进去,又在路旁蹲了下来,看着路人。我的天,看来我真被骗了!我还是太轻信别人了！我这个笨蛋！这两个老骗子又在物色下一个傻瓜了！当时特别想上去把我买的饭票要回来，这好歹也是我一天的伙食费。我呆立了一会，看见他们站起来，进了食堂。我又尾随着他们，进食堂坐在靠近门口的一个角落里。看见老头打了两份饭，然后二人开饭了，看到这里，我就走了。算了，姑且相信他们说的全是真的吧。

我甚至还想到他们目前的住店费、回去的车费该怎么办，但是即使他们所说的完全属实，我也不会再帮。我也只是个穷学生，没有经济来源。社会上这么多人，全城这么多人，我已经做了我应该做的那份，剩下的我没有义务。

太善良的人不一定能得到幸福。原来有一位上了"感动中国"的英雄，用自己的心血资助了一群白眼狼。很多受他资助的人上了大学有了工作却毫无表示，这群人当中还有的一有困难就去找他，真把人当摇钱树了，没房子住也去找他，丛飞一家就把房子让给这群王八蛋，自己租房子，还说这是两全其美的办法⋯⋯英雄的背后有时让人心寒。

我连丛飞的百分之一也不及，我只是无数庸庸碌碌的小人物中的一个，偶尔用点小钱去满足一下自己残留的善心，也许还会被骗。我也只能做到如此，我只有一桶水，分给你一碗，莫嫌少，也希望你真的是需要这碗水的人。

四、一抹蚊子血

每晚睡前，我必干的事是先进蚊帐里，把白天跑进去的蚊子赶尽杀绝，否则睡下后嗡嗡声不绝于耳，起来后身上蚊包无数。宿舍在一楼，窗外杂草丛生，是养育蚊虫的温床。每天和蚊斗，使本人现在练就一副捉蚊好身手，手起掌落，三掌毙一个，五掌毙两个,眼前若有飞过的,疾速伸爪一抓,十之八九能将其收入我这如来掌中。因此,我这墙上有残骸,帐上有血迹。

非残忍也。咱也倒不在乎那两滴血,而是难忍这奇痒。倘若蚊姐仅带走我两滴血,不置我于痒地,翩然产卵去,我绝不会置其于死地。用一滴血助其完成繁衍之神圣使命,岂非大善?然而她不仁,就休怪我不义了。

境界还是未到。佛陀认为,众生平等。一生物用微乎其微的付出换来另一生物的生与养,这如何取舍似乎是明摆着的。不知高僧们如何对待蚊子,忍痒任其叮咬却释然吗?真如此,我等凡人只有敬仰的份。

读书看博

一、九班的作业

有一阵子我喜欢看孔庆东写的东西,老去他的博客。他的粉丝群叫"九班"。今天老孔在九班留了作业,这留作业其实是一种以文会友,大家喜欢参与的写在自己的三分地里就可以了,大家互相踩踩。作业如下:

作业一:你希望语文教科书怎样编?

本师近年来大量参与语文改革,其中教科书编写一事十分重要。众位同学有的是过来人,有的是在押犯,一定对语文教科书有话可说。当然事先声明,你们说的意见,我是大多数不会采纳的,我主要是借此观察一下咱们九班的语文观念。所以,各位可以知无不言,幼稚偏激之处,班长不得打击迫害。三言两语也可,长篇大论也可,有的放矢,存心公正为佳。

作业二:语言应用练习。

请写一篇不超过300字的短文,文体不限,要求文中使用至少20个成语,题目为"说蚊"。(本师慈悲提示:可以写成说明文,说明蚊子的特点习性;可以写成记叙文,记叙你与蚊妹的某次亲密接触;可以写成议论文,议论蚊子的智勇忠义或者卑怯阴险;可以写成抒情散文,抒发你对蚊哥哥的无限崇敬或无尽思念……)

本人交作业如下:

一、我认为语文教育不应该单单包括语文一门学问。应该同时向学生传授人际交往、心理学、社会学等孩子们必需的生存技能。这些都需要用文字表述出来的东西,语文书里或多或少都得涉及。课本内容不应该只是形势一片大好,让学生误以为社会中全是阳光,我当初就是读着这样的课本长大的,幼稚了很多年。教材中应该适当掺杂些社会写实、国计民生问题,让学生从小就学会客观地看待这个世界,学会保护自己,让他们知道社会有阴暗面存在。至少要明白不是所有的陌生人都是好人,这样也许就不会有那么多被拐卖、被残忍地改变命运的孩子了。

二、大千世界,芸芸众生,各物种见缝插针地找寻自己的生态位(生态位是指一个种群在生态系统中,在时间空间上所占据的位置及其与相关种群之间的功能关系与作用。生态位表示生态系统中每种生物生存所必需的生境最小阈值。——来自百度),给地球带来了风情万种、生机盎然的妖娆,同时也带来了你死我活、适者生存的规律。

庞然大物要生存,蚂蚁蜉蝣也要繁衍。在自然界强壮排行榜上名不见经传的蚊子以吸血而代代相传。其实,让我们身上有着此起彼伏的红包的罪魁祸首是蚊妈,蚊爸经常蒙受了不白之冤。

蚊爸吮露水,啖花蜜,悄无声息,了此一生。蚊妈为了下一代,甘愿闯入龙潭虎穴,汲取生命之源。眼观六路,绕过蚊香花露水;耳听八方,避开巴掌电蚊拍。难免百密一疏,便以生命换来一片血花。从蚊的角度来看,它们用一代代的前仆后继,换来一代代的生生不息,可歌可泣,可悲可叹矣。

既生之,则搏之,这就是自然界万古不变的游戏规则。蚊且尚此,人何以堪?

二、书与杂志

书是一个人长时间心血的结晶。

杂志是许多人短时间心血的结晶。

书更大气、厚重、含蓄一些。
杂志更轻快、休闲、活泼一些。

书让人不浅薄。
杂志让人不落伍。

看书最好有大块心平气和的时间，潜心阅读，用几天一气读完，看了前面的也不要转身就忘掉，留着到后面呼应。随着书页渐翻，脑中逐渐形成清晰的线索，全书读完时，便复制了作者脑中一大块紧凑的思想。

看杂志则相对消遣，随时可以拿起，随时可以放下。在理发店、餐馆、候车室等待时，午休前找乐时，各种零碎时间都能见缝插针地翻阅杂志。有时间时，就多看几篇，先来点儿开胃小幽默，再读读独到犀利的讽刺和批判，之后再看前沿新闻和八卦；没时间时，就进行浅阅读，看一下标题，瞄两眼正文，留点儿小印象，大概了解下当今正在发生什么。

读完书，可能会喜欢上作者。
看完杂志，可能会喜欢上生活。

一部好书生命力很强，随着年代流逝它的思想仍历久弥新，因而书更醇厚、深远。

畅销杂志反映当今时尚，但追赶时尚，易被时尚抛弃，今天写出来的东西,明日便过时了,因而杂志更绚烂、短暂。

  书和杂志,各有各的韵味,各有各的魅力,请君慢慢消受,各取所需。

  三、退步了,没有学英语的感觉了

  今天考英语,我已将近一年的时间没有好好学英语了,冷落了它,它也把我冷落了,英语退步得厉害。我带着早已没有英语细胞的脑袋上了考场,阅读理解做得稀里糊涂,一头雾水,作文写得词不达意,不知所云,原来很惯用的词语全都想不起来了,最后勉强拼凑了一篇 Chinglish(中式英语)上去。这门缓火煨高汤的学科,一日不学耳生,两日不学眼生,三日不学门外汉。我已经不知有多少个三日没有学了,还能守得住几座城池?这是一个英语过了六级的人的水平吗?这是一个当年为了考研睡觉前都戴着耳机听着英语广播入睡的人的水平吗?

  原来一位英语高人说过,学英语就好比烧开水,你要持续加热,水才会逐渐升温至沸点,到了沸点还要继续加热,才能让温度保持,你什么时候懒惰了停止了,温度就逐渐下降,水逐渐冷却,最终到达室温,火热的状态只追随持续加温的人。

  不知道我的水温降到几度了,想当初热衷英语的时候,从来没烦过它,甚至觉得背单词也是一件享受且有成就感的事。某次在哪本书里看到过一位语言大师,用 A 语言交流,用 B 语言写作,用 C 语言思考,此外还精通 DEFGH 语言。于是我也想效颦一把,试着用英语思考,可惜水平实在有限,经过一段时间,脑中下意识蹦出的还是诸如"idiot""shit"这类的词。

  子曰:温故而知新,可以为师矣。这英语也和人一样,常来常往,才混个熟络,久不见面,都不搭理你了。卖油佬也知,无他,唯手熟尔。

四、郑渊洁和金庸作品的一点相似之处

一句话概括,两人的作品都是成人看的童话。

郑渊洁写的童话中夹杂了许多对社会的嘲讽和戏谑,少儿们大多阅历不深,一般是看不出来这些含沙射影的讽刺的。老郑的早期作品也挺纯情的,真的有童话的味道,像《舒克和贝塔》《魔方大厦》《皮皮鲁总动员系列》等。后来也许他想让读者见证到他的成长,日益转变为一个愤青。现在他的作品中饱含了对某些现象的不满和对某些人的蔑视,但是是用比较隐晦的方法表现出来的。

金庸的小说中有很多近乎完美的东西,比如身怀绝顶武功又侠肝义胆的英雄,集所有女性优点于一身的姑娘,还有纯粹的爱情,这些在现实中是多么奢侈。看金庸的作品时,你心里有一个安全的底线,你知道你最担心的事不会发生,因为,经验告诉你,在那里,正义是能战胜邪恶的,好人最终是有好报的,你心中的英雄再历尽坎坷,也终能练成武功完成大事修成正果,最后抱得美人归。就像童话最后总会有一个圆满的结局,虽然在途中曾经有邪恶的继母、拦路的魔鬼和诱惑人的巫婆。

因此,郑渊洁是用看似童话的文章写了现实,金庸是用看似曾经发生的现实故事写了童话。

五、看《天龙八部》的几处精彩

●萧峰悠悠一声长叹,向南边重重叠叠的云山望去,寻思:"若不是有人揭露我的身世之谜,直至今日,我还道自己是大宋百姓。我和这些人说一样的话,吃一样的饭,又有什么分别?为什么大家好好的都是人,却要强分为契丹、大宋?

女真、高丽?你到我境内来打草谷(烧杀抢),我到你境内去杀人放火?你骂我辽狗,我骂你宋猪?"

感悟:宣扬民族团结,只要是英雄,不问出身;人与人不分高低贵贱,只要百姓安居乐业,谁当皇帝都一样。

●"珍珑"是围棋的难题,是一个人故意摆出来难人的,并不是两个人对弈出来的阵势,因此或生、或劫,往往极难推算。

眼前这个珍珑的奥秘,正是要白棋先挤死自己一大块,以后的妙着方能源源而生。

这等挤死自己的着法,实乃围棋中千古未有之奇变,任你是如何超妙入神的高手,也绝不会想到这一条路上去。任何人所想到的,总是如何脱困求生,从来没人故意往死路上去想。若不是虚竹闭着眼下出这天下第一大笨棋来,可能这个珍珑再过千年也无人能破。

感悟:有时的一个大跟头,会指引你去往最光明的结局。

●有求则苦,无求乃乐。

感悟:欲望带来痛苦,快乐来自人心,幸福感来自自己。

●突然之间,数十年来恨之切齿的大仇人,一个个死在自己面前,按理说该当十分快意,但内心中却实在是说不出的寂寞凄凉,只觉得在这世上再也没有什么事情可干,活着也是白活。他斜眼向倚在柱上的慕容博瞧去,只见他脸色平和,嘴角边微带笑容,倒似死去之后,比活着还快乐。萧远山内心反而隐隐有点羡慕他的福气,但觉了百了,人死之后,什么都是一笔勾销。顷刻之间,心下一片萧索:"仇人都死光了,我的仇全报了。我却到哪里去?回大辽吗?去干什么?

到雁门关外去隐居吗？去干什么？带了峰儿浪迹天涯、四处漂流吗？为了什么？"

感悟:长期追寻的,困扰你的,可能并没有什么意义。任由岁月把它升华成了水中花,演变自最初的一个情结。

●少林老僧:"你二人由生到死、由死到生地走了一遍,心中还有什么放不下？倘若适才就此死了,还有什么兴复大燕、报复妻仇的念头？"

萧远山道:"弟子生平杀人,无虑百数,倘若被我所杀之人的眷属皆来向我复仇索命,弟子虽死百次,亦自不足。"

慕容博道:"庶民如尘土,帝王亦如尘土。大燕不复国是空,复国亦空。"

那老僧哈哈一笑,说道:"大彻大悟,善哉,善哉！"

感悟:《天龙八部》的魂就在这,一切皆为空,如梦、幻、泡、影、露、电,就是一种佛法的"无边大超脱"。

最近正痴迷《天龙八部》,每天看几十页,看得特别投入,和乔峰共悲喜。乔峰真乃侠之大者,在大侠中也排名中等偏上,比郭靖聪明,比令狐冲豪放,比段誉沉稳,比张无忌专一,他情深义重、粗中有细,是金庸塑造的又一个金牌人物,让本人爱才之心油然而生。我每每看到半夜才去睡觉,还总是由于临睡前看了太有情节的东西,大脑皮层兴奋过度,导致半天睡不着。

以上是从书里摘的,没有了上下文,看起来震撼力低点,好比是离开了整体的部分,不但不美,还有点不伦不类。但是放在原文中,绝对发人深省,是走过漫长枯燥的路程后突然出现在眼前的明珠。

狐朋狗友与我

一、怀念所有淡去的友谊

始于不经意,成于愉悦间。
疏于时空远,不觉许多年。
遥想当年事,满屋皆欢言,
共行求学路,友谊暖心田。
默契并行中,阴霾也灿烂。
难忍分别苦,有人泪未干。
闲时日日想,回首频频看。
生活似苦海,海中行孤帆。
遇乐心不喜,静坐心难安。
各为己奔忙,情谊书信牵。
时光飞流转,浓彩也变淡。
偶然猛忆起,暑往又迎寒。
见面难寒暄,各自进新圈。
未敢勤联络,情谊宜随缘。
一直勤努力,唯恐难并肩。
偶尔也自问,是否在高攀。
大浪终消隐,大势去难还。
天道尚如此,亦顺其自然。
故人早远去,自作忆一篇。

许多昔日的同窗好友联系越来越少,淡出了彼此的圈子,有时想起上学时大伙嘻嘻哈哈,在宿舍开卧谈会,一起上自习逛街,好像还是昨天,但是自分别后见面机会就相当少了,甚至一辈子再也不会见到,就算再见面也没有那种感觉了……怀念回不去的青春年少,遂写首打油诗留念。少年时的朋友有几个能长留在身边?不求一旦结交便相知到老,此时此刻和身旁的人真诚相待享受现在,足矣。

二、关于朋友

我不是一个朋友很多的人,交际不是我的长项。我把这归为遗传。我们家,我妈像黄蓉,机灵活跃,聊友众多,说话妙语连珠,擅长当面及电话开导人安慰人鼓舞人,常有求助者上门;我爸像郭靖,忠厚木讷,长年累计交往的朋友人数是个位数,但他比郭靖要内秀一些,有满肚子旖旎的人文情怀,对中外地理和历代皇帝如数家珍,有一阵子还自己录了一段李世民和魏征的故事传到网上。在谈话交友方面,我是介于他们二者之间的郭芙。以前我妈总爱说我:这孩子也不爱领同学来家里玩。那时我很不喜欢听她评价我内向,每回她一说我就会气得浑身的血都热了,但现在我慢慢地也不太在乎了,大概是变得又臭又硬了。我的性格已经被基因锁定成这样了,我干吗非要去违背自然规律呢?再说我也没她想得那么夸张,虽然我不领人去我家里,但是我去别人家啊,因此伊的观点是片面的。

况且,你也不可能和你遇到的每一个人都成为朋友。我还一度羡慕过有这种天赋的人。两个人差得太远,在一起总会有一个感到不爽或者都不爽。和一个处处比你强很多的人在一起,你就没有本能地感到有些自愧不如？同学聚会时，混得不好的或自认为混得不好的一般都会躲避不去，觉得自己过得不错的才会迫不及待地赶去秀。因此，在同一水平线上的、臭味相投的，相处起来才没有什么压力，最适合了。这与其说是一种对别人取得的成绩的嫉妒，倒不如说是一种"我落后了"的恐慌。

如果朋友太多，难免顾此失彼，一定亲疏有别，所以要那么多"朋友"有什么意思呢？有少数几个交情相当好的，就够取悦灵魂了。

以前我曾向人灌输过"朋友是要选择的"这样的思想，遭到鄙视。也许以后有一天，我这所谓的正统性也会被现实性代替，人鬼通吃；也许以后，我再看我现在写的东西，会觉得自己这时够迂腐的，也没准。

三、实习生活开始了

前一段时间我过得太悠闲了，让自己提前进入了暑假状态，每天无所事事，四处游荡，快成一块腐肉了，无聊的人还总爱找茬，写的东西都是批判现实主义的。现在，这样的日子到头了，过几天，我要北上到某一小城开始实习生涯。

昨晚，我和朋友们一起去唱了歌，之后又打了麻将，半夜才回到老巢，这也许是苦难之前最后的过瘾了。也不能这么想，工作还有好的一面，就是要开始赚钱了，虽然只有屈指可数的几张，但再小的蚊子也是肉啊。有了钱以后，我幻想般的计划又有了物质寄托，好像某故事中的养蜂人一样，家里很穷，只有几只小蜜蜂，酿了几滴蜜，但是他想，酿好了蜜卖了就可以买几只小鸡，鸡长大了卖了买羊，羊长大了买牛，牛耕了田就可以有钱娶老婆生儿子，儿子不听话扇他两耳光……想到快活处，养蜂人真对着虚拟中的儿子扬起了手,却不幸打翻了盛蜜的罐子,弄翻了他未来的幸福。本人现在也和那养蜂人一样,身边堆着没收拾好的行李,桌上一片狼藉,却先在这支付幻想中的薪水了。不能再偷懒了,开始干活了。

杂感几则

一、近况

我的效率真低,低得令人发指,看来我有进政府机关的潜质。每天在桌前坐禅,装模作样地摊开一本书,look(看)它而不是 read(读)它。

自从吃单位的白食以来,越发膘肥体壮起来,0 正在向 ○ 发展——原来我也是个一有机会就腐败的人,这么小规模的公款吃喝都抵挡不了。

算了,没什么大不了的,子曾经曰过:食色,性也。人人骨子里都是猪八戒,为生计或形势所迫,一部分人才不得不变身成了孙悟空和唐僧。

二、有人轻松有人忙

我最近出差近一周去某局,回来了。

某局的员工工作真是轻松,一杯茶水、一张报纸、一台电脑,日子就这样天天在悠闲中度过。有的是时间,大家便都有精力花心思修饰自己还交流心得,因此那里美女如云,从头到脚珠光璀璨、摇曳生姿。有的是时间,大家不能让心智白白浪费啊,研究研究厚黑和薄白吧,因此他们深谙"世事洞明皆学问,人情练达即文章"。

难怪大家都挤破头想进这样的单位,"钱多事少离家近,别人加班我加薪"——我没有贬低他们的意思,是带点酸溜溜的嫉妒吧,有点向往但又害怕进这样的单位,其实真要天天做这样的工作人就憋死了,一眼望穿了今后几十年的日子,生活真是"淡出鸟来"。

悠闲之于生活就如盐之于菜肴,没有它无趣无味,但过多也会让人脱水不健康。生活得像果仁巧克力,需要藏着一些意想不到;但也正是这些意想不到,才让整块巧克力更有味道。

三、钱的问题

为什么封建社会时中国妇女没地位?因为没工作,没工作就没经济来源,好像寄居在家中一样。虽然她们要干繁重的家务,有时还下田推动生产力发展,可以说没有她们的辛勤劳作和低眉顺目,老公们哪能生活得如此惬意独裁?但是,她们只是家里的廉价劳动力,厂房和资金还是属于老公们的。经济实力决定政治地位,然也,到现在依然是真理,看看全世界哪个国家最牛,再看看人家是不是最有钱的,就能明白老大们的底气都是钱砸出来的。

四、男女选择

有点才很有貌的女人比有点貌很有才的女人吃香得多,有点帅很有钱的男人比有点钱又很帅的男人抢手得多。才女与帅哥在美女与大款前,百分百败下阵来。为什么大款总爱找美女,美女总爱傍大款,你选择了我,我选择了你。

聪明的女人喜欢选择聪明的男人(因为聪明的男人带来财富和安逸的生活的可能性更大),而聪明的男人往往喜欢选择愚蠢的女人(好男+次女)。长得好的男人喜欢选择长得好的女人,而长得好的女人往往喜欢选择长得不怎么样的男人(好女+次男)。

这也算另一种的男女平等吧。

上帝怕好男+好女组合生下的后代把次男+次女组合生下

的后代赶尽杀绝,于是把他们中庸平均了一下,大家半斤八两,各有千秋,谁也不服谁,闹闹哄哄再战百年。

五、很多副作用

前一阵我霉运当头,小病不断,接二连三地去药店和医院,手头有三四种药。我留意了一下,每种药的副作用真多。药厂自己都不好意思把这么多的副作用写在一条里,于是把它们分成了几项,分别称为不良反应、禁忌、注意事项等,总之都是不好的一面。手头有药品说明书的可以看一下,副作用的篇幅一般能占三分之二,果然是药就有三分毒。看来我多年"能坚持住就尽量不吃药"的主张是正确的。感觉药好像是给你扑灭了一团大火,又在其他地方埋下了火种。

难怪说药补不如食补。药物里有不为人知的副作用,食物里有不为人知的营养。

有段岁月,这样度过

为革命保护视力!眼保健操,预备,起!第一节,揉天应穴!每次听到这音乐,骨头里都泛起熟悉的感觉,这是小时候课间必放的音乐。洒满阳光的操场,男生们你追我赶地追逐嬉戏着,女生们玩跳皮筋、跳方格、丢沙包……许多记忆,虽然久远却又清晰……

● 冰棍1毛钱,雪糕2毛钱,甘草杏1毛5,果冻1毛5,最好的雪糕5毛钱,天价了,几乎没舍得吃过,名叫大冰砖。

● 每天晚上6点半准时收看动画片,《忍者神龟》《机器猫》《聪明的一休》《圣斗士星矢》《宇宙的巴人希曼》《非凡的公主希瑞》……

● 背着小板凳和一书包吃的去开运动会,运动会开完了,吃的也吃完了。

● 每学期开学发新书后,拿牛皮纸和挂历纸包书皮。

● 每个六一儿童节,让老妈四处去借蓝裤子和白球鞋,还因为借来的裤子不是理想中的蓝色而不高兴。

● 拿个塑料袋,系条长线绳,在风大的时候出去放风筝,听到了"傻子"这样的旁白。

● 秋天捡落叶,挑出粗壮的叶柄,比谁的更韧,玩一种叫"拔根"的游戏。

● 夏天穿塑料凉鞋,冬天穿名副其实的棉鞋,条绒布里面包着棉花,薄薄一个鞋底,男孩子穿黑色的,女孩子穿红色的。

● 收集过许多东西,包括邮票、火柴盒、糖纸、石头、树叶、玻璃球、贴人……

● 尤其喜欢花花绿绿的贴人,背后有不干胶的那种,零花钱几乎全拿去买这个了,剪成一小块一小块,放在袜子里,装满了好几只袜子。

● 蹲在地上看蚂蚁看得如痴如醉,点根香烧蚂蚁的屁股。

● 住平房,经常很晚的时候还不回家在外面玩,小伙伴们一起东奔西跑。

● 喜欢直接从自来水管里喝凉水,注意别让妈妈看见。

● 有几次到了学校,才想起来要求背诵的课文忘了让家长签字,狂奔回家,一定要完整地背一遍,再签字,再狂奔回学校,颇实在。

● 每个假期刚开始时,计划定得井井有条。

● 每个假期的作业不拖到最后是不会去写的,每次都是开学前几天才猛赶作业,还老做已经开学了却只有自己没完成作业这样恐慌的梦。

● 玩胶泥。

● 抓到天牛后,养在罐头瓶里,天牛最后往往被折磨致死。

● 每个假期,发一本叫《寒假作业》或《暑假作业》的大书。

● 有些衣服是老妈做的,家里有一台缝纫机。

……

每当我在梦里梦到回家的时候,回到的总是我在小学时家里住的那套平房,初中时家里搬到了楼房里,后来又搬了一次,仍是楼房,家乡的平房住宅日益稀少了,但我从来没梦到过家是住在楼房里的。十几年来,一做梦回家,永远是那套平房——路东区十排四号。可见一个人童年的经历,扎根在脑海深处,常以梦的形式蹿出来。

童年美好的人是幸福的,青春小鸟一去不回来。回忆似乎会故意过滤掉不愉快似的,回忆中总是快乐的事居多。长大后有了网络,论坛里贴吧中的小伙伴们回忆起儿时的情景,竟然都那么相像,有那么多共鸣,似乎全国人民都是一个村里长大的。

过去逐渐变得缥缈,被岁月蒙上一层朦胧的纱,轮廓模糊,颜色消逝,当我们回头看时,再用想象给它们涂上色彩。

现代人的难知足

中国女子绝大多数永远都在减肥，韩国女子热衷整容，日本女子未化妆的话不见人。基本上来说，亚洲人对自己的容貌没什么自信。美丽的觉得自己还不够美，中等的觉得自己有点丑，有点丑的觉得自己这辈子都难抬头，被容貌一票否决了。

哪个年轻小伙不做着找个美女当女朋友的梦？哪个年轻姑娘不希望自己就是那位美女？年轻女孩的容貌对她的影响远超过了它应有的程度，姑娘们都挖空心思打扮自己，她们按照假想中的标准来要求自己的长相。已经有了相对匀称的身材，相对和谐的五官，却拿自己和封面模特比，总认为自己还不够瘦，不够白，脸不够光，眼睛不够大，睫毛不够长，鼻孔也不是完美的水滴形。

总体上，西方人的性格热烈奔放一些，东方人的性格含蓄内敛些，所以西方人比东方人要表现得更自信。他们认为自己特有的东西一点也不比别人差。哪怕长了一个满是雀斑的鼻子，哪怕有一头鸟巢似的头发，哪怕脸上长了一颗大黑痣，痣上还长了一根毛——也不会影响他们谈话时直视着别人的眼睛，不会影响他们略带自负的自信，不会影响他们眼中焕发出的光芒。按照咱们的审美观，黑人比我们难看多了，我们谁要长成那样真算人生中的一大不幸。但是人家也没觉得长成这样就得一头撞死，就得集体自卑，人家照样过着快乐的生活，知道自己笑起来牙比别人显得更白。

我们总是在追求着某种标准,并依此砍掉个性的部分,填补上缺漏,塑造出大家公认的标准版。除了对容貌的看法,对自己、对子女的教育也如此。一方面突出、其余的都逊于常人,远不如没有一门拔尖、但门门都不错来得好。这就是我们的理论,我们喜欢总分制。一个人在某方面极有才华而在其他方面较次,如果走一条正常的路,很难苟活过层层的考试。他会被评价为,因为此人最短的那块板太短,所以这个桶不如别人能装水。

这是不是因为我们太虚荣?我们想做一个万金油,哪一方面落下心里就会难受。不放过每一个可以晒的机会,生怕别人瞧不起自己,干脆先把牛吹出去,在不经意间向别人显露着自己的优势,谈笑间该有的都有了,还显得很上档次,于是自己就能长期活在别人的仰视中了。人们心中欲望无穷,想要自己长得不算丑,情史不算短、赚钱不算少,工作不算忙,房子不算小,生活不算次,交际不算窄,去过的地方不算少,另一半上得厅堂、下得厨房,孩子不光学习好,而且吹拉弹唱、琴棋书画样样行……以上最好都能拥有,哪一个没有,就该郁闷了,心理压力又大了。为什么现代人心理压力都这么大,就是因为我们甘愿被一个框架束缚着,心中有一个完美的标准挥之不去,往中心的中心挤,向上层的上层爬,我们总在追寻的路上。

寒假回家

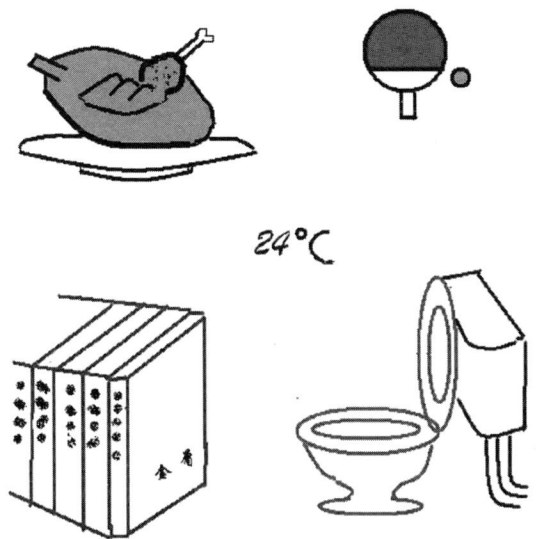

吃有肥甘厚味，耍有乒乓健身，读有武侠漫画，居有宜人恒温。

智商诚可贵,情商价更高

我最近发现并逐渐接受了一个事实——我可能是个情商不太高的人。情商通常是指情绪商数,简称 EQ,主要是指人在情绪、情感、意志、耐受挫折等方面的品质。网上说情商包括五大能力:一、认识自身情绪的能力,二、妥善管理情绪的能力,三、自我激励的能力,四、认知他人的情绪的能力,五、善于协调人际关系的能力。我觉得这些基本都可以归结为自制力的问题。这里面有妥协忍让,有圆融变通,也有控制驾驭。和高情商的人在一起,会有如沐春风的感觉,谁都愿意接近他(她),他(她)的付出也是他(她)的收获。

我呢,还没修炼到可以把情绪收放自如的地步,遇到点小烦恼就会感到很挫败,遇到点小鼓励就会很鸡血。越挫越勇、百折不挠的人,真让我万分佩服。我有时还看法偏激,会一口否决掉也许还不错的东西;还有点小心眼,常和自己较劲,卡在一些无所谓的小事上过不去;我办事拖拉,效率低到负值;我还缺乏眼力见儿,在寒暄、解围、打圆场方面我不如他、她、你。但是,如果你和我一样,觉得自己情商低,也不必过分担心,随着年岁的增长,人的情商会慢慢提高的。智商方面在衰退,情商方面在增长,这是生命的弥补。

还有如何摆脱自卑感。人人都有自卑情结,自卑时,看看下面几句话:

现在,请无条件接受你自己。

当你担心别人会怎么看待你时,他们大概也在担心你怎么看待他们。

有时在很大程度上,人们对你的看法是不准确的。

既不可能,也没必要博得每个人的欢心。

存在就是你的价值,而不是你的所为和所有。

以上的话适用于略有些自卑的人,感觉良好的人就跳过吧。

总之,接受自己,面对现实。你转过头不看它,它还是在你背后一如既往地存在着,等着你终于有一天能转身面对它。智商高情商高的人,春风得意;智商低情商高的人,贵人相助;智商高情商低的人,怀才不遇;智商低情商低的人,一事无成。正可谓是"智商诚可贵,情商价更高"啊!

知否知否,应是先天肥后天瘦

一个人成不成功,或者说能走到哪里,很大程度上从他(她)出生时就已经确定了。

出生时每人被赋予了三样东西:家世、才智、相貌。这三样连同后天的努力,共四样。如果更直观一点,量化一下这四样对一个人发展所占的比例。那么我以为,前三样与生俱来的,每样 100 分,后天的努力 150 分,共 450 分。

一对一地看,后天的努力起的作用比家庭出身重要(寒门出了贵子,平民成了巨头),比一个人的才智重要(勤能补拙,笨鸟先飞),比相貌重要(漂亮而不努力,得宠也是昙花一现而已),但前面的小三门整体一加,合力可就大于后天的努力了。300 PK 150 等于 2:1。外在环境中的顺风顺水,作用大过功率有限的发动机(即一个人最大可以付出的努力),更能让一只小船轻松过万重山。假如某人天生就比你多了 150 分,可以说,你这辈子无论怎么努力都超不过他(她)了——这不是悲观,是客观,现实是多么脆弱的小宝贝呀。

家世、才智、相貌,好比一个人的三原色,调和衍生出他(她)的许多特质。

家世与相貌:决定了一个人的起点、仪表、气质、魅力……

相貌与才智:决定了一个人的风度、社交、自信、机会、人脉……

家世与才智:决定了一个人的教养、谈吐、情商、视野、胸怀……

你说,人不还得有运气吗?一个四样都中等偏上的人哪里还需要什么运气,放到哪里都是一颗闪亮的小钻,已有一条康庄大道铺好,伴他(她)走完光鲜的一生。这样的宠儿我们总能遇着几个,上帝造若干个寻常百姓,就造一个这等令人咬牙切齿的人出来。若是女人,就常出现在众多男屌丝的梦里;若是男人,就是上了相亲节目24盏灯全亮的主。

毕业在即,日子飞快

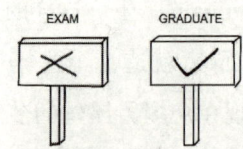

考了一个没有悬念的试和答了一个没有悬念的辩。

一个肯定考不上,一个肯定过得了。

(是什么考试肯定考不上啊?就是那个"天下第一考"啊。)

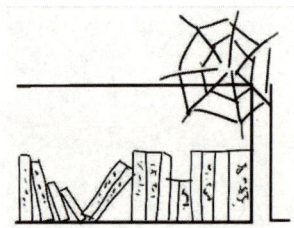

没压力没动力没感觉没心情。(书架上的书说,主人,你很久没有来光顾了。)

不着急不生气不激动不在乎。

聚散皆是缘,苦乐都随心。

一扇门已经关闭,一扇窗还没有打开。

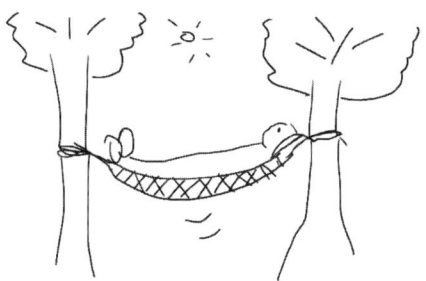

突然明白,重要的不是过得是不是牛×,而是过得是不是快乐。

——马上要毕业离校,工作无着落,国考挤破头,就业压力轰隆隆袭来,画几张漫画自我解嘲,转身又买了一盒《仙剑》游戏,今朝有酒今朝醉吧。必须人先爽,才有可能走下去,先把心情哄好了,才能在失业的日子里越挫越勇;只有屹立不倒,才有可能琢磨对策。

随便一句话

独自观影

看了一次全场只有我一个人的电影。偌大的放映厅只有我一个人,虽说想坐哪就坐哪挺自在,但一个人坐在偌大又光线昏暗的观影厅里也有点瘆人。不知放一次电影的成本是多少。我肯定是赚了,却没有感到有多好。大概因为最近看了很多电影,眼光越来越挑剔了。

日子寡淡是正经

上帝喜欢普通人,不然他不会造这么多普通人出来。同样,生活喜欢平淡,因为这么多日子都是平淡的。现实中哪有那么多激情燃烧和出其不意呢。天天有惊喜,太假。

悲剧疗法

一个人要是吃饱了撑得没事干想找郁闷,去看看别人的悲惨处境不失为一个有效的方法,比如看一本悲剧小说,或一部特悲情的电影,或关注一下骇人听闻的社会民生新闻,了解到原来天底下还有如此不平事、如此可怜人,自己心里不知怎么就好过些了。这在心理学上还是有理论支持的,号称以毒攻毒,以悲情治疗悲情。这也是人骨子里存在的一种"幸灾乐祸"的本能吧?

审美疲劳

我最近发现,我常看的那几个名人博客明显不如以前精彩了,是我审美疲劳了还是他们写得疲劳了?用中庸之道来解释,二者兼而有之。再好的作家也不可能每天都写出精品来,一个蚌哪能天天产珍珠呢?当它费劲地为你磨砺时你就耐心地等待吧。并且,即使真的天天都把上品呈给你,久了你也会麻木的。天天吃山珍海味,人肯定会厌烦的,人真的是个难伺候的生物。

老与嫩

年轻时充老,年老时装嫩。

外表年轻,体质衰老,心情更年期。

第六部分 家庭篇——

拖家带口：身忙屋乱看娃做饭

一个好的父母应该是这样的：给孩子编织童话般的梦，让 TA 有天真烂漫的幻想，相信世界是美好的；培养孩子好的性格、脾气、能力，使 TA 有梦想且有为之奋斗的痴心和童心；锻炼孩子接受失落和挫折的心态，一旦想要的没有达到，也可以泰然处之，进有花花世界，退有世外桃源，把普通的日子过得有声有色。

很多人都是一心想做个好父母的，买了很厚的育儿书，在空间里微信上传递着儿童营养食谱，给孩子拍美美的照片。但是，食谱上的食品从没做过，在孩子小的时候更愿意出去快活也不愿意窝在家里陪孩子，等孩子稍大一些就逼着TA努力学习考高分，看手机的时间比陪伴孩子的时间长，耐心非常有限，总忍不住对孩子乱发脾气。

想到和做到，中间隔了十万八千里。

虐己和悦己

我把我的生活大致分为三个等级，分别是上等、中等和下等。

如果某天我根本没有上网、手机几乎没碰（用来消遣的玩意儿一概不摸），做了一大堆刷洗收纳的家务、炖肉做鱼，高效率学习一两个小时，听一段颇有洞察力的广播之后深深赞同主持人的观点并钦佩，看一小会儿书，写了篇自己满意的东西，完成当天的锻炼指标，完成大任务中的一小步——这是上等的一天。

如果某天我早早起床上路，穿过川流不息的城市到达单位，如常上了几节或说得过去或无聊透顶的课，开会神游，做分内的工作、赚应得的工资，下班拖着疲惫的身子回家，看两眼电视然后洗洗睡——这是中等的一天。

如果某天我既不必上班，也懒得学习，睡懒觉、逛街、吃方便食品，工作任务或家务拖到明天，中午下馆子大吃三斤，下午又饱睡半日，斜躺在沙发上玩手机、看八卦、上淘宝、吃零食、打游戏、追漫画、搜综艺节目，没做任何运动——这是下等的一天。

过完上等的一天，我感到行为受到了约束但是内心很充实，我是如此充满正能量，蒸蒸日上，长此以往必会当上 CEO，嫁给高富帅，实现人生梦想。过完下等的一天，我内心快乐且滋润，对酒当歌，生活如画，生命苦短，本该如此享乐，何必和自己过不去，却又略感空虚。过上等的一天要虐己，过下等的一天是悦己——我对自己，该虐还是悦？

人是有惯性的生物,经常过哪一种生活,慢慢也就适应了。当我需要通过某个重要考试必须发奋时,当我为了减掉体重时,当我必须在有限的时间里完成某个任务时,我不得不把自己调到虐己模式,初始会很痛苦,一旦渐入佳境也就适应了,虐己时期每一天甚至每一小时都是珍贵的,是有回馈的,虐一分出一分的活儿。此时我像一辆在高速路上畅奔的汽车,不需要多么大的油门,只要保持住、别多想、向前冲就对了。此时我的状态已经和目标达成了默契的平衡,我可以在相对不那么痛苦的状态下得到较高的回报。或者,我想享受一下,不再准时起床,不再提高效率视拖延症为大敌,而是放松打牌,观光遛鸟,接连不断地犒赏自己,长期这样悦己会怎样?整个人仿佛沦陷在温柔的窝里,骨头都酥了,人也快摊成一摊泥了,懒癌入骨髓。这种状态想再调整到虐己状态,还会经过一段加倍痛苦的时期。

　　许多个小虐叠加起来,可能会换来大悦;反之也适用,许多个小悦叠加起来,也真会换来大虐。真是虐中有爱,悦中有害。然而又有几人能抵挡悦的诱惑,把持住悦的尺度呢?这正是,不悦己对不起自己的今天,不虐己对不起自己的明天啊!

科学岛·绝句

合肥城西边,有世外桃源,小巧科学岛,别样一片天。
无潮男媚女,有农舍闲田,少声色犬马,多探索乐园。
头上绿冠盖,脚下芳草毡,葱茏中行人,景区中炊烟。
行林间小道,停藕荷塘前,铺荷叶满眼,缀几朵白莲。
中国科学院,岛上把家安,学子与泰斗,咫尺共科研。
晨论文调研,暮项目实验,冬克三九苦,夏练三伏天。
抛纷繁嘈杂,品八分恬淡,同喜鹊知了,享九分简单。
远钩心斗角,离功名金钱,鄙明争暗斗,忘宝马丰田。
有客驱车来,抛纷扰半天,岛中数十日,世上已千年。
既长驻于此,则留之心安,虽三点一线,亦苦中作甜。
闲打球锻炼,师兄弟聊天,生活如清水,明澈如校园。
恍然流年过,伴幸福平安,今暑期离去,赠老陈共勉。

科学岛是合肥的一处景点,一个绿树成荫的小岛,也是老陈工作的地方。这首打油诗是没结婚时送给老陈的,也算一首情诗了。所谓情诗,就是在两个人初识不久对彼此还不是很了解的时候能写出来的东西,一旦共同生活多年,就和浪漫都绝缘了,连客气都省了,聊天内容也变成了你妈还有我妈,这锅你刷还是我刷。

你问我想要什么

你问我想要什么,想要什么?

很多的玩具,父母的赞许,还有遥控的大飞机;小芳不理我,我就找小丽。

你问我想要什么,想要什么?

很多的人民币,迷人的伴侣,还有拉风的我自己;欧洲度假期,圈中晒甜蜜。

你问我想要什么,想要什么?

工作算满意,手里有积蓄,还有朋友聚一聚;宝贝儿子乖,样样都争气。

你问我想要什么,想要什么?

身旁的老东西,儿女常惦记,还有可爱的小孙女;高富帅官星,哪如好身体。

你问我想要什么,想要什么?

我多大年纪,自己也忘记,还有牙齿三五粒;所有都远去,剩点点回忆。

喜怒哀乐事,何必太在意,有再大风雨,也能走过去。

拼一生力气,感动了自己,心浴阳光里,身似化春泥。

模子里的婚礼

一、没意思的婚礼们

近些年我参加了很多场婚礼,觉得都非常一般。有时音响声音超级大,音乐放得震耳欲聋,看见故人想聊两句,也未遂,只想尽快逃离这个聒噪的现场;有的男方领导讲完话再女方领导讲话,领导手拿讲稿,念着也许是网上下载下来的内容,只是把名字换成新郎和新娘的,稿比人更闷,念完众人鼓掌,好像把会议室搬到了酒店,典型的中国式聚会,领导风光了就行;有的主持人的搞笑方式僵硬又呆板,为了活跃气氛而活跃气氛,实在没有就别硬憋了;有的安排让新郎新娘互动一下暧昧一下,浅了会觉着不过瘾,深了又免不了低俗。发放的喜糖拿回家都成了鸡肋,现在谁还稀罕吃糖块啊,家里常堆着近期参加婚礼带回来却吃不了的喜糖,放久了就扔了。折腾半天全都这样,想想有点悲剧。

二、婚礼主持

婚礼上的主持人非常重要,既可以把婚礼主持得温馨隆重,也可以把一场婚礼弄得既庸俗又无聊。在老陈那边的父母家结婚时,婚礼上那个蹩脚的具有浓厚乡土气息的鸟主持人煽了不必要的情让我差点泪奔,他背着不知是已经背过了多少遍的词,"拉着生我养我父母的手,儿给你们鞠一躬,儿忍不住双泪往下流……",好像是我被判了几十年要进去了似的,此人不具备临场发挥博人一笑的本领,只好用力煽情了。并且我认为他恶搞了我的父亲,借喜庆之名把我父亲当小丑耍,我当时很愤怒,都想来个猪八戒摔耙子,怒斥那厮一声:你!有!完!没!完!?对此我耿耿于怀了很久。多亏此人,我这辈子在老陈面前又多了一个唠叨的素材了。人在结婚当天大脑是很空白的,宾客如走马灯一样哗哗游走,忘了见了什么人,说了什么话,而且情绪容易被煽动。主持人做好本职工作就够了,过于展现自己会招来别人的反感,除非他的才华配得上他的展现。

内向与外向

有一种伞，图案印在伞的内侧，不撑开的话看上去只是一把黑伞，撑开以后，伞的里面别有洞天，打伞的人向上一瞧，有一幅赏心悦目的图画在头顶绽放，不是漫天星斗，就是童话世界。这种伞像一种人，内向却内秀，外表呆呆的，是黑白的，内心却旖旎绚烂。

有一种工艺品，木质空心，椭圆蛋形，外面涂着艳丽的色彩，一般漆成卡通娃娃的样子，可以分成上下两半，打开后里面空空的，内壁当然也没有图案。这种玩具也像一种人，是那种外向话很多的人，所有的想法全都展现在外，旁人在很短的时间内就能得到关于他的很多信息。

内向人的世界是向内发展的，他们能向内挖掘出无限的空间，就像霍金某本书的名字，果壳中也有一个宇宙。

外向人的世界是向外扩散的，他们渴望成为所有人的中转站，渴望与外界建立千丝万缕的联系，恨不能延伸到宇宙的尽头。

如果你是那把伞，何不渗透些美丽到外面，让大家都能欣赏到本属于你的美；如果你是那个木质工艺品，何不藏些图案在里面，留点惊喜给那个打开你的人。

打乒乓

这段时间每到晚饭后,我和老陈就去离家不远的中国科技大学的校园里打乒乓球。我们都是乒乓中的发烧友,有多年的打球史。若此生有幸成为土豪,一定要在家中的某间屋子里放张乒乓球桌,这样就随时都可以杀两局了。

乒乓球这东西,遇强则强,遇弱则弱,所以我不喜欢和菜鸟打,水平会被拉低,当然高手也不屑和我打,我是介于二者之间的两栖球友。水平高的人和水平低的人打是对水平低的人的恩赐,因为他在降低自己水平的同时提高了对方的水平。两个人对打久了,实力会越来越接近。所以打乒乓球若没有好对手,宁可不打也不要随便找搭档。

乒乓球虽然小,却有很多中国人的计谋在里面。还有哪项运动比乒乓球更振我国威更让中国人扬眉吐气的呢?弹丸小球的游戏暗藏了几部兵书在里面,比如《孙子兵法》《三十六计》等,老外们哪里懂得这其中的玄机。

开局了,若我方旗开得胜,先赢几球,搏个开门红大振军心,这是一鼓作气;

若我方先输几球,暂时落后也不要紧,瞅准机会扭转败局,这是反客为主;

我方发球时本打算落球处偏左一点,偏要眼神有意无意往右瞟一眼,迷惑对方,这是攻其不备,出其不意;

接球时,你擅长上旋,我下旋克你,你擅长拉球,我扣球杀你,你擅长扣球,我短球钓你,兵来将挡水来土掩,这是以谋取胜;

我上一球诱你出界,下一球引你撞网,东钓西钓长拉短推,让你摸不清套路,这是兵不厌诈,攻其所不守也;

曾有位世界级女将发球前先大吼一声,气势如虹,震慑住对方,使对方气短三分,这是树上开花;

你来我往数球过后,亮出一个自己擅长且从没展现过的发球或接球,让对方不好招架,这是出奇制胜;

打到决胜局时,与其说是拼技术,不如说是拼心理,患得患失放不开手脚就很难占据主动了。若选手沉得住气,表面平静如水,心中早已将输赢置之度外,定能发挥稳定甚至超常,犹如一匹黑马,要有"即便输了,下次吾定杀汝个片甲不留"的豪气;若赢了,表面依然不露声色,但心中明白我方本就有这实力和气魄,我大中华之国球何时屈居过第二?

一场球下来,我方运筹帷幄,将祖宗的兵书搬到了球桌上,对方除了吃了意料中的失败,领教到了乒乓球这东西还是中国人玩得厉害,又哪里知道指导他们对手的是孙子或是孔明呢?

装修进行中

俺们要装修了,我的老娘千里迢迢从山西赶来给力帮忙。人经历过什么,便会成为这方面的半个专家,考个研会变成考研专家,找过工作会变成找工作专家,举办过婚礼会变成结婚专家,想必经过装修也会成装修专家。因此我打算写个装修日记,看我们是如何从两眼一抹黑逐渐走向豁然开朗的。

一、看

装修基本流程是打墙,水电改造,瓷砖和吊顶,木工,刷漆,安装橱柜,卫浴,门和铺木地板等。

第一步,看。一个是要在网上学习网友们总结出来的经验,再一个是一定要实地四处多看看。邻居们已经有不少开工的了,先各家各户参观学习一番,尤其是看和自己户型相近的装修思路,群众的智慧是无穷的,一定会有可以借鉴的地方,比如这家晾台搭的架子有亮点,学习之;这家墙体改造得有道理,学习之;这家圆弧形吊顶非常美观,学习之;这家装修过程有经验教训,自己装修时就可以避免……看得多了,对如何打造自家房子心里就有数了,同时对装修总花销和当前装修建材市场的行情及各个装修公司也可以有个大致的了解。我的休息时间基本全用来和老娘去看房了,奇怪的是看过谁家第二次见面时人家就会记得我们母女俩,我们却不一定记得他们,用老娘的话说就是我俩同时出现特征明显、相貌相似、容易辨认,是两头戴眼镜的猪。

二、选装修公司

看得差不多，就该选家装修公司了。装修是件庞大的系统工程，找个装修公司帮忙可以少操许多心。装修公司装修的方式有半包和全包，全包的话自己就不能自由选择材料了，因此一般来说半包比较合适，这样杂活装修公司做，瓷砖地板之类的建材可以自己选。如果有人足够能干而且认识内行人的话，也可以自己找工人来做，还可以小省一笔钱。但是那样的话非常辛苦，所有的建材大到瓷砖橱柜小到五金件都要自己跑腿买，基本会累死在买材料的路上，而且许多材料只用一点也要买，最后剩下的都浪费了。

确定哪家装修公司，我们也磨蹭了好久，花了很多时间到各家公司开工的业主家里去看他们工人的手艺和管理情况，认真地比较分析。我、老陈、老娘三个人，除了俺，另外两人一个急性子，一个慢性子，着急的想尽快敲定，谨慎的想慢慢斟酌；除此之外，客厅餐厅铺木地板还是瓷砖也僵持不下。各家装修时都会有各种各样的人民内部矛盾，让大家皆大欢喜的解决办法就是让一人全部操刀另一人不闻不问不挑剔，此乃上策。装修过程中有争吵甚至还有闹离婚的家庭就是因为参与的人太多了。

最后我觉得其实选哪家装修公司，基本和找对象一样，从某种意义上来说，选谁都一样。不能看外包装和噱头，要看中期合作和后期效果。否则华丽的开始配上了生涩的过程，是多么令人自嘲啊。当我们对N家装修公司都快审美疲劳时，终于敲定一家基本还算满意的W公司。其实对我来说，有老娘这样英明神武的人出马监工，找个大便装修公司我也是放心的。

三、花钱如流水

装修公司在 5 月 2 号那天进场了，瓦工先进场，修墙、砌砖包管子、贴瓷砖。之前的打墙、水电改造是我们自己找人做的，打墙找的流动工人，墙体边缘齐整，基本令人满意，水电改造这一项找了同事的亲哥来做，目的是图个放心。因为水电改造这项非常重要，做好后封起来就隐蔽了，有问题可就麻烦了，等着刨瓷砖挖墙吧。看不见的比能看得见的更要多关注一些。

我们装修尽可能简单，一来省钱，二来避免时尚的东西早晚过时，家具除了储物柜和鞋柜其余都不做。自从装修以来，就好像在烧钱。大头花费有买瓷砖、交给装修公司的钱、买装修材料等，稍小一些的如交给物业的、打墙、随时买个小件的花费也积少成多，更小的钱如每天的盒饭钱和路费各种小开销都没详细再算入。钞票每天都在流走，几个工资卡轮流刷。如果有幸摊到一个好的项目经理会省心不少，他负责调派督促还有监工，及时发现毛病并让工人整改。老娘经过连日在各家观察，钦点了一个精明强干的项目经理。昨天项目经理来了，目光炯炯全屋扫视一番，一眼发现水电工漏掉一根冷凝水管没归到墙里，中央空调的一根管也要再动动，指点江山数处。看来此人倒是利落又负责，还可能是因为他前两天开口和我们要 1200 元（因为水电是我们自己找人做的，他们要善后处理，而且这一块儿没赚到我们的钱），我们乖乖交了的原因。拿人钱财，为人出力嘛。

四、琐碎一箩筐

装修是个又脏又累又细的活儿，要做到一惦记着；二准备着；三多逛建材市场眼观六路，多和邻居们交流耳听八方。装修公司进场后我们暂时省心了，但仍要记挂着许多杂事。

比如水管电线管封闭前,最好照相存底,哪里走水走线在照片里一目了然,以后万一哪里要打洞钉钉子之类的,不会损伤到它们。更保险的再画一张图,电子版纸版的都有了。

木工活做完,退场,中央空调包好,鞋柜打好,储藏室柜子打好。

水电管封起来之前要做打压试验,管材厂家上门给做这项测试,业主旁观。

水电管封起来前让太阳能热水器厂家来人把热水器的电线连上。

墙有空鼓,让物业来修空鼓。

到楼上做闭水试验,漏水,让物业来修。

自家厕所干湿区和阳台刷防水涂料,做闭水试验。

安煤气表。

瓦工继续贴瓷砖。

看门,准备订门。

最近我们在电脑上列了一个 Excel 表格,把各项花费明细记录下来,钱花哪儿了一目了然,也便于算总账。

五、选选选

天气热了,老娘回家去了,留下我和老陈继续革命。

装修公司快退场了,最近正在刷墙。我们这边,奔波穿梭在各个建材市场中,比较、选择、讨价还价。近几个月都没过过周末,每个周末都是装修日。要买的东西太多了,最近我们买了窗台石头、门槛石、玄关玻璃,目前正在选购木门、橱柜、地板、厨房移门、吊顶、灯具。每一项都要考虑若干指标,比如橱柜选什么牌子,A、B 还是 C?台面选什么材质,石英石、人造石还是亚克力?柜门选什么材质、吸塑、双模面还是烤漆？油烟机灶台用什么牌子？地板选什么牌子，甲、乙、丙还是丁？选择实木的、强化的还是实木复合的？横着比竖着比，上网查完再比。花的都是自己的血汗钱，不想买回去以后出了毛病再憋气。老陈是个细致认真到令人发指的人，恨不得做个正交试验选个最优组合出来。有选择综合征的人最好不要参与太多装修过程，有那么多选择题要选，选项还不止4个，他自己已经被纷繁复杂的牌子搅得脑袋晕乎乎，很多时候筛选累了审美也疲劳了，最后胡乱一抓，就它了。

买东西一定别忘了讲价。比如我们看对了Y品牌的木门，在几个建材市场里Y木门的售价都是八五折，某天我们突然想到住的地方附近有个Y总部，去了总部那里把价钱讲到了七折，还抹掉了零头，2320元的门以1600元拿下，尝到了讲价的甜头。省点是点，积少成多。

装修基本要告一段落了，因为钱已经花光了。我们所有的积蓄和工资卡都光了，最近又交了一大笔钱，弹尽粮绝，积攒一阵子钱再战。

许多个日子里白天忙了一天装修的事，晚上回家往床上一躺不愿动弹，饭也懒得吃，盼着能快点结束这个繁杂的工程，什么时候能在自己的狗窝里吃完晚饭，站在阳台上吹吹小风，看看窗外城市的夜景，享受到那样的安逸呢？那一天已经不远了吧？

住

一、暖气

现在是7月盛夏,不过我已经在为冬天打算了。为了在严冬时不再过得像一只寒号鸟,我花了几个月的时间在网上留意和去实地看房,终于租到了一个冬天供暖而且各方面都满意的房子。来合肥6年了,终于可以享受到冬天的暖气了,这对一个北方人来说意义重大到无法言表,我简直要激动得老泪纵横。董大妈对于过去几年没有住上有暖气的房深表遗憾,现在,董大妈动情地说:感谢党,感谢政府,感谢好政策,让我住上了暖气房,我们全家可以安心过冬了。大妈露出了会心的微笑。

注:作者姓董

二、书柜

正在装修中的新房里的书柜最近安装好了。今天我们逛家具市场时又发现一个更满意的书柜,挑剔的我和更挑剔的老陈都觉得很满意,我二人都是眼前一亮,但是书柜已经买了,还能怎么办呢。这感觉就像刚选好一株麦穗再不能更改决定后又发现了另一株更大更饱满的,装修也是门遗憾的艺术,必须的。那个书柜的音容笑貌在我眼前浮现了一整晚。

消遣消遣

一、悬疑惊悚故事

有时白天上网时,我会忍不住看一些鬼故事,悬疑惊悚短小版的,后面还附有答案,往往都是出人意料且回味悠长的类型。光天化日之下,一点也不害怕,看着很过瘾。可是到了晚上,要上厕所就痛苦了,我不敢去厕所,黑暗和联想让人毛骨悚然,上完也不敢关灯。鬼故事就是当时看没什么,但是后患大。晚上的我总是恨死白天的我了。

二、美人心计

最近我每天都在看一个叫《美人心计》的电视剧,每晚从七点半看到十点,共四十集一集不落。这部剧讲的是一个聪慧不凡的女子如何由初进宫的家人子一步步成为皇后的,其间相夫教子,除暴安良,一次次化险为夷,也就是历史上的汉文帝的皇后——窦漪房。

这部戏里的女人都很有心计,男人都很痴情,如代王对待漪房、吕禄对待慎儿、刘启对王娡等。其实古代男人不一定有现代男人更懂更会疼老婆,这更像是电视剧为了吸引现代女观众而做的艺术渲染,把古代男人理想化了。戏里几位主人公性格特征如下:

先帝刘盈:太痴情了,此剧里 NO.1 大情种,为了自由放弃了皇位,为了心中的漪房又放弃了自由,关心她保护她为她谋划,一辈子只为漪房而活,最后为了平乱满足地自杀死在漪房面前,让人心生怜惜。人太专一痴情也不好,不光自己要面对许多寂寞的时光,让对方也难以消受这么重的情感,何必这么作践自己呢?只为了证明世上的确有一厢情愿的感情吗?人的情还是浅点儿好。情深不寿,强极则辱,谦谦君子,温润如玉。

窦漪房:即使自己还是卑微的家人子时,在残暴的吕后面前也能勇敢地说出自己的想法;在不喜欢自己的婆婆薄太后面前也能奋勇反击,保住自己的性命和地位。人光有聪慧是不够的,这世上被埋没的低调的聪明的人多了去了,人需要胆识和孤注一掷的勇气来让自己在同层次的大批人马中脱颖而出。

慎儿:这部戏里最坏的女人。善良固然是美德,但如果对慎儿这样阴险毒辣的女人善良,那对大部分的好人就是很大的伤害。善要扬,恶要惩,一味地愚善,只会失去更多。在贴身婢女兼保镖的雪鸢的死面前,漪房终于下定决心,除掉了慎儿。

栗妙人:这部戏里第二坏的女人。虽说人也聪明,管理后宫时也能做到井井有条,脑子里有用不完的小伎俩和鬼花招,不费什么力气就能弄死像薄巧慧这样愚蠢的对手,但是太傲气外露,得势后飞扬跋扈,一点点得罪了周围所有的人,最后果然一死了之。得意得太早,就是在透支未来的安稳。

刘彻(汉武帝):这部戏里最后成大器的人都有一个清苦的早年。比如漪房从小丧母,舅母对她百般奚落虐待。代王从小随母逃出宫中,在封地暗暗奋发,在冰室里磨炼心志,终成天子(汉文帝)。刘彻从小随被贬的母亲王娡生活在宫里的角落过着贫苦的生活,虽说是皇上的儿子,但一切事都是自己做。王娡在暂时失宠后在冷宫中将一双儿女独自养大,韬光养晦,终于通过公主馆陶等回了皇上的爱,做了皇后。如果早年太幸福,受不得委屈怠慢,怎能度过生命中的冬天。

刘启(汉景帝):挑老婆的眼光比他爹差多了(一度专宠栗妙人这祸水)。古代帝王多纳几个妃嫔也是有道理的,要不皇帝一旦看走眼了人,一个恶人做了国母,受苦的不只是皇室还有百姓了。多来几个候补,择优选拔太子。

我们看电视剧,看的是故事还是人物呢?我想还是人物吧,形形色色的人物,有些人在身边还有原型,一边看,一边喜爱着这个人,厌恶着那个人,恨之入骨着这个人,代入了自己的情感,加入了自己的想象,这就是我们看电视剧的乐趣。

彼此眼里的彼此

一、有的人

在中国生活人际关系一点也不"淡漠",总有一群人,看似热情洋溢实则不知其用心,总爱关心一下比如为什么大龄青年衰某还没有对象啊,霉某为什么搞了几个都没有成到底在挑个啥啊,焠某为什么结婚良久还不要孩子啊,呆某都那样了日子可怎么过啊,等等。而且这群人的行为并没有给"问题人群"带来任何帮助,反倒更置人家于孤立和窘迫中,只是他们自己的同类之间多了很多谈资,那是他们快乐的寄托。我争取现在和老了以后都不会成为那样"热情"的人。

以上文字是我几年前处于大龄青年的囧境时写的,现在的我跳出了那个火坑,轮到我替别人瞎操心了。本大妈在人群中扫射一遍周围的年轻人们,找机会问问小羊结婚了没,小马有没有对象,小牛想找个什么样的,好帮助他介绍合适的,小鹿的孩子谁帮忙带……我终于成了当年的我眼里那个闲得发慌的人。

二、"二货"

有的人很有实力却对自己很悲观,有的人没什么实力却对自己很乐观,也不知道哪一种人更值得同情。

不是所有的人都站在你的视角上看问题的,也不是所有人都能感同身受地了解你的体会。不信的话当众宣布一下"我失恋了",注意观察众人流露出来的第一表情,看看是不是情不自禁噗嗤一下笑出声来的人比怔了一下才立刻换上替你忧愁的表情的人多得多。

虽然说自信是很好的心态,但是有些人自我感觉的良好程度远远超出了 TA 自己的美好程度,"二"劲儿爆棚,"二"到让人既怜悯又可笑的地步,即使不见面也能感受到 TA 们汹涌而来源源不断的"二"的气息,战斗力堪比凤姐。不过,也许自己也是别人眼里的"二货"吧,我在桥上看"二货",谁又在窗子里看我,哼哼、吃吃、哈哈地笑着我。

(三)自己眼中的自己和别人眼中的自己

	自己	别人
自己眼中的	上帝 牛× 潜力股	"二货" 屌丝 土肥圆
别人眼中的	"二货" 屌丝 土肥圆	上帝 牛× 潜力股

一个对称的表格

为什么女人不幽默

我们也许有这样的生活体会,上学时期如果有那么一两位讲课有趣的、风格麻辣的、受大家欢迎的老师,那么多半是位男老师;一档以幽默为特色的广播节目,有一男一女搭档的,也有两个男的搭档的,几乎没有两个女的搭档的,那样听众可能就笑不起来了;笑星谐星中,男性的数量也以绝对优势盖过了女性。那么,为什么和男人比起来,女人不那么幽默呢?我想也许有以下几点原因吧。

1. 女性和男性相比较感性,而幽默需要客观、理性的眼光去挖掘,需要触类旁通的联想来偶得,并非女人不客观理性,而是她们大多率性健谈,容易将自己的观点脱口而出,少了一些沉淀;而有些男性初始反应木讷迟钝,酝酿半晌突然冒出一句正中点上,哥又幽了一默。

2. 一位女子如果想在当今这个时尚飞快发展的社会上显得正常的话,那她需要更多的时间来打扮自己。所以女人的大脑里充斥着服饰、发型、高跟鞋、首饰、包包、美容、打折、网购、瘦身、化妆品……如此拥挤的大脑,哪里还有容纳幽默的空间?

3. 一位女性尤其是已婚女性有多少时间都淹没在了琐碎的家务里。做饭、洗衣服床单、换季收纳、定期清洁浴室和厨房、维修弃旧换新、采购食材、照顾孩子、家事琐碎……她们有多少时间能从这烟火气中脱身出来?一位只会讲笑话的妈妈遇到一位厨艺超佳而且家里收拾得井井有条的妈妈,会不会多少也修正了一下自己的风格?所以女人根本没有时间去灌溉自己幽默的小苗。

4. 公共场合女性说话比男性受到更多的限制,比如不能讲稍微有点荤的段子,那样的话会对一个女人的形象带来不可逆的摧毁;或者不能自黑,那样会显得不修边幅;也不要过度发牢骚和讽刺,那样会显得尖酸刻薄。对女人来说,维持一个端庄文明的淑女形象这件事比当一个幽默的人更重要,鲜有女人愿意放下身段来博得此类幽默效果。男人则再一次获得了幽默的广度的优势,发挥起来全无雷区,男艺人可以靠任意风格的段子、自我丑化、夸张搞怪、男扮女装等方式来达到很好的幽默效果。

也许地球上也曾经有过大量幽默的但是不美丽的姑娘们,她们的魅力值比不上那些略乏味却更好看的女人,物竞天择,男人们选择了后者,幽默的女人们失去了传承下去的机会,于是,幽默女人的部落便逐渐消亡了。

不使出浑身解数怎能当妈

一、难熬的月子

作为一个经历过怀孕生产的过来人,我个人感觉怀孕和生的过程真是不算什么,坐月子才是最难的一关,是训练忍耐力的极佳教程,熬过了月子,人基本可以从忍耐专业博士毕业了。怀孕和生产过程好比是开胃酒和餐前凉菜,坐月子才步入真正的饭局。我孕期和生孩子都十分顺利,我把这归为上帝的眷顾,但接下来的坐月子,我才感到上帝他老人家发大招了,派来五个大魔头让我接受考验和试炼。

第一,出汗多。尤其在吃饭的时候,汗像在盛夏酷暑时一样不停地往下流,我专门备了个擦汗的小毛巾,吃两口不得不停下擦擦汗再接着吃。大概是因为我穿得多,保暖裤、毛衣、棉睡衣和棉拖鞋,室内温度约22度,家人穿着春秋季的家居服,只有我在过冬。但我也不敢减衣服,怕受凉,据说坐月子时人一旦受凉,寒气积郁在体内,经年不散。晚上起夜时我穿毛衣棉衣还觉得冷,似乎所有毛孔都大敞开专门迎接凉气。

第二,不能洗澡。每天在汗里泡着的人像农奴盼解放一样盼着能痛快地洗个澡,原来洗澡是如此令人奢求的一件事。每天我都在倒计时,还有21天我就能洗澡了,还有13天我就能洗澡了……不敢洗,就怕万一为图一时爽洗澡落下什么病,坐月子一说,宁可信其有吧,何况人家三伏天坐月子的不洗澡都能抗住,咱这寒冬腊月不洗澡已经好忍耐多了。头发只擦洗了一次,其余时间痒了就抓抓。一次我妈给我用手机照了张相,我一看,我怎么如此肥硕又油腻了,自己照镜子时也不觉着啊,真是屌丝中的猪头、猪头中的屌丝啊。终于可以洗澡的那一天,真想在浴室高唱一首臧天朔的歌:"我们等了多少年,等到这一天……"当然,月子里是否该洗澡众说纷纭,有很多妈妈月子里是照常洗澡的,如果是在炎夏,坚持不洗澡的危害更大。如果条件允许,新妈妈又不至于累着,可以简单冲洗,洗完别受凉,那就洗;身体虚弱,心理认准"大不了死熬一个月,免得后顾之忧"而甘愿忍受,那就别洗——关键是以自己身体感觉舒适和心里感觉舒坦为准。

第三,睡眠严重不好。小屁屁每 2~3 小时必吃一次奶,吃一次耗时四五十分钟。比如说,2 点开始吃奶,连吃带换尿布还有中间睡着又醒来再吃过后拍嗝折腾到 3 点这一顿奶才算结束,这段时间正是人最困的时候,等到 4 点半左右他又要吃奶。中间从 3 点到 4 点半只有一个半小时的时间施舍给我。一个半小时能干什么呢,而且在这段时间里他还会尿、拉、闹。我的全部生活被分割成无数个 3 小时。月子里睡的最长的一觉是从凌晨一点到四点,尽管只有 3 小时,但这是自生产完睡得最幸福的一觉了。睡眠不足的人精神也会莫名地烦躁。

第四,小孩难弄。新手妈妈,有时小孩哭得我莫名其妙,完全不知道他想要什么。明明刚吃完奶,为什么又哭了,抱起来也不行,尿布也是干的,身上没有异常,种种都检查一遍,就是不明白。一个哇哇大哭一个郁闷迷惘,小家伙发出了方圆十里鬼神都被惊动的哭声。这时我就好想念医院产房里的护士美眉们,她们往往能轻松找出原因搞定小宝宝。而且几乎天天晚上小家伙都闹腾,白天呼呼大睡,攒足了劲头晚上大闹天宫。要不就是一个晚上拉好几次,不停地给他收拾屎。那时我简直有夜晚恐惧症。如果说不能洗澡是一天天地熬,带小孩就是半天半天地熬。还好越带越有经验,后来我能识别出他的各种哭声了,饿了要吃奶的哭、肚子不舒服需要拍嗝的哭、寂寞无聊的哭、困了睡不着烦躁的哭……鞍前马后地候着,不知小爷他是否满意。

第五,身体还有残留的不舒服。产后一周内仍会肚子疼,是宫缩,居然比生产时还疼,类似于急性肠胃炎的绞痛,正规军都挺过来了,竟然差点被残留部队打败了。还好这样的疼只发生了3次,但次次直逼忍耐极限。

那一个月里,我常想古人是怎么熬过月子的。没有暖气,多容易着凉落下病啊;没有马桶,多容易产后便秘啊;没有24小时的热水,多不方便啊;如果没有一个给力的妈再摊上一个添堵的婆婆,这对一个生理心理都脆弱的人真是致命一击。家里人真该体谅一下新妈妈们,刚经历过生产的新妈妈由于体内激素的变化会导致内分泌和平时不同,在月子中这种特殊时期人的承受能力会下降很多,许多平日里可以忍受的,此时就变成天大的困难,能让人崩溃。她们易怒易哭易感伤,自己也控制不了。就像抑郁症不是光靠心理开导就可以治愈的,是身体出了毛病。

如果可以,我情愿再忍受一次生孩子都不想再坐一次月子了。孩子好生,月子难熬。

二、崩溃过后是欣慰

当妈最辛苦的地方是什么?怀孕时的忐忑不安?生产时的痛苦?喂夜奶时困得东倒西歪然后整个白天都萎靡不振?还是喂饭时小孩不吃故意捣乱而被气得抓狂?婴儿在经历猛长期时,会不同于平时,一个很乖的宝贝往往会反抗得厉害,但过后便会在身体和智力上来个飞跃,似乎是在给爸爸妈妈一个信号——我又要长大一些了。

月子里最崩溃的一个晚上我做了记录,是在他出生后第 28 天的夜里:21:00～23:00 吃奶,吃了整整两个小时,00:00 睡着,1:10 分醒来要吃奶,连吃带闹到 3:00 终于又睡着,4:30 醒来再吃奶,5:30 睡着,6:30 再次醒来……他基本哭了一夜,整晚一放下过一会儿就哭,我只睡了两个小时,隔壁人家的主卧有人在敲家具,好像在说,能吵成这样,你们是怎么搞的,真是地狱般的一晚上。

满月以后,小不点儿突然奇迹般地长大了,不知是因为我训练他延长吃奶的间隔时间卓有成效,还是因为他过了一个分水岭自然就进步了,再也不昼夜颠倒了——白天醒的多,晚上睡的多;白天吃奶次数多,晚上吃奶次数少——我终于可以比较好地休息了。而且他吃得多长得快,体重从低于平均值长到了高于平均值;很安静,睡觉不用哄,自己躺那自然睡着;攒肚子基本一周才拉一次,省大事了(月子里有一天夜里一晚上拉了四次把我和老陈累得像狗一样),而且都是优质大便,色味形俱佳。总之,他变成了一个 100% 乖宝宝,方方面面都那么让人省事省心。激动啊!俺终于熬出来了!!

小孩会在一夜间长大,带小孩就是耐心地等着每一个那一天的到来。

三、全职妈妈的一天

目前我还在产假中,待在家中照顾宝贝未去上班。合肥进入夏季,天气逐渐炎热,老娘回乡避暑去了,我开始了一人带娃的生活。

我每天作息如下:起床,做早饭,吃早饭,洗尿布和小衣服,做些家务收纳,陪玩耍,喂辅食1,带出去晒太阳,回来哄睡着,做午饭,吃午饭,陪玩耍,哄睡着,准备晚饭部分食材,抽空上会儿网看会儿电视,喂辅食2,擦屎,再带出去晒太阳,回家。晚饭老陈下班回家做,我陪小孩玩耍。此外,小人儿每天吃奶六七次,尿布每两天洗一次,小人儿每两三天洗一次澡,地板三天擦一次。收拾茶几、写字台、餐桌、厨房、鞋柜、床、沙发、储藏室、厕所……家中哪里都像个垃圾堆,摆满了尿布、小衣服、小碗、奶瓶、尿垫、玩具、围嘴儿。经常我是肚子饿得咕咕叫了,但是小家伙哭闹未睡着,难以脱身做饭;或者是一切收拾妥当正准备带出去玩时,小屁股下惊现一摊黄金大饼,糊满了衣裤和尿布,又是一番大收拾。每三天一个周期,头一天给小人儿洗澡,第二天给尿布洗澡,第三天轮到我自己洗澡。老陈每天做三件事:做晚饭、哄小孩、听我唠叨。其余三十件事我做。菜两三天老陈买一次。这就是全职妈妈的一天,白天流程结束,晚上还有几顿夜奶等着。想一觉睡到天亮,门儿都没有。没独自带过婴儿的人凭空想象的话往往会觉得带娃很轻松,没什么鸟事,难道这么大一个人还能让那么小的小东西折腾得团团转吗?说带孩子累的都是矫情。真正体验过的,问她带孩子累吗?呵呵呵。

四、一款易做又营养的婴儿辅食

胡萝卜切剁成米粒大小的碎末儿，紫薯切成小块儿，水烧开后依次放入这两样，然后放入玉米面，略搅使其尽量不结成团，三五枚红枣切开后放入，熬十来分钟即可。再煮个鸡蛋。做完辅食后带小孩出门玩一会儿，一小时后回来，粥也凉得差不多了。紫薯和蛋黄压成泥糊，枣泥挖出来，和在粥里，胡萝卜粒可直接吞咽下去。小家伙能吃不少。我对自己很满意。

蛋黄是婴儿必备辅食，但是用水冲着吃很腥。有次我用西红柿汁和着蛋黄，味道不错，他满意地吃掉了整个黄。但下次再这么弄，他胃口就没那么好了。他像春节联欢晚会的观众一样，鉴赏力和审美水平在逐日增加。所以，要尽量多想些新花样，这家伙的满意度才会持续。

五、哄小孩睡觉就像游戏里打 BOSS 的过程

宝贝每天中午都需要午睡，睡时需要一个人陪在一边躺着，他玩一会儿，玩累了自动就睡着了。哄他入睡的过程很像玩角色扮演游戏（比如《仙剑奇侠传》）里打 BOSS 的过程。第一，都需要时间。第二，有时很容易，有时很困难。运气好时他十分钟就睡着了，就像小 BOSS 打个一会儿它就挂掉了，而大 BOSS 则须大战三百回合。第三，对方开始活力十足，气焰嚣张，但撑到最后的一定是我方。第四，有时眼看要成功了，但小家伙一翻身又爬起来继续玩了，就像 BOSS 挂之前回光返照还会放大招——对方还没倒下，革命还未成功，要接着打持久战。第五，若想要这场战斗的胜利过程容易些，之前做足功课很必要。想让宝贝快些入睡，上午的时候要带出去好好玩，充分活动，睡前再稍给他喂些东西不至于饿得睡不着，就像打 BOSS 平时必须要辛苦练级，把攻击防御装备都

提上去,以便增加胜利的概率。第六,必须坚持到底,半途而废则前功尽弃。宝贝没睡着,大人绝对不可能离开,就像BOSS没打完,系统也不会保存,一旦中断走人下次还得从头再来。第七,有人帮忙会好些。如果哄宝贝的过程中有家人帮忙做饭,带孩子就轻松些,就像打BOSS过程如果是两三人一起打,互相补血复活,比一个人打要容易得多。第八,任务后可以获得短暂的轻松。宝贝睡着后大人有一两个小时的时间可自由支配(不过通常都用来做饭),就像BOSS打死后有一阵子都会是简单容易的剧情游戏了。

现实很骨感

一、妈妈们的价值

我们小区里有不少小孩是雇保姆来看的，一打听行情，保姆每天早晨7点过来，晚上5点回去，中午管顿饭，这样下来一个月工资在2000到2500之间，相当于一个普通公司年轻职员的收入，不算低了。而且有的小孩有奶奶之类的长辈看着，保姆打个下手，也就是两人看一个孩子，是不太累的，这样的保姆工资也有1600，相当于一个保洁或服务员的收入。那我全天24小时看小孩，工资该算4000吧，可惜无人给俺发这笔钱。还有，如果一个小婴儿吃奶粉，每月需三四桶奶粉，约1200，我家小家伙母乳加少许辅食，奶粉钱我也省了，加在一起就是5200，再加上我每月还有单位发的工资×元，并且请家政工的钱也省了，我创造的价值应该上万了吧，秒杀了老陈。

女的和男的比还是弱势群体，很多妈妈在家看宝宝而无法工作，保姆这么贵还不如自己带，有时交给腿脚不太利索的自家老人带都不太放心，交给保姆哪放心？保姆毕竟是外人，背地里如何对待宝宝就不得而知了。妈妈们看似是被老公养着，但她为家庭为子女创造的价值被忽视了，找工作很多单位也不愿招女的。社会应该规定男的必须放奶爸假，老婆坐月子陪休一个月，小孩在3岁以内的父亲每年多休一个月年休假，必须执行，铁律如山，这样大家才勉强平等——反正招男的招女的都得休产假，这样找工作就能少很多性别歧视吧。看看现在这形势,女同胞找工作要比男的多碰多少次壁。强者制定法律,维护自身利益,从而强者更强,弱者更弱。

有的夫妻一旦离婚,女方不带走孩子想得不行(相对来说孩子还是跟着妈妈受的委屈少点),带着孩子走又很难再嫁掉,充其量只能嫁给年纪比自己大很多的;男的再婚反倒压力小多了,如果还不带孩子的话甚至可以在大龄女和离婚无孩女中溜溜地挑,离婚有孩的女人才看不上呢,还能找个年轻很多的姑娘。每次在《非诚勿扰》上看到离婚带小孩的妈妈,我妈都在一旁杞人忧天地替她们发愁。她的愁不无道理,如果我是一适婚男我当然宁可选大龄未婚女也不选离异带孩女——还没结婚就喜当爹了还不是自己的,即使是足够开明的男的或者少有的人间真爱,此男的父母也坚决不会同意吧,还不气成个三高做原地装死状啊。不是她们不好,而是遇人不淑或者这社会太势力。所以,婚前擦亮眼,婚后闭上眼,尤其是女性。

二、路上妖魔多

每当上班的时候,我都开车去,从家到学校路途遥远,坐校车太辗转,打车又不好把握时间,有时半天等不到出租车,私车已是我等穷人代步的必需品而非奢侈品。我刚上路的时候,技术仅仅停留在远远望到红灯的倒计时,考虑是否要提前松掉油门,踩下刹车,这是我最高的能耐了。变道的时候我只会看后车还远,就打转向灯,生硬地变过去。后来经有经验的师傅点拨,要逐渐滑过去,不要猛地一打方向就过去了。这样操作似变道非变道,可进可退,给后车留了做准备的时间和更开阔的视野,也方便自己随时退回原来的车道。

现在我上路有一阵子了,也有了一套自己的行车经验和实用法宝。生手就是这样变成熟手的。虽然和有丰富驾车经验的老司机还不能比,但已足够把自己安全送到任何地方。我没什么驾车技术,对车的专业术语更是一窍不通,有一次车抱死了都不知这是什么情况。我唯一的经验就是——留心路况。开车的时候注意前方、侧前方甚至后面的情况,缓加油、慢刹车,让车有个准备的过程。如果要踩刹车的话,早点踩,一方面是和前车保证足够的安全距离,另一方面是提醒后面车,看,我刹车了,你也该考虑下是不是该刹,让人家也有个反应的过程。直行时如果有三车道的话,尽量选择中间的车道,这样一是比贴着一头走视野更开阔,二是以防路两边突然蹿出人或者车来,给自己留出了更多的反应时间,这样即使遇到有突然横穿马路的愣头青也可以尽早采取措施。有一次我正贴着左边走,路上的隔离栏杆断开了一截,在我方是绿灯的情况下,没想到突然冲出一辆三轮车来,我赶紧踩刹车,虽说没撞上,但把人惊得半天心跳不止。司机是个农村老太太,遇到这种基本不懂交规想怎么开就怎么开的人,出了事你能拿她怎样?骂她打她?下得去手开得了口吗?况且如果撞上了,打骂还有什么用?更糟的情况是对方再有个三长两短,又怎么收场?发生的事情不能再挽回,只能在平时万分留心,让自己行驶在安全的地段。

从家到单位的那条路线我走了无数次,对路上每一个细节都十分熟悉,闭上眼睛都能说出路面上的特征了。比如去单位的路上,快到公交公司十字路口的时候左边车道有不平整的地方,最好走右边车道;在长江西路路口左转弯的时候要注意正在绿灯下也同时穿行马路的行人;走到南一环时有三车道,中间车道有不少井盖易颠簸,右边车道有辅路汇流,最好走左边;下了高架到了城镇交接段时,有许多大货车出没,还有许多赶着上班的电瓶车要注意避让;快到红星美凯龙的时候左边两车道路面有块大疤,严重凹凸不平,要提前变到右边车道。

返程的路上,有四车道,优先走左二车道,因为其余的都有很多沟壑,容易颠簸。而且走左一车道容易跑到左转弯道,走右一更要小心摩托车公交车和行人等情况。虽说左二也不太平整,但矮子里拔将军,它算最佳的了。途中过一个桥,到了桥下这时要走左三车道了,最顺畅平整,其余的均有凸起,较颠。快到中石化加油站的时候左一车道有一个U型的下沉,走到那里会体验到过山车般的效果,要避开。每走到这里看到那些初次到此不知情的车先下冲再腾起,知道情况的司机就在后面偷笑了。再次上了永远都在汹涌堵车的南一环,在某处路中间的隔离铁栅栏突出了一根铁棍,或者隔离护栏常被人为搬开略伸向车道,十分危险,尽量不要走左一车道。上了某个立交桥的时候要走最右边,因为旁边的道有块补丁。快到家的时候路边有个自由市场,此处无比混乱,务必要备加小心。路边尽是乱停车的,两车道挤成了勉强通行的一车道,人们乱穿马路,红绿灯形同虚设,电瓶车占道,三轮车逆行,过了这一段即可略安心。最后,小区门前的路,左边路面全是沟壑,要走右边,拐入小区,历经九九八十一种路况,圆满完成一天行程。

下车前最后的任务是在地面上抢个临时停车位,尽量不停到地下车库去。因为一旦停到地下,下坡七拐八拐不说,再下去开车时,我必经的那个车库入口总遇到一个晨练的老人带着两条狗,狗们对我很不友好,气势汹汹,狂吠不止,弄得人上车之前先被狗吓出一身汗来。

此文写完半年后,我再走同样的路线,发现其间很多不平的道路都做了修整,U型下沉被填平了,坑坑洼洼被抹光了,几处颠簸的路况都被再加工了,突出的铁棍早已消失了,我的行程顺畅多了,我不由得感慨道路的修复速度,管中窥豹,有多少人是幕后劳作的英雄,多少人默默地付出,让这个城市变得更美好。

三、如果真有七色花,用它做什么

儿子有个故事机,他很喜欢听,最近他特别喜欢里面的"七色花"这个故事,听了一遍又一遍。小人儿听得津津有味,我一边听一边觉得心疼。多么珍贵的一朵花,多么奇异的功能,就这么被小姑娘轻易挥霍了。第一个愿望是带着面包圈回到家里,勉强算是个不得不用的愿望,使自己摆脱了当时迷路的困境;最后一个愿望是让小男孩的腿变健康,也算用对了地方。但其余五个愿望:让打碎的花瓶复原、去北极、从北极回来、拥有全世界的玩具再让它们各回各家——多么孩子气的想法!实在是太浪费了!简直是用黄金垫桌脚,用象牙刨地!当然这只是个童话,只有那样单纯善良的小姑娘才会遇到有魔力的老仙人,我等尘世俗人出门连十块钱都捡不到。但我不禁幻想,如果我有一朵七色花,会用它来满足哪些愿望呢?不许提出类似"我要一个阿拉丁神灯""我要一个机器猫的口袋"这类复制愿望的小把戏,只能提七个。

提什么愿望呢?要一双不近视的眼睛?去全世界各地旅游?还是要一辈子也花不完的钱?或是要长生不老?或者一个能看到一切的水晶球?让自己有某种特异功能?七个愿望呢!真够好好计划计划的。我沉浸在自己的幻想中,突然意识到,我以上的愿望其实也是一种孩子气的想法,成人眼中的那些财富啊影响力啊,和小姑娘眼里渴望得到的玩具又有什么本质的区别?也是浪费了大好的一朵七色花。那么，独乐乐不如众乐乐，我若有七色花，七片花瓣我打算留给自己两片，给家人两片，还有三片给所有人。名额越少，人们越会好好思考如何利用。

留给家人的两片我无权过问了，留给所有人的花瓣做什么呢？小姑娘利用得最有意义的一片花瓣是最后一片，让小男孩摆脱了残疾，带给了他人一生的幸福，这个小男孩一辈子都会因小恩人提出的这个愿望而得福。所以一片花瓣是否充分利用，要看日后想起来，是否仍会认为当时的决定值得，能带来后续的快乐和幸福。而且，自己的愿望是成全别人的幸福，小姑娘真有一颗圣人般的心。自己的小失落小渴望，和别人水深火热的处境比，算得了什么呢？那么留给所有人的第一片花瓣，就用在全世界不幸的人身上，就让从今天开始每一个新生儿都无比健康，再没有天生的盲、聋、哑，没有先天疾病，没有出生就带来的缺陷。第二片花瓣，希望再没有人会无辜死亡，受到无辜的伤害。那样，再没有人出生就被遗弃，没有人因为恶人的伤害带来终身的不便和心理阴影，没有家庭因为飞来横祸而终日以泪洗面了此余生。还有第三片，以我的猪脑子目前实在想不出更好的愿望了，先放在这里，再考虑考虑。

属于我的两片花瓣做什么呢？今天我用七色花满足了一个现在我眼中至高无上的愿望，也许再过五年，我可能会觉得很不值得，用错了地方。人在不同阶段，眼里最有价值的东西是不同的。如果让一个高中生提愿望，他的第一个愿望很可能是考入一所名牌大学，但对一个四十岁的人来说毕业于哪所大学简直就和今天中午在哪家小饭馆吃饭一样微不足道。我的第一片花瓣留给十年后的我，让那时的我也可以满足一个愿望。七色花到那时,还没有过期吧?正好,留给所有人的花瓣还有一片,也留到十年以后再做决定,让我用这十年好好酝酿,再提一个不辜负这无价之宝的花瓣的愿望。

现在还剩最后一个愿望是属于我自己的,那么,我真希望我有着完美的视力,可以毫不费力地认出视力表最下面一行,这样我便可以肆意地看书、上网、玩游戏,光这项就够我快乐很久很久了。不过也可能会在照镜子时因为看得更清而发现自己比以前更丑了,又增添了新的烦恼。

一圈愿望下来,心更疼了——因为一个也实现不了,通通是一场梦,想想而已。

婆婆三则

一、找对象都看自己孩子条件好

有个表妹说起一次她和婆婆闲聊，婆婆好像想起了什么，突然很兴奋地对她说，你知道不，在家里我和二虎爹两人都感慨呐，（她以为有什么好事了这么兴奋，竖起耳朵往下听）你找对象时怎么这么会挑，找了二虎（二虎就是表妹的老公），找了他还不是享一辈子的福？你真有福气，可比小芬会找多了。说起儿子婆婆眉飞色舞、满脸红光，提到准女婿脸又黯淡下来了。小芬就是二虎的亲姐姐，这位的婆婆的闺女。小芬最近找了个对象，自己的爹妈很不满意，这已经是第三个被否定的准女婿了，但女儿执意要嫁，双方正在僵持。

听了这话，表妹心里有股说不出来的别扭劲儿，闹了半天是自己会挑，高攀了人家了。二虎在他的小镇上确实算个有出息的，凭自己的能力在城市里站稳了脚跟。但表妹这方也不差，论家境、论工作、论人才，各方面都不输给老公。而且婚后她才知道，二虎做过大手术，到四五十岁时再次发病的概率很高，有致残的可能。这么大的一个硬伤，公婆怎么不放在天平上称一称，满眼只看到自己儿子是多么优秀，比真龙天子差不到哪儿去，儿媳妇嫁到我家，真是祖辈烧了高香。小芬那边，找的对象各方面都和她条件匹配，都是专科毕业在城里打拼，但二老就是不满意，自己心中给女婿划定的十个标准这小子四个都达不到，这样还找个什么劲儿。总而言之就是,自己的娃怎么看怎么好,谁找了自己的娃就是捡了块大金子——不知他们是用什么尺子来量自己的娃,又用什么尺子去量别人的。

表妹说,我的父母还一直以为,二虎家的人一定会想:我们能找到这样的儿媳妇真是交了大好运了呢!

二、公公婆婆等是亲戚关系吗?NO,是社会关系

有位姑娘抱怨她的公婆不好。她生完宝宝之后,由母亲伺候完月子,之后换公婆来照顾娘俩,和公婆同住的日子真是煎熬。她的婆婆懒,早上睡懒觉、中午睡午觉,除非她要求,根本不会去照看宝宝;婆婆笨,做饭难以下咽,别提什么营养搭配了;公公不讲卫生,盛夏时也几周不洗一次澡,家务一概不会,天天除了吃饭就是看电视;公公脾气还大,稍有违背自己意愿的事情就大吼大叫。总之,两人是一对懒蛋刁民。过了一段时间这样的日子,她赶紧把两位请了回去,自己辞职带宝宝,虽说累但是心情舒畅,少了两个不给力的人,反倒比之前轻松。

能有几个女人会认为婆婆比妈好?恐怕十分之一都不到吧。自己妈对自己有生养之恩,知道自己的脾气禀性、生活习惯,爱吃什么,喜欢什么讨厌什么,会疼爱怜惜女儿。婆婆呢,从天而降的陌生人,有代沟,有地域差异,有城乡差异,若是一对优秀婆媳,都让一步,多做少说,或许能和谐相处;如果任一方挑剔些刁钻些,你做不好我唠叨几句,我话重了你怀恨在心,日积月累矛盾爆发,家里不鸡飞狗跳才怪。

何必对公婆抱那么大的期望?如果一开始,姑娘们就把婆媳关系视为一种社会关系,也许会好些吧。何为社会关系?除去父母和一些有血缘关系并且相处得好的亲戚,其余通通为社会关系。同学同事、近邻远亲、上司下属、客户……这些人,我们会指望他们来照顾我们吗?我们会对他们掏心掏肺吗?他们哪天得罪了我们,我们会耿耿于怀吗?这些关系的维护要双方共同完成,但天生就是黄金搭档的人太少,因此我们要降低预期值,允许这种关系必然会存在让人烦扰让人气愤不已的时候。我们伸出手去,对方没有把手伸过来也不要计较;甚至有时想爆句粗口,索性骂厮个狗血淋头,也得硬憋回去。在社会关系面前,我们的言谈举止不能随心所欲,不能把真我本色的缺点拿出示人,必须受到束缚。

我们刚结识新同学时,并没有期望一定要和 TA 成为至交肝胆相照,处好了多来往,处不好就远离,很多同学最后只是普通路人,我们也不会太在意。所有的社会关系,都把它放在这样一个位置上,自己就能舒坦多了。

有些教人如何做个好儿媳好老婆好老公之类的文章,目的性太强,纯属一开始就设定了目标让大家往紧箍咒里钻,其实何必使那么大劲费如此心机,顺其自然,各自独立,好聚好散,走好不送,至于热热乎乎还是冷冷清清,就权看个人修为了。但有些可怜的姑娘由于经济或家庭的原因不得不和公婆绑在一起,惹不起他们也躲不起他们,如果再遇到个愚孝的老公,就真只有倒霉的份了。

其余什么大姑姐小叔子,嫂子弟媳妯娌,我们一开始就应该把他们都放在"社会关系"的位置上。他们不是我们的知己,没有义务对我们有所恩赐,不会像父母那样包容我们,气味不一定相投,甚至我们一厢情愿对人家好,人家还不一定领情……做好如此心理准备,不就会少很多玻璃心吗?

但是,以上都是针对个别"极品"或者我们自身心眼小的时候的对策,并不是说"社会关系"就是疏远冰冷的代台词。我们的知己、至交、恩人、贵人等,他们不也是社会关系吗?相识时非亲非故,但是带给我们的帮助和感动、心灵的默契、灵魂的碰撞,有时甚至超越了亲人,让我们感受到人性最好的一面——我们是可以把社会关系打造得这么好的。智慧生物相处相交,哪还看什么血缘。

让我们先退三分,带一颗温情但不滚烫的心,端出的必是诚心,拿走也并非是私心,去遇见许多个可爱和不可爱的人,一起来经营这共同的"社会关系"吧。

三、一位好婆婆

我独自带娃时,每天在小区里带着他玩耍。小区里有许多和他差不多大的孩子,由妈妈或者奶奶姥姥之类长辈带,大家天天见面,都很熟悉。有一位奶奶很能干,天天带着孙女在外面玩。这位奶奶五十出头的年龄,举手投足都透着利索劲儿,人爱美,穿着入时的衣服,戴着漂亮的头花,把自己和孩子都收拾得干干净净。到了饭点就推着孙女回家,"回家烧饭去啰",问她又带孩子又做饭,累不累,回答干脆响亮,"不累,有啥累的"。偶尔我清早去两站路开外的超市买菜,见她也去买菜,我不禁感叹她真是位勤快的奶奶,什么家务都包揽。她的儿媳妇并不是全职上班,不是没工作就是在家上网做兼职,却从没见儿媳妇带过孩子,只是很偶然出来看一眼,我想这位宝妈真遇到一位好婆婆了。

有一天,我看见了发生在她们婆媳间的一件事,我简直要为这位婆婆打抱不平了。婆婆在外面带孙女玩,儿媳妇出来了,看看小孩,嗔怪地说道:"怎么穿这一身?丑死掉了!"南方人喜欢说掉了,走掉了跑掉了死掉了吓死掉了。婆婆不吭声。孩子穿着粉上衣红白花裙子蓝裤了,她嫌宝宝穿衣的款式搭配得不好,颜色不搭。一岁的小孩穿什么不都是可爱的样子么?有什么丑了美了的分别。我想婆婆帮你带孩子大家都夸她能干,你居然还要挑剔小孩穿衣颜色的搭配,真是树荫下的地主挑剔烈日下的长工。世上有恶婆婆,也有恶媳妇。那位媳妇是个爱打扮的主儿,披着长卷发,戴着蝴蝶结,衣服看得出也是花了心思搭配穿的。我在心里说,真不知足,你真该自己带带试试。那几天我一直记着这事,过两天我看见小孩的爸爸带着宝宝,当时我很想上去告诉他说,你有一个勤快的妈和一个不知足还挺能作的老婆。我想把那天的事告诉他,后一想自己是不是多嘴多事,管人家的家务事,作罢算了。再看那位爸爸身短体胖,是个猪头,猪头找个有点姿色的老婆,想必很疼爱,惯坏了她的脾气。

后来,很久不见那位奶奶了,宝宝换她姥姥来带了。一日奶奶忽又出现了,大家问她怎么不带孙女了,她回答又一个儿子生了宝宝,替那家去带了。我替她感到欣慰,这样才好,换那位媳妇自己娘家人带,才知带娃的劳碌,体会到自己婆婆曾经是多么能干,而她却不知足地要求一个85分的婆婆做到100分。每一个入托前的宝宝,如果有条件让两家老人轮流带的话,一定要让他们都来体验试试。光指望一家,累且不说,不参与的那一家休会不到劳苦还会变着花样地挑剔。从那件小事就可以想见那媳妇平时多么挑剔,也许她婆婆早受够了,早想走了,趁着另一家生了正好赶紧走掉。我由衷希望老太太在另一个儿子那里遇到一个好媳妇。

亲朋邻里的碰撞

一、忍

在人际交往上,遇到世界观不一致、气场不合、趣味不相投的人,言语上行为上对方让我们不舒服时,第一步能忍还是要先忍一忍,免得发作过后收拾残局比之前小忍一下麻烦更大。忍到忍无可忍了,第二步,远离此人,冷漠待他,少打交道。此人追过来继续搅浑我的生活怎么办?此人像鼻涕一样甩不掉总在周围阴魂不散怎么办?多少内向老实人憋出内伤都拿对方无可奈何。第三步,明确告诉对方,自己已经无法忍受了,对方必须有所收敛,还要让第三方知道自己的窘境并求助于 TA。以上三步重复交叉使用。这样做不是为了显示我方多有涵养,而是为了避免激怒少数偏激暴躁的垃圾人或阴险狡诈的笑面人,当场或日后被其放出的流弹所伤——自己发出了多少火,对方定会以指数级增长的倍数还回来,这岂不白白让自己送死?

如果情况还没好转,第四步,还击一针,让对方感受到你的棱角和脾气,让 TA 知道我们也不是团橡皮泥,怎么捏都行的。如果还不行,第五步,让法律来保护我吧,对准其要害,狠命一击。纵有菩萨心肠,也需金刚手段。人一味地纵容宽容恶人,并不能让自己成佛,反倒会让更多无辜的人受害。

二、楼下跳舞大妈们的音乐声太吵让人想杀人

楼下跳舞的大妈们怎么就那么讨厌,天天把音量开到最大,

歌声直钻到骨髓里。"你是我天边最美的云彩~让我用心把你留下来~留！下！来！"我快比凤凰传奇更熟悉这首歌了。国庆节调休课连在一起上，弄得人更疲劳，昨天下午上4节课，下班了从城东回到城西，今早6点起个大早再从城西跑到城东，再上4节课，下课再从城东回到城西，半夜还要起来3次喂小孩，又连上8节课，到了中午终于到家吃了午饭打发小孩睡觉，一个小时后终于睡着了，正想自己美美睡一觉，楼下倒好，传来100分贝的音乐声，大妈们跳的正high（起劲儿），绽放着自己的第二春。让人不禁怒从心头起，恶向胆边生。脑中出现一个假想画面，我手提两把菜刀，大步流星走过去，高吼一声：有完没完?！让不让人休息了？让不让小孩睡觉了？有点公德心没有?！耳朵聋成什么样把声音放这么大？若哪个不识相的老太敢态度强硬顶回来，看我手起刀落，西瓜咚咚落地……世界安静了……安静了……一会儿，四面的各个楼房有人喊道，英雄啊！大侠终于为民除了一害！随之有鞭炮噼里啪啦响起。所有平时被骚扰的良民们笑逐颜开，欢天喜地。我悄然离去，深藏功与名。

三、衣物回收箱

我住的小区里面最近出现了这样两个箱子，有家中衣柜般大小，漆成绿色，上面工整地印了白色的字，写明此箱用来回收小区居民不要的旧衣物，回收的衣物经过筛选，好一点的再清洗消毒，捐给希望工程或贫困地区的孩子，不太好的再加工成棉纱涤纶等原材料，物尽其用。我真要为这两个箱子的出现点个大大的赞，这是哪位神仙做的惠民之事啊？发现箱子的第二天我就把家中衣柜结结实实扫荡了一遍，把一些过时很久的、几年也不曾穿过的、或变形褪色的，还有学生时期的衣物全拣出来，连同家人很多压箱底数年的衣服,从唐朝的外套到宋朝的毛衣,满满一大摞,将它们全送进了回收箱,终于为它们找到了一个好归宿。瘦身后的衣柜腾出了很多空间,主人我也跟着神清气爽,一是衣柜利索了,很长一阵子不用再发愁收纳空间的问题了;二是认为这不是"扔",而是换了个地方继续使用,心中没有负罪感。

很多时候现代人更愿意自己身上发生减法而不是加法。比如多拿一天的工钱是加法,少上一天班是减法,只要没到穷得揭不开锅的地步,人们宁可选后者;有人请吃饭是加法,身上的肥肉能减去是减法,人们基本更偏爱后者;某天收获了一个惊喜是加法,某天解决了生活里的一个大顽疾,消除掉一个让人吃不香睡不着的烦恼是减法。减法的魅力总是盖过加法。回收衣物箱为我的生活做了一个减法,所以我喜爱它的到来。或者还有这样一个原因:一个事物或一件事情,我终究是想把它完满地解决掉的。衣服从买来那天开始,在穿着的过程中体现了它的价值,此时我是满意的;但不再穿它之后,被闲置在那里,我不知该扔掉还是继续无限时地放置下去,这时这件事情似乎搁浅了。而回收柜的出现,让衣物有了圆满的完结,此时我可以享受到这样一个循环:买衣服——穿衣服——回收腾出空间——再买衣服,这个循环给我的生活带来了便利,消除了我的后顾之忧,使我在衣物这件事上不必再劳神。这是我喜欢它的又一个理由。

一件事情如果能运转起来,那么它便是有生气的。人体规律地进食,消化吸收,新陈代谢,这是生命在运转;企业买原料,雇人手,生产产品,创造财富,再进行下一轮运转;生物体死去被分解进入生态系统,再用来孕育新的生命,世间万物都在一个循环过程中,循环创造了生生不息,如果哪一环节淤积停滞下来,整个环会断开,那么事情就不顺畅了。小小回收箱,却为主妇们提供了一个圆满的环。我们生活中还有哪些没接起来的断开的环呢?

话说那些衣服回收后又流向哪里了呢?真的捐给贫困地区的孩子了吗?还是洗洗新挂一个吊牌又上市了呢?会不会不久以后,我买来的衣服是曾经在别人的衣柜里挂过的,通过衣物回收箱来到了我的衣柜?

四、幸福还得靠自己

闲时看了三位姑娘的社交网络工具,微博微信之类的,里面多少有她们的内心活动。第一位姑娘二十六七岁,单身,她分享了一组图片,描绘的是姑娘们心中憧憬的爱情。图片里是热恋中的两个人,亲密地拥吻,男孩对女孩无微不至地呵护,给她做美食,听她发牢骚,出现在所有该出现的时刻,能发现她独特的美并给她最后的承诺;第二位姑娘三十出头,已婚数年,正抱怨家里那位猪头男对自己疼爱不够,温柔体贴越来越打折扣,生活日益乏味;第三位是一位辣妈,展示了大量的生活照片:有自家机灵的宝贝、四处旅游的留影、参加各类聚会的照片,各种自己辉煌闪耀的时刻,生活多姿多彩,真可谓人生赢家。这就是三个人目前的生活状态,或者说,她们三个人的生活更像是一个人在三个不同时期的状态。

《新白娘子传奇》里白素贞和许仙那对恩爱伴侣,那么多集两个人竟没吵过架,没说过一句狠话怨话,彼此敬重得不像话;朱德庸漫画里刻画的老夫老妻,吵闹算计互留心眼,一辈子至少有五十次想要离婚和两百次想把对方掐死的念头。两种婚姻状态,哪种更真实?其实反倒是后一种啊,谁过来谁知道。

一个姑娘大致会经历由第一位的境界过渡到第三位的境界

吧？从幻想到走入现实再到悦己。更严谨地想，有些事情并不是表面展现出来的那样——也许第三位生性喜爱把光鲜示人，把苦闷藏在阴暗角落里；第二位喜怒形于色，有点小烦恼便公之于众求安慰或关注，实际心里一点也不烦恼，没准过得比第三位更幸福。

指望别人来给自己施舍幸福是多么被动，把生活经营得令人羡慕的姑娘们都懂得，男人给的只是婚姻，好比一个壳摆在那里，让全世界都知道，看，我已经结婚了，但在这个壳里面，过成什么样，取决于二人的情商和磨合，快不快乐还得靠自己。

五、吃饭记

自从我放假了小狼的奶奶走了以后，我独自带他，便下定决心一定要让他每餐自己吃饭。其实他是会自己吃饭的，不管稀的干的，用勺子都能送进嘴里，即使漏点儿到外面也不多，毕竟已经是两岁半的孩子了。但是只要奶奶在，让他自己吃饭是行不通的，让他知道不吃饭就挨饿也是行不通的，他心里早就明白即使不吃也饿不着的，有奶奶罩着呢，最后总能被喂得把嗝打出来。让老太太喂饭也不合适，所以每顿都是我喂的，每餐耗时三四十分钟，小家伙边吃边玩耍，一手拿一个汽车，旁边还听着故事机，惬意得很。奶奶守在一旁目不转睛地全程看着，嘴里念念有词："快吃快吃，真好吃呀，不吃奶奶就都吃光了，只有我们宝贝能吃，楼下淘淘想吃也不给他吃……"

奶奶回老家后的第一天，我便开始执行计划。我明确告诉他从今天开始你要自己吃饭了，妈妈一口也不会喂你了，不吃就饿着。早上我把饭端到他面前后就再不理他，该干吗干吗，我在一旁吃饭做家务，他只吃了两口就没再吃了，半上午的时候自己吃了一个水果。午饭时他又是只吃了两口,还在等我回心转意喂他,我意志坚定,他再没继续吃下去。我佩服他真能坚持得住,真有定力,以后一定不会为减肥发愁。到了晚上,他不再和自己过不去,拿起勺子舀起食物就往嘴里送,一勺接一勺,很快全吃光了,吃完后还说"再盛点儿"。没想到只用了一天就解决了让他自己吃饭的问题,我之前还以为得花个三五天呢。接下来的日子我履行诺言,一口不喂他,他每顿都自己吃,多少随意,反正饱了饿了都是自己买单。他除了刚开始瘦了两斤以外,后来逐渐体重和喂饭时期持平。

不知奶奶得知孙子不自己吃饭就挨饿会作何感想,一定比自己挨饿还难受,以前奶奶可是提供全套无微不至的服务啊。我让小狼自己扒煮鸡蛋的皮,奶奶说我来扒;我让他自己扒葡萄皮,奶奶说我来扒;我让他自己穿鞋,奶奶早已替他穿好;我让他自己尿尿,练习尿到盆里同时别把衣服尿湿,奶奶每泡都还把尿,瞄准以便百分百都能尿到盆里同时衣服也不会湿……奶奶只恨自己肚子上没长个袋鼠的口袋,让小乖乖在这世界上受这么多的苦,恨不能替他穿衣吃饭,替他拉屎尿尿,替他做所有事情。唉,可怜天下奶奶心。

一个童话故事

有小孩的家庭里,相机里手机里绝对铺天盖地的全是小孩的照片。小狼刚出生十几天时,他的姥姥就麻利地购置了一个单反,是家里用过的最好的相机,专门用来给他照相,哭也拍笑也拍,大家常翻看最近拍的照片。有些照片表情生动,似乎就差一句台词,开始我想给某些单张图配上说明,比如给第 8 张配上"哇,美女!",给第 20 张配上"妹纸是我的!"……后来决定编成一个小故事,就是以下这个童话。这些取自他从出生到四个多月时的照片。

让大伙看了后大家都觉得很新鲜,但也有人说我折腾小朋友。拜托,我是先大量拍照,再拼凑故事,并非是先编故事再根据剧情拍照的——再说几个月的婴儿可能配合吗?

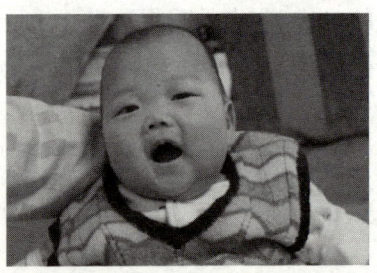

在遥远东方的一个国度里,有一个小村庄,住着一位热情开朗的少年,大家叫他小 C。

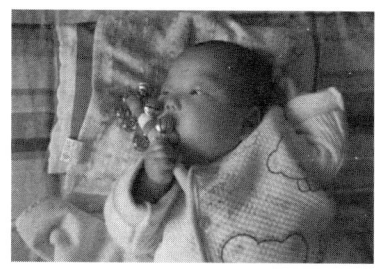

小C每天摘村旁森林里树上的各种果子吃,渴了喝山泉水,日子过得很快乐。

村庄里有许多小伙伴。这是小C正在和小可爱一起聊天,

和小美丽一起谈人生理想,

和小丰满一起锻炼。大家相处得好极了,这真是一个和谐的村庄。

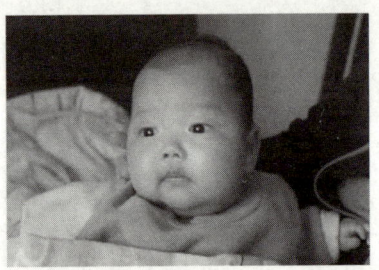

虽然日子过得很安逸,但是小 C 一直想到村庄外面去看看,外面的世界是什么样的呢?一定很精彩吧。

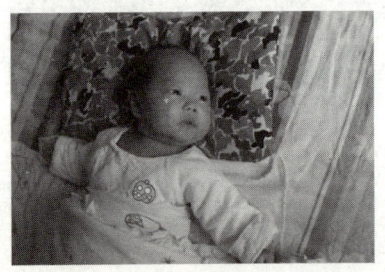

这个念头越来越强烈,小 C 睡觉都在盼望有一天能出去看看。

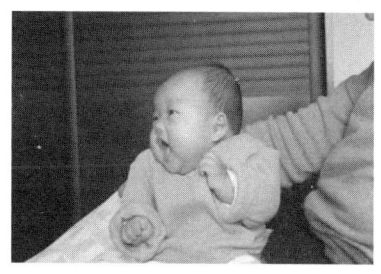

有一天,小 C 看到了一幅画,画上是一位美丽无比的公主。他深深地被折服了。

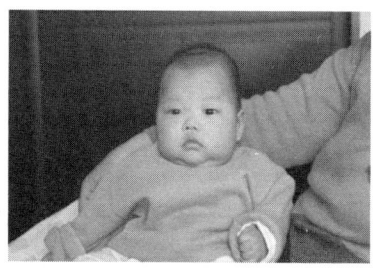

村里的老人说,传说公主能给每个见到她的人带来幸福、快乐和财富,但公主住在很远很远的宫殿里,有一个力大无穷的吃人怪兽看守,想见公主必须先打败怪兽,去的人往往是有去无回。

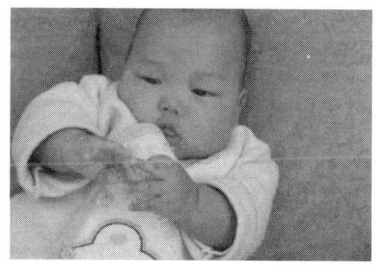

虽然很凶险,但小 C 决心去看看,因为公主实在是太美丽了。

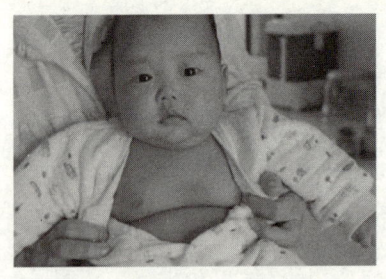

　　树林里的青鸟被他的诚意打动了,送给小C一颗不死神丹和一包石灰,小C吃下神丹,更加身手矫健,一身肌肉充满了力量。至于石灰则要留到关键时刻用。

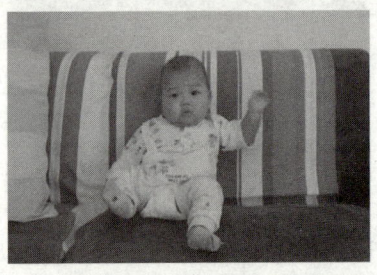

　　他告别了小可爱、小美丽和小丰满,带着大家的祝福出发了。

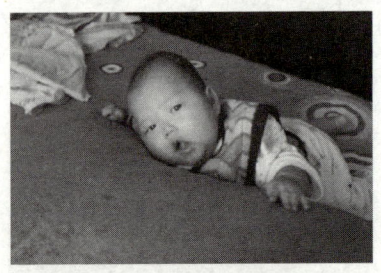

　　根据青鸟指的路,他翻过了99座高山,

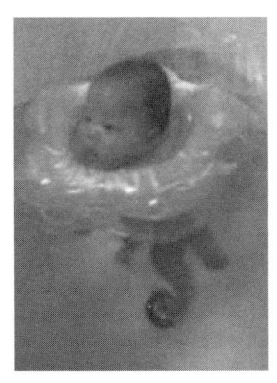

游过了99条大河,

越过了99片沙漠,在用尽最后一丝力气前,终于来到了公主的城堡下。

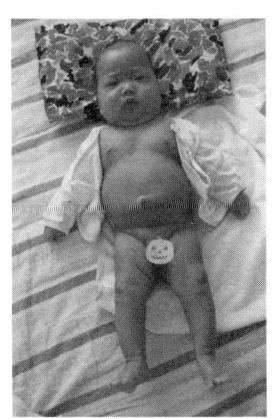

这里荒无人烟,附近的居民不知都哪里去了。呔!出来吧,怪兽!和我一决胜负!小C原地满血恢复。

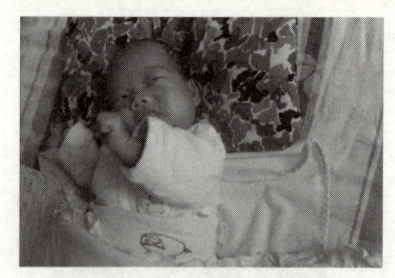

一个庞然大物出现了。怪兽被搅了好梦,很生气。我们的勇士喝道:来得正好!先吃我五百拳!野马流星拳——

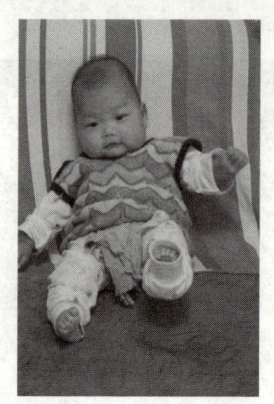

再来五百下夺命踢!

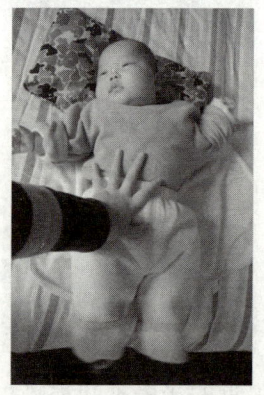

双方一场恶战。怪兽太强大了,小C快支持不住了。

燃烧吧!小宇宙!他想起了青鸟送的石灰,找机会把石灰撒入了怪兽的眼中。

失明的怪兽被小C引到了悬崖边,一脚踩空掉下了山崖,一命呜呼了。

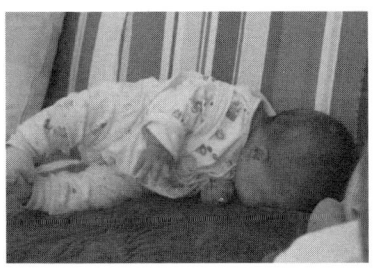

怪兽死了,但我们的勇士也用尽了全部力气,奄奄一息了。

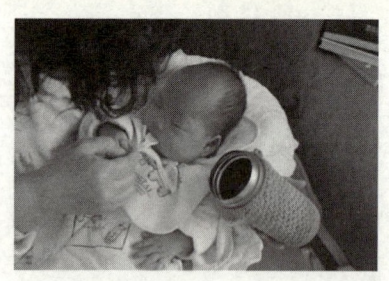

一位好心的老婆婆用草药救了他。在老婆婆的精心照料下，小C恢复了健康。

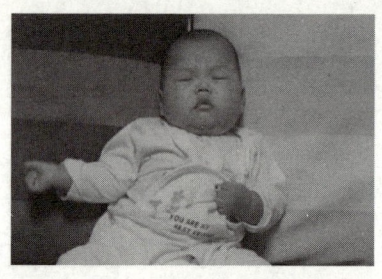

"公主在哪里?"小C问老婆婆。"哪里有什么公主啊，傻孩子！这个传说流传了这么久，即使有美丽的公主也早老死了。"

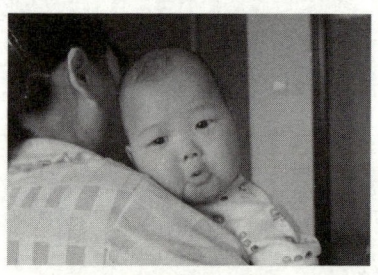

原来，原来都是骗人的……小C失落极了。老婆婆说，年轻人不要难过了，虽然公主是假，但你打败怪兽是真，这里的人害怕它，都背井离乡了，留下的都是我这样走不动的人。现在大家再也不用害怕了，你做了一件大好事啊！

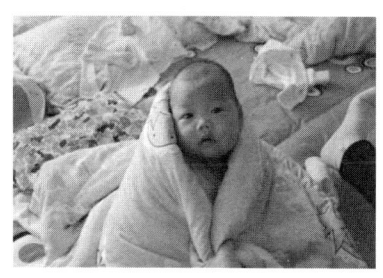

老婆婆接着说,这里有一条怪兽留下的飞毯,现在你是它的主人了,它能带着你瞬间飞到家,也算不白走一遭。小C重新快乐起来。

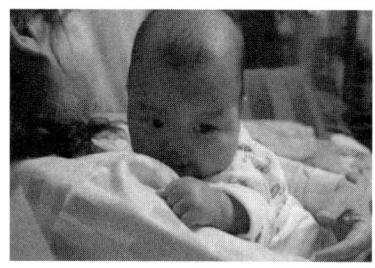

回家喽!小C很想念小可爱、小美丽、小丰满她们。

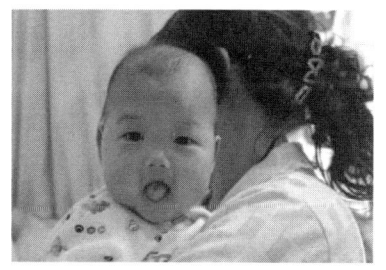

小C成了村庄里的大英雄,后来更成长为一名勇敢、正直、乐观的青年。小C的故事被广为传颂。

剧终

主演:小C

编剧、导演、摄像:C妈

友情出演:C姥姥

随喜一句话

竞争和比较

男人的天性是竞争,女人的天性是比较。

丈母娘和婆婆

中国的丈母娘们让房价攀升,中国的婆婆们让出生的婴儿男女比例失调。

中青年

人到中年,为年轻买单,为老年谋福。争取让自己宽心,让父母舒心,让孩子开心。

胖子和瘦子的区别

一个不用保持体形的胖子和一个体形保持得很好的瘦子的最大的区别是,一个是想吃就吃,但不能想穿就穿;一个是想穿就穿,但不能想吃就吃。

闭眼笑睁眼哭

在个人成就、经济能力、找对象、婚姻、生子等一切可以进行比较的方面,当人们发现自己心目中垫底的人居然跑到自己前面去了,便会产生焦虑和压力。

目前的想法

上好课,当好妈,这是我目前朴素的想法。＿＿＿＿＿＿,这是我比较荤腥的想法。不能说。

快点慢点

想让孩子快点长大,又想让自己慢点变老。要是孩子每长一岁,我长 0.8 岁,父母们长 0.5 岁,就好了。

三里庵与十里庙

几位闺蜜聚餐,漫天胡扯闲聊。大家都是已婚有娃,话题基本是关于孩子婆婆妈妈之类的。阿莉说,我给你们猜个谜语,谜面是"我婆婆做的饭",打合肥两个公交站名。这个听起来毫无头绪的谜语,大家没有一个人能想到一点苗头,懒得猜,让她赶快公布答案。她得意地抖出谜底——三里庵和十里庙。大家还是不明白什么意思,阿莉进一步解释,没有荤腥,伙食做得如出自尼姑庵和和尚庙里的一般。

游戏时间哪儿去了

噢!《仙剑6》都快出来了,作为一位资深"仙迷"的我怎么才知道?这两三年都在玩一款叫养小孩的游戏,以前外出消遣玩游戏的时间都搭在这里了,离世界都仿佛远了很多,真是"一孕傻三年"啊!

不说

有些话,烂在肚里就好。

网购

为什么总控制不住,放任自己没完没了地逛各购物网站?第一,人有贪欲,想要拥有的东西越多越好,总想不断添置;第二,人有占便宜的心理,网上充分满足了人的比较心理,能寻找出那件花最少钱得最大实惠的物品,哪怕只是表面看起来是这样。

锻炼

我哪天一旦下定决心今晚一定要出去走两圈做做有氧运动时,当晚的空气质量就总是不好,不是有严重的雾霾就是附近有人烧垃圾放出刺鼻的味道,没有锻炼的条件了,于是我只好又上网了。